DU MÊME AUTEUR :

ALARGA ! Les Ardents Editeurs 2009
ALARGA ! Sayfa 6, Istanbul, 2011
LA TABLE DU PACHA, Les Ardents Editeurs 2012
Sélection du prix Lauzerte 2014
ROUGE BAGDAD, Editions Erick Bonnier 2015
LA LEVANTINE, Editions Erick Bonnier 2018
Prix Périgord-Limousin 2018

ÉDITIONS DOURO 2023
ILLUSTRATION : COUVERTURE RÉMI TAYON ET VINCENT DUPUY
ISBN 9782384062386

LE PARLEMENT DES HIBOUX

A Claude, Françoise et Gérard, lecteurs émérites,
A mes enfants,
A Vincent et Rémi, grands amateurs de hiboux.

LE PARLEMENT DES HIBOUX

Hélène TAYON

AVERTISSEMENT

Récemment, Paul, un jeune cousin qui adore les apéricubes, m'a posé la question écrite sur l'emballage du petit fromage : comment appelle-t-on un groupe de hiboux ? Je ne savais pas. Paul m'a lu la réponse, ça s'appelle un « parlement » de hiboux. J'ai regardé sur Internet.

Parmi les « meutes » de chiens, « hardes » de sangliers, « nœuds » de vipères, « paniers » de crabes, il y avait mes oiseaux. Et plein d'explications intéressantes. Le terme viendrait du fait que les hiboux se réunissent et hululent en chœur, comme s'ils discutaient pour planifier leur prochaine nuit, une sorte de sénat ou d'assemblée délibérative. Avant de désigner un groupe de bavards, puis de sorciers, de magiciens, de fous. J'avais trouvé mon titre !

Parce qu'en ouvrant ce livre, qu'on ne s'attende ni à un thriller ni à un conte de fées ni à une fresque historique ni à un porno. D'abord, par honnêteté, il faut préciser tout de suite qu'il ne s'agit pas d'un roman, mais d'un recueil d'histoires courtes, au jour le jour, une chronique.

Bon. Mais ça parle de quoi ?

De pas grand-chose. C'est simplement, après presque trente ans passés dans plein de pays plutôt mouvementés, l'histoire de notre retour dans un village de France où nos amis nous avaient prédit un ennui mortel.

Ils pensaient que c'était risqué et craignaient pour nous, qui avions décidé de rentrer chez nous, le dépaysement, justement. On avait vu tant de rivages, de montagnes, de palais, de misère, de villes insomniaques, de steppes, on avait côtoyé tant de gens ahurissants, vécu tant de séismes et de guerres qu'on ne s'habituerait pas à notre paisible campagne. On aurait forcément la nostalgie de ce passé, même le plus sombre.

Les amis avaient tort de s'inquiéter. Ils n'avaient tout simplement pas imaginé les drôles d'oiseaux que nous allions croiser ici. Un sacré parlement, pour le coup !

Ensuite les confinements divers et variés m'ont permis de me plonger dans mes notes et je me suis tellement amusée que j'ai décidé de mettre en pages ce que je considère comme de vraies aventures. Bien sûr pas comme celles d'avant, là-bas, dans le bruit et la fureur ! Moins spectaculaires, moins dangereuses, mais aussi étonnantes et souvent beaucoup plus drôles. J'ai décidé de les écrire : par ces tristes temps, on a peu d'occasions de rire. En plus, elles sont la preuve que tout peut arriver, tout, et juste à côté, au coin du bois ou de la rue. Il suffit d'ouvrir l'œil et tendre l'oreille, on n'est jamais déçu. Pas besoin de préparer le passeport, les valises, la trousse de première urgence, ça se passe tout près.

Un constat simple qui peut aider les impatients à attendre que les avions volent de nouveau librement, et les naïfs à croire que tout va redevenir comme avant.

PERGOLA

Depuis 2006 on habite donc à la campagne, à la frontière entre Limousin et Périgord.

On a acheté la maison et les terres il y a longtemps, sur un coup de foudre.

Dès qu'on y a mis un pied, à la première visite, on s'en souvient encore, on était cuits. La ferme dix-huitième, ses dépendances, les longues façades à décrochements, ouvrant sur une terrasse à mi-colline, exposition plein sud, et ce paysage autour comme un tableau anglais, on n'aurait pas même imaginé que ça puisse exister ! C'était… comment dire ? Beau.

À l'abandon depuis vingt ans.

On a vu la tour à moitié décapitée, la grange au bord de la faillite, les pierres tombées des murs, les toitures percées, les arbres poussés en travers des portes. Pompéi avant les fouilles. Et le chemin d'accès pire que toutes les pistes qu'on avait pu maudire en Afrique. Bien sûr qu'on a tout vu ! Mais on était déjà tombés amoureux. Pour la vie. Parce que, malgré le chantier qu'on savait nous attendre, vu le chaos des ruines bouffées par la végétation, on a eu l'immédiate certitude que c'était ce qu'on avait toujours cherché. On était très jeunes, sans un sou, on mettrait le temps qu'il faudrait, et ce serait ravissant, plus tard.

Heureusement, ce n'était pas cher, on payait seulement le terrain et le marchand de biens nous a suggéré d'écraser les bâtiments et de construire à la place un joli pavillon moderne. On s'est bien gardé de suivre ce bon conseil, on a fait un emprunt, trouvé des artisans, le corps principal a été mis hors d'eau et hors vent. Et les premières additions nous ont laissés pantois.

Pourtant ce n'était qu'un début, un petit début. Une partie de la maison était habitable, ça restait assez rudimentaire, mais habitable, pas encore ravissant. Mais, comme à l'époque on travaillait à l'étranger, on n'y venait qu'un mois par an et ce confort minimum nous suffisait.

Quand les enfants ont grandi, il y a eu un deuxième emprunt avec encore des surprises, dues au fait que nous confondions encore devis et factures. Mais, mais, mais, ça prenait tournure... Encore heureux, vu les chiffres ! Et quand on a décidé de s'y installer vraiment, pour toujours, il fallait encore quelques aménagements question commodité et plaisir des yeux, on était bien d'accord. Mais le plus gros était fait, restaient que des broutilles pour envisager sereinement l'avenir ici. C'est du moins ce qu'on croyait.

Dès notre retour ici, comme la grange n'était pas en état de servir de garage, mon mari avait réussi à bâtir tout seul un abri à voitures, après avoir récupéré tuiles et bois anciens. Suite à ce premier succès, il s'est mis en tête, peu après, de construire une pergola pour prolonger le cabanon de jardin où on invite les copains en été. Il lui restait quelques vieilles poutres qui feraient de beaux poteaux et on planterait des rosiers fluo qu'on forcerait à grimper autour.

Un matin, juste avant de commencer les travaux, il m'a demandé si je me souvenais de cette pergola qu'on avait vue en se baladant l'automne précédent. « Tu te rappelles, adossée au pignon d'une grosse baraque en haut d'une colline, les menuiseries peintes en bleu marine ? » Et comme je revoyais parfaitement ce bel endroit, j'ai corrigé : « Plutôt bleu canard, je dirais... Et dessous, une table et des chaises de jardin de la même couleur, c'était vraiment sympa ! »

On a encore un peu discuté sur le ton de bleu, outremer peut-être ou horizon ou drapeau. Et on a décidé d'aller revoir la chose pour noter les proportions, la forme des corbeaux en dépassement et autres détails qui pourraient nous inspirer parce qu'on était du même avis, cette pergola était vraiment réussie.

Le problème était de la retrouver au fond de la campagne, on ne savait plus très bien où. Et on a tournicoté un bon moment avant de reconnaître le ruisseau, le petit bois, la montée vers la maison et sa haie de lauriers.

On y est, on se gare, la pergola est toujours là, mais elle est bordeaux. Comme il y a une dame dans le jardin, on s'avance et on demande poliment si on peut photographier sa pergola, on voudrait s'en inspirer pour en construire une.

Et mon mari ajoute : « On l'avait remarquée en passant devant chez vous, en septembre, je crois. Elle était bleue à l'époque, et... » La dame le coupe en souriant : « Non ! Elle est rouge depuis dix ans ! D'ailleurs, il va falloir la repeindre et vous venez de me donner une idée, un turquoise me plairait bien. »

On n'en revenait pas. C'était bien là qu'on avait remarqué cette pergola, aucun doute. Mais comment avait-on pu être aussi certains de sa couleur ? On en aurait juré, tous les deux, c'était du bleu ! On hésitait juste sur la nuance, mais elle était bleue, sûr, sûr, sûr. À mettre nos têtes à couper ! Bleue, juré craché ! Et elle était rouge.

On en a reparlé en philosophant à la petite semaine sur les dangers de l'intime conviction et des souvenirs trompeurs, surtout quand on est deux à se monter le bourrichon.

Et on a tiré trois conclusions. Un, qu'on n'aimerait pas avoir un jour à témoigner dans un jury d'assises. Deux, que nous avons dû croiser ailleurs, peut-être au cinéma, peut-être en rêve, une gloriette ou un kiosque à musique ou un pavillon de jardin ou un préau, d'un bleu indéniable, c'est pas possible de se planter à ce point. Trois, qu'on va traiter nos poutres couleur bois, pas les peindre.

Ce qui fut fait. Et bien fait.

On a maintenant l'impression que cette petite construction a toujours existé et, si la météo le permet, on n'en décolle pas. Nos visiteurs adorent, ils s'y précipitent en arrivant, chacun sort ce qu'il a apporté pour banqueter, les bouchons sautent, pas la peine de chercher ailleurs le paradis, on nous le répète en s'étonnant qu'on n'ait pas toujours habité ici.

On a en effet vécu très loin, à l'autre bout de la terre et, pendant très longtemps, on est venus dans le coin seulement pour les vacances. Ce qui explique la question qu'on nous pose généralement en fin de journée.

Tout le monde est ramolli, bien bu, bien mangé, les oiseaux sont couchés, la colline a fondu dans la brume, les vaches du voisin ont fait silence et nous regardent avec sympathie, aucun klaxon sur la départementale, c'est d'une sérénité... Et là, une voix pâteuse rompt le silence : « C'est vrai que c'est trop joli, on le répète, c'est vrai, un petit paradis. Mais, après ce que vous avez vécu, tant de voyages, tant d'aventures si loin, depuis que vous êtes là à demeure, vous vous ennuyez pas un peu ? Vous regrettez rien ? »

Non.

Oui, on a bourlingué, beaucoup bourlingué, tant de paysages, tant de villes aux noms sonores, tant de visages, de langues, de musiques, de parfums qui nous ont marqués à jamais. Et on a adoré cette existence d'avant, pour le meilleur et malgré le pire qu'elle nous ait offert. Mais c'était avant, justement ! La vie est ici et maintenant, sans nostalgie.

D'abord, ce qui se passe là-bas, presque partout là-bas, ne donne pas forcément envie d'y retourner. Ensuite, on sait par expérience qu'il ne faut jamais revenir sur les lieux du crime ni tenter de ressusciter les amours perdues. Enfin, depuis le coup de la pergola, on n'est plus sûrs de rien et on a sans doute envie de garder intact ce qui au fond n'appartient qu'à nous, les images du passé, avec, comme pour la pergola, on l'a vu, les impostures de la mémoire, championne de la fioriture et des illusions.

Bien sûr, on ne peut pas s'empêcher de repenser aux épopées, drôles ou tragiques, qu'on a vécues à travers le monde avant de faire halte ici, et, parfois, de les évoquer entre nous, sans témoin. Mais de temps en temps mes copains sous la pergola insistent pour que je raconte, une énième fois, les deux anecdotes qui suivent. Tout le monde me supplie, allez, on connaît et on ne s'en lasse pas, vas-y ! On a envie de rigolade et d'exotisme, ne te fais pas prier, ne joue pas les pimbêches !

Pourquoi pas ? C'est un soir de tièdes agapes, pas de raisons de rechigner, surtout que l'auditoire m'est tout acquis, j'aurai mon petit succès, c'est facile, allons-y ! Et puis ce sont des histoires simples, sans conséquence. Je me lance.

Je suis au Vietnam, dans le train qui relie en 16 heures Hanoï et Hué. J'ai une couchette dans un compartiment quatre places, déjà occupé par deux dames âgées et un jeune homme, tous les trois du pays. Ils sont calmes, souriants, et dès le départ m'offrent des mangues, des œufs durs, des bouchées de viande parfumée, un soda à goût de dentifrice. Moi j'aime les contacts, je suis bavarde, pas timide, je tente donc de remercier avec les trois mots de vietnamien que je crois maîtriser. Gros succès comique, mes nouveaux amis s'en étouffent, se tapent les cuisses tellement ils me trouvent marrante. Puis ils semblent m'oublier et la conversation repart entre eux à fond la caisse.

La nuit tombe. Je commence à fatiguer de ne pas pouvoir du tout communiquer. J'attaque en français : « J'ai sommeil. Bonne nuit ! » puis en anglais, en italien, en turc, oui, j'ai un don pour les langues, enfin certaines... apparemment pas les bonnes. Fiasco. Dès que j'ouvre la bouche pour dire un mot, on se jette sur moi pour me gaver gentiment de biscuits et de mandarines. Il faut que je leur fasse comprendre que je n'ai plus faim du tout, juste envie de piquer un roupillon avant l'arrivée à l'aube. Je m'étends donc sur ma couchette, me glisse sous la couverture, ferme les yeux et fais semblant de dormir en imitant fort bien, à fortes rafales, un ronfleur en grande forme. Dodo, veux faire dodo, c'est clair, non? Silence éberlué. Perplexité.

Soudain le jeune homme court dans le couloir et revient avec un bol de soupe, le «pheu» national au vermicelle, préparé bien chaud dans des distributeurs qu'on trouve dans presque tous les trains du pays. Je me confonds en courbettes, j'avale, c'est délicieux. Je suis repue, je décide de m'endormir, qu'ils continuent ou non à papoter, toutes lumières allumées. Mais le sommeil se fait attendre parce qu'une question sans réponse me tourne dans le crâne : comment cet aimable monsieur a-t-il bien pu interpréter ma petite pantomime? Ce que je souhaitais était évident! Paupières closes, ronflant comme une toupie sous la couette, est-ce que j'avais l'air de réclamer une soupe? Comment a-t-il pu en arriver à cette conclusion? Peut-être qu'il n'a rien compris et qu'il a offert ce qu'il savait trouver au bout du wagon pour honorer l'étrangère... Comment savoir? C'est l'Extrême-Orient, peut-on penser. Loin, très loin de nous! Question de codes, de gestuelle, de symboles? Pas si sûr!

Quelques années après, au fond de la Bavière, en Europe, tout près donc, quand on m'a apporté une gamelle de chou mariné, comme je croyais avoir commandé une choucroute garnie, j'ai réclamé des saucisses, là encore en plusieurs patois. C'est après, bien sûr, que j'ai su que c'est «würst» en allemand. Mais là, je l'ignore. Et le serveur, sans doute exclusivement germanophone, reste impavide, ne cille pas, regarde les montagnes.

Je dessine alors sur la nappe en papier une belle francfort oblongue, grandeur nature, à côté d'un petit goret mignon, queue en tire-bouchon. C'est flagrant que je veux de la cochonnaille, jambon, lard, andouille, de la charcuterie, quoi, en garniture sur mon écuelle de triste chou, ça tombe sous le sens, non ? Même pas besoin de mettre le son comme au Vietnam en imitant, cette fois, un cochon en colère ! Non, on est en Allemagne, comme qui dirait entre cousins, et puis on me dit souvent que j'ai un bon coup de crayon.

Cinq minutes après, le loufiat, ce benêt (je ne me prends pas pour Rembrandt, mais tout de même...) m'apporte, sur un plateau, une banane.

Les copains s'esclaffent et me conseillent, avant un prochain voyage à l'étranger, de travailler. Peut-être, suivre des cours de théâtre, de mime, de dessin ? Potasser le langage des signes ? On se moque gentiment de moi, non ? Et on en rajoute ! Avant de me rassurer. Tant que je resterai dans ma nouvelle province, au milieu de la France, ça devrait bien se passer, question langue et gestes. Sans surprises. Sans équivoques. Ce n'est pas ici que je me retrouverai dans des situations aussi loufoques. Et il y a toujours un petit malin pour me prévenir que ça risque d'ailleurs de me manquer !

Parce que question tranquillité vous avez fait fort, on ajoute. Le coin est superbe, d'accord, mais c'est quand même le fond du fond du trou du cul du monde, ça va vous changer ! Vous venez d'arriver, ça va, mais ce qui vous attend ici c'est routine plan-plan, le contraire de ce que vous avez toujours connu, va falloir encaisser le choc, vous adapter ! Attention à pas choper le bourdon, péter les plombs ou tout simplement vous emmerder ferme parce que, c'est sûr, les aventures, c'est terminé !

Vraiment ?

PROMOTION CANAPÉ

Au début notre installation nous a bien occupés, on a mis le paquet et les choses ont avancé assez vite. On avait la foi. J'appréciais chaque jour l'abri à voitures en prolongement du pignon de la grange, si pratique pour décharger un coffre bourré, ce qui explique peut-être une forme de fièvre acheteuse.

Mon mari avait calculé large, ménageant un accès suffisant pour qu'un camion s'y engouffre, sans faire aucun commentaire, mais je sais qu'il avait pensé à moi qui ai tendance à mal évaluer l'empattement d'un véhicule. C'était de sa part à la fois délicat, prudent, et pour moi, une commodité dont il fallait profiter.

Quant à la délicieuse pergola au fond du jardin, aujourd'hui si accueillante au bonheur de tous, elle pose encore quelques problèmes à mon architecte bâtisseur et, ce matin-là, il est en train de lui ajouter une frise qui la terminera en beauté. J'entends les coups de marteau rageurs de quelqu'un qui veut en finir.

Voilà l'artiste qui entre échevelé au salon, couvert de sciure, œil victorieux, reins cassés, et se laisse tomber sur le canapé. Est-ce le poids de sa légitime fierté d'avoir prouvé que lui, l'intello, est aussi un manuel ? Ou l'ankylose bien compréhensible de ses courbatures ? En tout cas il ne se relèvera pas !

Le joli Récamier, très, très ancien, héritage de ma grand-tante, refuse de libérer ses fesses, coincées dans l'assise qui vient de s'effondrer sans un cri, tandis que ses entrailles, ressorts, crin, capiton, se débobinent sur le dallage. La barre de devant s'est rompue en deux. Une des pattes, que je soupçonnais d'être un peu vermoulue, s'est instantanément pour moitié réduite en farine. Notre pauvre vieux canapé vient de mourir. Mon homme se retrouve par terre, empêtré dans la dépouille encore chaude. A part deux bergères pas très fraîches, si on a de la visite, on n'a plus rien pour s'asseoir.

Dans la zone commerciale de Périgueux, SALON CHIC ET CHOC, c'est le nom de l'enseigne, a annoncé des soldes monstres. Tout doit disparaître, fauteuils, canapés, chauffeuses, tables basses, luminaires, tableaux, bibelots, un choix céleste, des prix d'enfer, c'est écrit dans les pages pub du journal ! Vu la situation, suite au vide laissé par la triste fin de notre banquette, on va y aller voir, des fois que.

Le hall est plein. Difficile de s'y glisser et ce qu'on arrive à apercevoir entre des accoudoirs à touche-touche et des troupeaux de lampadaires nous arrache des gémissements. C'est moche, moche, moche. Après dix minutes d'exploration navrée, on pense rentrer bredouilles (dommage, vu les prix affichés...) quand on tombe sur une ravissante chose, trois places, cuir clair, bradé à 70 %. On s'y laisse glisser. Le dossier épouse le dos, le cutier épouse le cul, les yeux se ferment, l'esprit s'apaise.

Un vendeur surgit, banane à la Presley, costard crème, chemise violette, cravate noire, escarpins grand siècle. « Ah, ah, ah, que voilà des gens de goût ! Vous pouviez pas mieux choisir ! Est-ce que vous le savez que vous êtes assis sur un miracle ! Bravo ! Parce que c'est le top du magasin, le top du top... Levez-vous ! »

On obéit. Il dépiaute en une seconde tout ce qui peut l'être : « Veau grainé number one, entièrement déhoussable ! Garniture crin-polystyrène ! Transformable : appuyez sur le petit bouton, là, et voilà un couchage pour deux, on peut faire dodo ou autre chose... Clic-clac, crac-crac ! Votre main, madame, caressez-moi ces petits ressorts d'amour ! Vous les sentez ? C'est dur dedans, gonflé dehors, non ? Et vous, monsieur, ça vous donne des idées ? » Clin d'œil coquin. On sourit.

« Et puis, si vous faites gicler du ketchup quand le PSG marque un but, la bombe décapante est offerte. Pschitt, un coup d'éponge, traces effacées, plus de scène de crime ! » Sourcils froncés, Maigret nous lorgne. On sourit.

On est tentés, il le sent, il est sur le point de gagner. Il pointe l'index vers mon mari : « Si vous concluez avant 18 heures, je vous fais encore 10 % sur le prix promo et je vous offre, pour un euro, la statuette que voici... »

Il rafle sur une console un tigre gros comme un labrador, plâtre doré, langue de sang, œil méchant. Je recule. C'est très aimable, merci, mais on ne saurait pas où installer ce bel animal, pas la place. Sinon... pour la livraison du canapé ?

Il ferme les yeux, prend une longue inspiration : « Parce que c'est vous, parce que c'est moi, demain dès l'aube, aux frais de la maison ! Vous le regretterez pas. Surtout pour regarder les matches, c'est la saison ! Bien douillets, comme sur un nuage, plateau sandwiches, bière, sacrées soirées... »

Et là, sans préciser qu'on n'est pas vraiment foot, on craque. On dit oui d'une seule voix. Il nous tend un papier et un stylo, on a quand même une sacrée chance, cette qualité-là, ça se trouve plus, il est content pour nous, allez les Bleus !

À cet instant, deux petits pépés s'affalent sur le sofa d'à côté. Ils ont de bonnes têtes de poivrots fatigués et trimballent un cabas qui bâille sur six goulots de rouge et un quignon.

Notre homme fonce sur eux. Il nous a oubliés. On a signé, on ne l'intéresse plus.

Il leur décoche le sourire qui tue : « Ah, ces messieurs, que des gens de goût ! Il sont à l'aise sur mon divan ? Il ira bien dans leur salon, mon divan ? C'est le top du magasin ! Imaginez... Bien calés dans les coussins, une petite pizza, une Kro, le bonheur pour la finale, la France va gagner... Et puis je peux vous faire des conditions... »

Le moins délabré des deux compères le coupe : « Vous fatiguez pas, on veut pas acheter de canapé. Et puis on comprend rien au foot, on s'en contrefout, on suit que le rugby et on n'aime pas la bière. Là on se repose avant le souper, on a ce qu'y faut, regardez ! »

Et il montre sa réserve de pinard pendant que son copain, perdu dans la contemplation de la baguette, soupire : « Rien à cirer du foot, ça, c'est sûr ! Sûr aussi qu'on crèvera pas de soif ! Je me demande juste ce qu'on va faire de tout ce pain ! »

TOILES

L'arrivée du beau canapé nous a gonflé le moral et, si je me souviens bien, les choses se sont accélérées. Il faut dire qu'on s'est vraiment démenés. Incroyables la poussière qu'on a soulevée et le bazar qu'on a trimbalé !

On a déplacé des meubles, plusieurs fois les mêmes. C'est mauvais pour le dos, mais révélateur, suffit de reculer de quelques pas pour juger de l'effet. On a lessivé, aspiré, frotté, accroché un peu au hasard des choses sur les murs. Heureusement, comme on n'a pas de vis-à-vis à moins d'un kilomètre, pas besoin de rideaux au salon, pas de tringles à fixer, ça tombe bien, je déteste faire reculer le soleil. Après tant d'années passées sous les tropiques il me manquerait trop.

On a remisé pas mal d'objets d'art impossibles à brader même dans la plus minable brocante, qu'on avait pourtant acquis avec enthousiasme au début de notre mariage, les goûts changent. Mais comme je remplace aussitôt par de touchants rossignols ce qui a été enlevé, on prend parfois du retard sur la voie du dépouillement. Mais on peut dire, l'un dans l'autre, que la grande pièce à vivre est devenue sympathique si on aime une déco plantureuse et hétéroclite. C'est mon cas.

Maintenant un achat, modeste et pourtant essentiel, s'impose pour la cuisine.

Dans la zone sud de Limoges, j'ai repéré tout de suite la pancarte TOUT POUR LA TABLE, on ne peut pas la rater. Mais voilà un bon moment que je tourne sans succès. Pourtant il y a le choix ! On m'a d'ailleurs conseillé ce magasin pour ça, on y trouve toujours son bonheur. Le problème est que ce qui ferait mon bonheur à moi est à la fois simple et compliqué. Ou je tombe en arrêt devant et c'est une certitude, ou c'est non, non et non ! J'ai des idées excellentes, mais arrêtées.

Après un bref coup d'œil sur les étalages de vaisselle, verres, bougeoirs, carafes, couverts, (j'ai tout ce qu'il faut, surtout pas me laisser tenter) j'ai donc foncé droit vers les présentoirs de toiles cirées puisque c'est là que doit se cacher l'objet de ma quête et de mes espérances.

À première vue, pas terrible !

Au deuxième examen, ce serait un euphémisme de dire que c'est affligeant, question couleur et motifs. Impensable de défigurer ma maison avec une seule de ces nappes en plastique ! Pourtant si mon cœur saigne à l'idée de me séparer de la pauvre chose qui se détricote sur ma table de cuisine, c'est une question de dignité, pour elle et pour moi : il faut m'en séparer, elle est en phase terminale. Je me concentre une dernière fois sur les trois ou quatre modèles qui pourraient... peut-être... Honnêtement c'est quand même hideux, non ? Quoi faire ? Gros soupir de déception.

« Vous cherchez quoi exactement ? »

La voix dans mon dos est agréable. Je me retourne.

La dame sourit puis murmure d'un air pensif : « On réalise pas toujours, mais... une toile cirée, on mange dessus, les gosses y font leurs devoirs, c'est pratique pour jouer à la belote ou au scrabble. En fait, on l'a toujours sous le nez ! En plus, regardez notre qualité, vous en prenez pour un sacré bail, à la vie, à la mort... Alors quand on en choisit une, faut pas se tromper. » Frappée par tant de bon sens, je dis que c'est tout ce qu'il y a de plus vrai.

Et j'ajoute que mon problème, c'est la cuisinière de ma grand-mère. Elle est très ancienne, vous savez, avec une barre et des poignées de four en cuivre, entièrement carrelée de faïences vert et blanc, un bijou. Et juste à côté, sur la table, ma vieille toile cirée était dans les mêmes tons, avec plein de petites grenouilles sautillantes, toutes mignonnes. Vraiment bien assortie ! Je l'ai tellement aimée, cette nappe ! Depuis si longtemps ! Mais elle est morte. En lambeaux, à en avoir honte. Jamais je ne retrouverai un imprimé aussi gai, aussi rigolo, c'est triste. Et me voilà qui renifle, tout émue, œil humide.

Qu'est-ce que je suis en train de raconter ? Je ne tournerais pas gâteuse, des fois, à pleurnicher sur une vieille toile cirée pourrie ? Allez, stop !

Et je bredouille excusez-moi.

« Vous excusez pas, dit la dame avec passion, on cherche toujours ce qu'on a aimé, ça s'appelle la nostalgie, j'ai lu pas mal de trucs sur le sujet, c'est classique. Mais là, j'en ai de la peine pour vous, on n'a pas de grenouilles en stock. Pour rester dans les verts, je peux vous proposer des pommes, des courgettes, des poireaux, des grappes de raisin, un assortiment de feuilles de chênes, érables, houx... Et même, regardez, ces grosses coccinelles sur fond d'herbe. Trop de rouge ? Je vois bien que vous avez pas l'air emballée, vous gardez vos grenouilles en tête, elles vous bloquent. Et là, je vous le dis, faut pas vous focaliser sur la couleur. Un achat sans coup de foudre, ça finit mal, comme un mariage sans amour, croyez-moi... Je suis vendeuse, mais toute ma famille me dit que j'aurais dû faire psy. »

La thérapeute de la toile cirée m'a tout de même habilement fourgué un truc blanc cassé-sale, pour habiller ma table en attendant de trouver ce qui hante mes nuits. Un pis-aller, quoi, une solution de dépannage. C'était le produit le plus cher du magasin, mais tissé fil à fil, m'a-t-on fait remarquer, d'une couleur élégamment discrète (je traduis : terne et triste à pleurer), et lavable en machine.

PORTAIL

Je rentre chez moi en rouspétant. Pourquoi avoir acheté cette nappe puisque je déteste le beige ? En attendant, oui. Pour protéger le bois de ma table, oui, je sais. Je dénicherai bien un jour de quoi m'apporter le bonheur, question motifs et couleurs, et me débarrasser de ce suaire.

Mais je me dis qu'au point où j'en étais, j'aurais dû prendre le modèle qui m'a laissée sans voix. Barbouillé de tous les tons de marron comme si on avait étalé dessus du caca à la balayette, à donner envie de désinfecter l'objet à la javel pure ou de vomir. Il aurait sans doute fait ressembler ma table de cuisine à ces latrines du Tiers Monde où toute ma famille, en dépit d'une prudence de serpent, a plusieurs fois attrapé un petit choléra. On aurait peut-être rigolé au début, peut-être… avant de ne plus pouvoir supporter ni la vue, réellement pas ragoûtante, ni les odeurs suggérées par une imagination trop souvent portée vers la scatologie.

Parce qu'il faut quand même avoir l'idée de s'inspirer de la merde, et d'une façon étonnamment réaliste, pour créer un tel dessus de table ! Quelle usine a décidé de le fabriquer ? Qui pourrait bien vouloir l'acheter, pour le mettre où ? Personne ?

J'ai pourtant rencontré par hasard l'œuvre d'art sur un étal de marché, quelque temps après. La maraîchère qui y exposait ses beaux légumes m'a gentiment invitée à poser mon panier dessus, ça ne craignait rien, la terre et la boue de son potager y étaient déjà collées, on ne le voyait même pas, c'était tout dans les tons de marron, bien pratique dans son métier. Elle préférait en général les pastels, roses ou mauves, mais on lui avait bradé tout le rouleau, elle avait vraiment fait une affaire. Comme quoi chaque pot trouve son couvercle, hein ?

Je roule doucement, fredonnant un air rigolo au souvenir de la bonne tête de la fermière et de sa joie d'avoir raflé en soldes un produit aussi utile. La caravane de voitures ralentit pour cause de fauchage. L'herbe est grasse par ces temps humides et il faut bien dégager les fossés pour la visibilité, on peut comprendre. On s'arrête, on attend un peu et on finit par couper les moteurs.

À droite, un coteau jaune de pissenlits finit en ravin étroit avec, au fond, une ancienne voie ferrée envahie de buissons qui suit une falaise rectiligne de l'autre côté. J'ai l'impression que les rails ont été construits au pied de cette muraille de pierre comme si elle offrait un tracé facile et un abri. En haut, sur le plateau, des vaches chocolat regardent passer les voitures sur la nationale.

On redémarre doucement. Le vallon se rétrécit de plus en plus, on ne voit plus la vieille ligne de chemin de fer en bas, elle est trop encaissée et on est trop haut. Et comme on s'est rapprochés de l'escarpement, les veaux ont repéré le bouchon qui s'ébranle et s'excitent en sautant de travers. On avance.

Soudain je pile. Sans penser à la bagnole qui me colle et manque de m'emplafonner dans des hurlements de klaxon furibards. Oui, oui, je mérite une engueulade, mais il faut que je voie si j'ai bien vu. On me double, pneus miauleurs, queue de poisson, doigt d'honneur, va te faire.

Entre les gouttes et les nuages, un rayon de soleil vient d'éclairer un homme, seul au bord de la falaise en face, en train d'installer un portail. Il a posé deux poteaux et il finit de fixer les battants sur leurs gonds. Derrière lui, une vilaine baraque au milieu d'un terrain vague sans clôture.

Comme c'est intéressant, cette porte au bord du vide !

Celui qui la franchira n'en reviendra pas, c'est le mot, puisqu'elle donne sur un à pic d'une bonne trentaine de mètres. Mais on peut dire que c'est une belle porte, tout de même, double battant, fer forgé Versailles, peinte couleur citrouille. La masure n'en demandait pas tant, genre préfabriqué bas de gamme, toute moisie, un volet arraché, quelques tuiles en bataille. Elle doit s'en trouver toute ragaillardie, la pauvrette, à moins que ça lui fasse honte, cette entrée de château… Et puis à quoi rime une porte quand il n'y a rien à droite ni à gauche, ni haie de thuyas, ni grillage, ni murette ? On peut s'en passer ! Et se jeter d'où on veut sur les rails du petit train disparu, sans avoir besoin de l'ouvrir, pas la peine !

Dommage que le monsieur soit trop loin et qu'un abîme nous sépare, j'aurais bien aimé lui causer et savoir le pourquoi de ce portail ! Au fond, c'est peut-être mieux, je vais pouvoir rêver, échafauder des réponses.

Et soudain, sans prévenir, une image s'impose, qui m'emmène très loin.

Je roule dans Bagdad, au début de la première guerre du Golfe. Comme tout l'Irak, la capitale vient d'être bombardée.

Depuis le marché à l'autre bout de la ville, j'ai entendu l'affreux sifflement puis le fracas du missile et je reviens chez moi, entre gravats, carcasses de voitures, restes d'incendies en flammèches bleues et fumées noires, poussière. Et cette odeur de sang, d'huile et de métal chaud que je crois sentir encore aujourd'hui quand j'entre dans l'atelier de mon garagiste.

À l'entrée du souk aux oiseaux, la police m'arrête. Les berges du Tigre sont bouclées. Des ambulances foncent, s'arrêtent en dérapant, des hommes en sortent, se mettent à courir, chargent des brancards, reviennent en chancelant aux fourgons. Il y a par terre des choses que je ne distingue pas, mais qui affolent mon cœur.

Un gendarme s'approche de ma vitre ouverte et me dit dans un mauvais anglais que la bombe est tombée sur une noce. Tout le monde est mort, les jeunes, les vieux, les gosses, tout le monde, sauf la mariée, regardez, elle est là, pas une égratignure.

Depuis deux ans, je passais tous les jours ici, pour aller au travail ou faire des courses, je connais bien le coin. Je devrais plutôt dire que je le connaissais bien. En hauteur au bord du fleuve, la municipalité avait installé des bancs, des jardinières, des balançoires autour d'un bassin avec un jet d'eau. Et, pour que les enfants n'aillent pas se faire écraser sur le boulevard en courant derrière un ballon, le jardin avait été entouré d'une grille dorée avec un grand portail toujours fermé. Mais ce jour-là, il n'en reste rien. La terre a été retournée par un laboureur fou, plus de massifs, plus d'allées, plus de jeux pour les petits, plus aucune trace de la grille d'enceinte, tout a disparu.

Sauf le portail qui a gardé ses deux piliers de pierre et un vantail déchiqueté contre lequel s'appuie une jeune femme en robe blanche, un bouquet dans les bras, du même rouge qui a éclaboussé ses souliers et tout le bas de sa jupe. Elle est immobile. Son voile est remonté de travers sur son front, ses yeux grands ouverts me fixent sans paraître me voir.

Soudain, elle jette ses fleurs, se retourne, se met à courir vers les flots bouillonnants du Tigre, où elle s'envole du haut du jardin aboli. Le portail est vide, la belle l'a franchi sans hésiter. On n'entend pas le bruit du plongeon, on voit juste une gerbe de gouttes claires qui jaillit puis retombe. Un diadème de roses blanches plane un instant et se pose sur l'écume d'une vague. La traîne de dentelle se gonfle une fois, découvrant le corps entraîné par le courant, puis tout disparaît dans un remous. J'entends les cris, les ordres inutiles, les sirènes, je me rappelle avoir suffoqué.

Là, sur mon volant, à ce souvenir, mes doigts tremblent un peu et je dois prendre une longue aspiration pour chasser un début de nausée.

Puis je jette un coup d'œil vers la falaise en face de moi, de l'autre côté de cette route paisible. Le soleil, comme un projecteur, éclaire le monsieur inconnu. Il semble très content de son beau portail absurde puisque je le vois prendre trois pas de recul, se frotter les mains puis allumer une cigarette d'un geste vainqueur.

Je démarre. Envie de musique facile, calme, sucrée. Je mets la radio.

Pour entendre que le Nigéria, le pauvre Nigéria, a encore multiplié ses massacres. À feu et à sang, le Nigéria, qui reste, malgré tout, annonce la journaliste d'une voix, soudain toute gaie, le deuxième buveur de champagne au monde.

À VENDRE : MAISON DE POÈTE

Après avoir trouvé enfin sa place au nouveau canapé, dont la magnificence avait soudain donné un coup de vieux aux autres meubles du salon, après nous être résignés devant la toile cirée lugubre dans la cuisine, on est passés aux extérieurs, qui avaient besoin de quelques rafraîchissements.

Quand on nous a amené Gaby pour donner un coup de main au jardin, on n'a pas compris tout de suite ce qu'il racontait, par la faute du «r» qu'il roule très occitan, et aussi parce qu'en bonne prof de français, j'ai pensé que mon ouïe commençait à baisser ou que je débutais un Alzheimer précoce : à plusieurs reprises j'ai tiqué parce que je ne reconnaissais pas notre langue.

J'avais des doutes. J'ai donc fait répéter et la même étrangeté s'est reproduite. C'est plus tard, après réflexion, que j'ai enfin réalisé que Gaby a un pouvoir sur les mots. Il les détourne, les retourne, en fait ce qu'il veut, persiste et signe. J'ai essayé au début de redresser la barre, pédagogiquement, le corrigeant gentiment, pour lui éviter des moqueries. Échec total. Gaby est sûr de lui, il a toujours parlé comme ça et se fout du qu'en-dira-t-on.

La première fois qu'il est venu jardiner, tout en l'aidant à ratisser les feuilles mortes, je l'ai entendu gémir par intermittences en se tenant les reins et j'ai fini par lui demander s'il avait montré son dos à un docteur.

Il a eu un grand rire : « Ni mon dos, ni mon cul, je suis poli, moi, je reste couvert devant le monde ! Et puis les TOUBIS, j'y vais jamais, j'ai pas confiance, ça pense qu'à vous donner des comprimés ou à vous piquer, pour faire une ESPÉRIENCE, comme l'OCTORHINO qui voulait me racler le dedans du pif et de la goulette pour m'enlever le rhume. Peut toujours courir, c'est pas moi qui ferai le COW-BOY ! »

Je ferme un œil. Réfléchis. Hésite. Puis tilt.

« Vous voulez dire COBAYE, Gaby, et...

– Qui c'est qui vous parle de cochon d'INDRE ? Je vous dis que dans les labos, on fait des ESPÉRIENCES avec les malades, on s'en sert de COW-BOYS, on les MATRAILLE comme dans les films. »

Chapitre clos. Je vais tenir un carnet pour ne rien oublier.

Et puis, un beau jour, Gaby s'est mis en tête de déménager et c'est vite devenu une obsession, qu'il me dévidait au jour le jour. Bien sûr, ce qui suit ne s'est pas dit en une seule fois, c'est une compilation, pour le plaisir. En tout cas, je n'invente rien, je le jure, je me suis contentée de piocher dans mes notes en espérant traduire la belle créativité de Gaby.

Attention, il s'est installé dans la cuisine, c'est parti !

« Si je vous raconte que j'arrive pas à DÉCOULER mon bien, vous allez vous mettre à rigoler ! C'est toujours comme ça, paraît que je dis des BÊTASSERIES qui font rigoler. C'est vrai que je SUIS PAS ÉTÉ beaucoup aux écoles, que des fois les mots se bousculent au PORTAIL, mais j'ai quand même pas un CASIER de vide, je vois bien que personne achète ma maison et je suis tout TRESSÉ. Le TRESS ? C'est comme ça que mon cousin a commencé, il SE TRESSAIT pour un pet de lapin et maintenant il a la maladie du PÈRE KINSON, la TREMBLADE à rien pouvoir bidouiller, la goule tordue comme un MONGOL.

Mais moi, j'ai pas encore les deux MAINS dans le même sabot et je fais tout EN BON UNIFORME pour que mon client achète. Ce juillet, j'ai embarqué des POUILLERIES, une pleine remorque, allez hop, à la DÉCHIQUETTERIE ! Après j'ai peint ma barrière en ROUGE NÉNUPHAR, j'ai mis des LÉPIOTES dehors partout avec des ampoules à piles, la nuit c'est une vraie ÉLIMINATION. Et puis j'ai semé des roses CRÉMIÈRES dans la RACAILLE sur le talus, BRÈFLE, le jardin est NIQUETTE. A part les moustiques ! Y en a partout, ça PILULE, cette saloperie ! Pour remettre la pompe du puits, j'ai demandé aux assurances. Elles ont fait des CARCULS pour ÉVOLUER le montant. Entre le trou, les tuyaux, l'électrique, ce n'est pas donné, mon cochon ! Me demande en plus si des fois les nappes NÉPHRÉTIQUES, ou FRÉNÉTIQUES, je sais plus, la flotte quoi, y en aurait peut-être plus, avec ces CHÈSSERESSES. Faut se renseigner avant de S'ÉLANCER.

Début août, l'agence m'a envoyé un CROUPLE avec un petit tout BRIDÉ qu'ils sont allés ADAPTER au Vietnam, Z'ARRIVAIENT PAS à en avoir un à eux. Et figurez-vous que maintenant la dame se retrouve enceinte ! Elle a passé sa CHORÉGRAPHIE, c'est pour janvier, une fille. C'est gentil, tout ça, mais ils ont dit non, ne veulent pas acheter, y a trop à tondre !

Dix jours après, on m'a RABATTU un Hollandais. Il parle la langue aussi bien que moi, normal, il a marié une Bretonne et il est NEUTRALISÉ français. Lui, il a trouvé que le terrain n'était pas assez grand pour son cheval ! J'y ai eu jusqu'à six vaches, moi ! Il lui faut tout le canton à ce CARNASSON ?

Et voilà SECTEMBRE qui passe... Quand c'est-y que je vais trouver un ARMATEUR sérieux que ma maison lui plaira ? Je ne peux pas POIVROTER longtemps, moi ! Je vieillis, je suis seul, je veux acheter plus petit, mais j'ai pas les sous, faut que je vende. Sans compter que les taxes FRANCIÈRES c'est du QUITTE OU DOUBLE depuis l'an dernier ! J'ai trimé toute ma vie, toujours tout payé BIBI sur l'ongle, toujours à BARANCOLER pour aider les voisins, et voilà qu'avec cette crise que rien ne se vend, je me retrouve comme qui dirait SECTIONNÉ. Puni, quoi ! Ce n'est pas juste. Toujours les mêmes qui payent les POIS CASSÉS. Faut que mon neveu me fasse une annonce avec des photos sur l'ordinateur, paraît que ça peut marcher HÉLICO PRESTO. C'est comme ça qu'il a acheté son basset ASTÉRIEN, ou plutôt ARTÉRIEN, un bon chien joli et pas BARATTEUR.

En tout cas, le jour que je vends, gueuleton, un bon coup de picrate, je m'en fous de souffler dans l'ÉKILOTEST, je ne dépasse jamais le gramme, je suis pas fou. Donc, je vous inviterai à la fête et après, LE GÂTEAU SUR LA CERISE, avec ça que je n'aurai pas dépensé, je me place un petit PÉDICULE au Crédit Agricole. »

Cette fantaisie créative, cet art de façonner la langue, de triturer les mots, j'en avais eu un aperçu chez mes étudiants de première année. Dans tous les pays où j'ai enseigné (littérature et civilisation françaises, latin, grec, français langue étrangère), ce sont les débutants qui m'ont le plus étonnée.

Il y avait plusieurs nationalités dans chaque classe, personne ne savait même dire « ni merci ni merde », pour parler comme mon Gaby. Et j'attaquais avec une méthode audiovisuelle musclée, efficace pour les plus futés, mais décourageante pour les autres, la majorité.

Leçon 1

Sur l'écran, un jeune homme qui tend l'oreille vers un électrophone, dans ce qui ressemble à une chambre d'étudiant. La Tour Eiffel est visible par la fenêtre et un drapeau bleu blanc rouge s'affiche sur le mur. Au moins on sait où on est !

Petit air d'accordéon, genre « sous les ponts de Paris ». Puis toc toc, la porte s'ouvre, une jeune fille entre. Court dialogue.

« Bonjour, Pierre, vous écoutez un disque ! Qu'est-ce que c'est ?

– C'est une sonate de Beethoven. »

Et, à partir de là, avant toute explication, surtout aucune traduction, les élèves doivent l'un après l'autre répéter ce qu'ils ont entendu. Ou plutôt cru entendre. C'est la phase « phonétique » !

Je passe sur le « ponchour » des hispanisants, le « vo goûtez a dixe » des anglophones, le « ké ksé ksé » des Asiatiques, le massacre général de « Pierre », imprononçable à cause de notre « r » final, et devenu « Pilé », « Bili », ou « Biel »

Puis on en vient à la réponse du charmant garçon : « C'est une sonate de Beethoven. » Chacun s'efforce de reproduire ce que son voisin vient déjà de défigurer et je me souviens qu'une ravissante Japonaise a articulé de façon très nette : « c'est une salade de betteraves », ce que j'ai évidemment été la seule à apprécier, désolée pour les mélomanes et les amateurs de crudités.

Si je veux être honnête, il m'est arrivé à moi aussi d'en dire de bonnes. J'aime les langues et me lance parfois sans filet. C'est ainsi que, lors d'un grand dîner, je me suis trouvée à côté d'un Australien avec qui j'ai engagé la conversation. En anglais, bien sûr. Après quelques banalités, le monsieur m'avoue qu'il déplore son manque d'assurance qui l'a empêché d'être acteur. Il rêvait de monter sur les planches, mais un trac paralysant l'y a fait renoncer. Je compatis et lui dis que moi-même je fais partie d'un groupe de théâtre amateur. « Vous n'êtes donc pas timide, vous ! » murmure-t-il avec envie. Et voulant lui préciser que je suis plutôt extravertie, communicative, quoi, je lui dis sans ciller : « I'm a bit expensive ! » À quoi il répond avec un sourire malicieux : « How much ? »

Faux amis, parfois, les mots ! Croyant me décrire de nature « expansive », en français, j'ai averti en anglais que je coûtais cher. D'où la question « combien ? », que tout client doit poser à une pute avant de conclure. Honte à moi !

Bon, mais pour en revenir à Gaby, il n'a jamais parlé une langue étrangère, à part le patois de ses parents. Il est né à quelques kilomètres de ma maison, il n'a jamais quitté le département. Et il a l'oreille fine pour me signaler le pinson qui gazouille au-dessus de nos têtes. Alors ?

PENSION VILLAGEOISE

On est fin 2006. Les ouvriers vont arriver.

Après ses prestations de maçon-charpentier-couvreur (garage et pergola, on s'en souvient), mon mari a refusé de se lancer dans d'autres travaux. Surtout qu'il s'agissait de ravaler les murs de la chambre, de la cuisine et de la salle de bains, et d'installer tout le sanitaire. Il voulait bien choisir évier, lavabo, douche et baignoire, si besoin donner un coup de main pour les poser, mais pour le gros œuvre, non.

Nos déboires en Afrique et en Orient l'avaient à jamais brouillé avec la plomberie et les carrelages. Il en avait sa dose des fuites, des coupures d'eau qui faisaient péter les canalisations quand le flux revenait, des chasses d'eau prostatiques ou diluviennes, des faïences murales qui vous tombaient dessus sans prévenir, des robinets à vis sans fin. Quant au plâtre, il avait toujours pu constater combien cette matière est susceptible, à prise rapide ou flageolante, vraiment de quoi pleurer devant une paroi ondulée comme une mer d'équinoxe, avant le difficile décapage du bonhomme et de sa salopette. Non, il n'irait pas au turbin. Il relisait Proust.

Et puis il y avait, pas loin, d'excellents artisans qu'il fallait faire travailler.

Avant de commencer, le plâtrier avait prévenu que les pièces dont il allait s'occuper seraient inhabitables pendant au moins dix jours, le temps que les enduits sèchent. Pas question de dormir sur place ni d'y cuisiner. Il nous avait donc conseillé de nous replier chez la mère Sauvage qui tenait une petite pension à cinq kilomètres. Les chambres étaient modestes, mais la table, ah, la table ! Les talents de la cuisinière étaient si réputés que le dimanche il fallait réserver. Les habitués venaient de Brive, de Limoges, de Périgueux, pour se régaler de ses têtes de cèpes farcies, sa friture de rivière, son chapon fourré au foie gras, entre autres. Mon mari a trouvé l'idée géniale.

On avait un plan. On coucherait chez Madame Sauvage, on y prendrait les repas et, le matin et l'après-midi, on ferait un tour chez nous. Monsieur écrirait, lirait, moi je jardinerais avec Gaby. Et puis on verrait si le chantier avançait ! C'était un bon plan qui nous convenait.

Dès le premier matin, on a su qu'il serait difficile de s'y tenir.

Le petit déjeuner attendait sous un tilleul, nappe et coussins à fleurs. Monsieur Sauvage a conseillé à mon mari de commencer par un café arrosé (à l'eau-de-vie de prune), souverain pour éradiquer les parasites intestinaux. Les enfants ont plongé dans la confiture de framboise qu'ils ont finie sans que je m'en aperçoive. Je les ai grondés, mais Madame Sauvage revenait déjà avec des pots de fraise, de prune, de cassis, de rhubarbe, plein de pots de toutes les couleurs : « Les gouyats de leur âge, c'est comme les dobermans, toujours un boyau de vide. Allez, mangez ! »

Les tartines étaient à peine finies que la table s'est soudain couverte de marmites, terrines, tupperwares au moment où un groupe d'hommes arrivait. Ils se sont présentés. Une dizaine d'ouvriers qui avaient pris pension ici, plus le facteur et le garde forestier, tous deux à la retraite et veufs de longue durée, au bienheureux statut d'abonnés aux repas, au moins ils avaient de la compagnie pour manger. Et ils étaient ponctuels. À preuve : ils débarquaient à dix heures pétantes, l'heure du casse-croûte.

Tout le monde y a fait honneur. C'était des restes, il fallait tout finir pour débarrasser. Ce que mon mari n'avait pas prévu, c'est qu'un bon coup de gnôle dans le café du matin, sans doute fatal pour un éventuel ténia, l'était aussi si on avait espéré se lancer dans une quelconque activité. Et que si on gardait encore un peu d'énergie, le casse-croûte assommait définitivement les velléitaires. On n'est donc pas rentrés chez nous ce premier matin. Sous le tilleul l'air était à la réflexion, pas à l'action. On profitait donc de ce doux instant quand on nous a demandé ce qu'on préférait pour l'apéritif, en nous précisant que c'était offert par la maison, impossible de refuser. On verrait les autres jours, plus tard. Et les habitués sont arrivés à midi pile.

Je n'ai jamais oublié ce premier repas. D'abord, la soupe, ici on en mange à midi aussi. Mais quelle soupe ! Un épais bouillon de légumes fricassés à la graisse de canard qu'on verse sur de larges tranches de pain aillé. En gardant un peu de liquide tiède au fond de l'assiette qu'on torche en ajoutant du vin rouge. Quelle soupe ! Savoureuse, fondante, roborative, la solution à la faim dans le monde. D'autant plus qu'il y en avait un chaudron en réserve et que, contre tout bon usage, on pouvait se resservir.

Ensuite des pâtés maison, sanglier, lièvre, faisan, le patron était chasseur. Pour ceux qui n'aimaient pas le gibier, jambon cuit, jambon cru, saucisson, andouille, œufs mimosas. Moi j'étais déjà calée. Mais il a fallu continuer (Madame Sauvage faisait le service avec autorité), poule au pot, sa farce noire, son riz et ses petits légumes, puis salade aux herbes, puis fromage caillé. Coup de grâce avec un clafoutis au kirsch.

L'après-midi fut aussi productive que la matinée. Une ruche ! Je ne parle pas bien sûr de l'activité d'abeilles ouvrières que nous étions bien incapables de déployer, mais des bourdonnements qui sortaient des bouches entrouvertes dans la volupté de la digestion. Même les enfants étaient plombés et tapaient mollement le carton à l'ombre.

Vers cinq heures, des vents discrets, mais odorants nous ont réveillés : le facteur et le garde forestier décompressaient en catimini à la fin de leur sieste. On a fait comme si de rien n'était et la conversation s'est engagée. Les deux pétomanes étaient aussi deux curieux qui voulaient savoir à qui ils avaient affaire. On a donc tenté de dresser un inventaire rapide des pays où on avait vécu. Et on a tout de suite compris que ce n'était pas la peine d'aborder certains sujets.

Histoire, géographie, climats, paysages, monuments, traditions, rien à cirer, ce que les deux coquins voulaient savoir, c'était ce qu'on mangeait là-bas. D'ailleurs quand le facteur a appris qu'en Tunisie, où nous étions en poste à l'époque, on ne mangeait pas de porc, il a eu ce cri du cœur : « Pas de rillettes, pas de chou farci, pas de boudin, pas de terrine, pas de jambon, mais, mais, mais, qu'est-ce qu'y mangent ? »

Après l'apéro du soir (on sera plus raisonnables demain, là c'est pour vous souhaiter la bienvenue), le dîner a été un couronnement avec, après le bouillon de la poule de midi épaissi aux perles du Japon, un pâté de tête, un gratin de macaroni à goût d'enfance, un fromage caillé et une mousse au chocolat perverse. Heureusement nos lits n'étaient pas loin, recouverts d'édredons de plume couleur bouton-d'or sous lesquels nous avons sombré. Le lendemain, ni gueule de bois, ni diarrhée, ni ballonnements ! Mon mari en a conclu que tout ce que nous avions englouti la veille devait être de première qualité. Sinon, on aurait été malades, vu la quantité ! La maison était bonne.

On a tout de même essayé de mettre pédale douce tout le temps qu'ont duré les travaux, ce qui n'a pas empêché notre balance de s'affoler. Mais tout était tellement délicieux, et servi avec tant de gentillesse, on avait des excuses.

Avec Lucette et Antoine Sauvage, on s'est tout de suite appelés par nos prénoms et notre amitié a duré jusqu'à leur mort, l'an dernier, l'un suivant l'autre dans une longue et douloureuse maladie. Ils appartiennent pour moi à un monde qui n'existe plus, celui de *Jour De Fête* de Jacques Tati. Ils menaient une vie rude, travaillaient du matin au soir, sans jamais un mot d'humeur, avaient des plaisirs simples. Leurs seules sorties les menaient chez leur fils, du côté d'Orléans. Ils ne rêvaient pas d'ailleurs, nous ont souvent dit qu'ils n'auraient jamais pu quitter leur village et ne comprenaient pas pourquoi nous, on courait le monde. Qu'est-ce qu'on cherchait si loin ? On avait tout ici pour être heureux, non ?

Antoine était maréchal-ferrant et mécanicien. Tous les chevaux et les ânes, il y en a encore dans le coin, dont les fers sonnaient creux, tous les engins agricoles les plus biscornus qui tombaient en panne, passaient entre ses mains. Il réparait machines et bêtes. Nos enfants accouraient près de lui quand il allumait la forge et se disputaient pour actionner le soufflet. Et le meilleur moment, ils me l'ont dit souvent, c'était quand il leur permettait à tour de rôle de plonger une ferraille incandescente dans un seau d'eau froide. Ou d'atteler le char à bancs pour emporter la limaille aux ordures spécifiques où mon plus jeune fils a même, un jour, trouvé un sabre à peine rouillé, qui est toujours accroché dans sa chambre, au-dessus du bureau. Des souvenirs délicieusement ringards ! Un film en noir et blanc ! Et pourtant ce n'est pas si ancien…

Lucette se mettait aux fourneaux dès son lever. Elle avait une impressionnante batterie de casseroles plus ou moins cabossées, mais son grand luxe était un lave-vaisselle de pro. Gros comme un tank, il clignotait méchamment puis ébranlait la maison par des trépignements de fauve, avant un rugissement en début de programme.. Et j'ai toujours été étonnée, après le silence qui suivait son cri de victoire finale, qu'il n'ait ni dévoré ni réduit en miettes ce qu'il avait dans le ventre.

Elle avait pour l'aider dans les menues besognes une souillon qu'on a crue d'abord un peu arriérée, Margot. Lucette l'avait recueillie toute gamine quand ses parents alcooliques s'étaient noyés dans leur voiture après avoir raté le seul pont du canton. Margot était d'une fascinante maladresse. Elle cassait tout. Même la vaisselle réputée indestructible, genre Duralex et Arcopal, finissait en miettes sur le dallage. Et comme elle était sûre de ne pas être punie, après l'impact, elle annonçait joyeusement : « Une assiette en moins ! » ou : « Deux verres d'un coup ! »

À l'époque de nos grands travaux, on avait remarqué que Margot aguichait déjà les clients de la pension. Elle arborait, à treize ans, des seins pointus et des fesses tortilleuses qu'elle ne se privait pas de découvrir par de savantes manœuvres de jupe et de caraco. Et dans une figure assez ingrate, elle avait une bouche épaisse que ce vieux lubrique de facteur qualifiait sans vergogne de « bonne pour les pipettes ».

Au début, Lucette se faisait du souci. Sa protégée tournait mal, toujours dans un coin à se faire peloter, jamais par le même type, elle allait se retrouver avec un polichinelle dans le tiroir. Heureusement, Margot était stérile, on l'a su plus tard, quand elle a précisé que dans son métier, c'était un cadeau du Bon Dieu !

Parce qu'elle est partie très vite s'installer pute à Bordeaux, où elle a fait une belle carrière, plaçant ses sous dans l'immobilier pour l'avenir, et pour profiter agréablement du présent, dans l'or et les diamants dont elle rutilait. Une femme avisée ! Pas du tout la demeurée que nous avions cru entrevoir à l'adolescence !

Chaque fin d'année, elle revenait au village embrasser sa petite mère et son papou et on a pu s'émerveiller de sa mine, de plus en plus florissante. Blond platine, bronzée à l'année, manteau de fourrure sur robe de dentelle, bijoux sonores, petits cadeaux pour tout le monde, ses affaires marchaient. Quand elle descendait de sa décapotable, les péquenots du bled en bavaient, mais elle les renvoyait gentiment, pas question de tapiner, elle était en vacances dans sa famille !

Le jour de l'enterrement de Lucette, elle était en noir, d'un noir de pute, oui, avec transparences et échancrures, mais elle pleurait si sincèrement, cheveux tirés, maquillage dilué, que personne n'a eu de propos déplacé. Le facteur, devenu un peu gâteux, toute libido calmée, a même dit que c'était une sainte femme, bien honnête, il l'avait toujours pensé.

LA FOI DE MAURICE

Après l'épisode plomberies et plâtres, une vraie réussite, quand tout a été à peu près en ordre, intérieurs et aussi extérieurs (puisque le chemin d'accès à la maison était dégagé), on a eu des visiteurs locaux. Villageois, copains des artisans qui avaient travaillé chez nous, tous curieux de voir la résurrection des ruines et la tête des fous qui l'avaient achetée, on nous l'a dit sans détour.

Parmi les premiers, Maurice s'est pointé. On s'était croisés au fil des années chez les commerçants du bourg quand on venait en vacances, mais là, il voulait qu'on se connaisse mieux, puisque sa maison est à un coup d'aile d'oiseau de chez nous. Je le soupçonne aussi d'avoir voulu, lui aussi, voir à quoi on ressemblait vraiment. On est français, oui, mais on arrive de si loin ! Et on a vite noué amitié.

Je dois dire que Maurice est un voisin précieux, toujours prêt à se décarcasser pour des niquedouilles comme nous, plus forts dans la philosophie que dans la mécanique ou l'agriculture. D'ailleurs il ne se prive pas de se payer notre tête, y a pas plus couillon que les intellos, z'ont deux mains gauches. Sauf votre mari, Hélène, qu'a monté le garage et le petit abri de jardin, que ça a pas encore l'air de vouloir s'écrouler.

Mais il suffit qu'on ait un problème (on en a souvent), on peut compter sur lui. Tout ce qu'il nous a planté ou greffé donne fleurs et fruits, il a les mains vertes, et n'hésite jamais à se les noircir pour désengorger le carburateur de notre tracteur. Il a la technique et il plaint pas sa peine, comme il dit. C'est sûr. Moi, je l'invite à goûter des petits plats d'ailleurs, il ne refuse jamais, il aime tout, on s'entend bien.

Mais est-ce que son efficace obligeance ne viendrait pas aussi de sa foi ? Parce que s'il ne va à l'église qu'une fois par an, le jour de Pâques, il croit. Oui, il est croyant, tout en disant que, dans la religion, ce qui est beau, c'est dépanner les malheureux plutôt que radoter des prières et avaler le Bon Dieu tous les dimanches. D'ailleurs y a pas plus fadasse qu'une hostie, il préfèrerait une gorgée du vin de messe. Il pratique donc l'entraide charitable et attend son verre sitôt la besogne achevée.

Quand il a descendu son apéro, ses convictions ressortent et on a régulièrement droit à sa colère contre Brassens, cet enfoiré qui a tout faux quand il se moque de la foi du charbonnier « qu'est heureux comme un pape et con comme un panier ». Maurice monte le ton. Il a la foi, bon ! Mais il se sent ni heureux ni con. Un peu de respect tout de même ! Et de logique : un panier c'est pas si con, et c'est pas sûr que le type en blanc du Vatican nage dans le bonheur. D'accord ?

À la troisième resucée, Maurice rabâche ses malheurs. La mort de sa femme. Son seul fiston qui a foutu le camp en Australie et donne pas souvent des nouvelles. Et une retraite minable qu'est pas près d'augmenter avec toutes ces lois du gouvernement, aucun président de mes deux a fait de cadeau aux vieux ouvriers agricoles, nom de Zeus. Cause toujours, tu m'intéresses !

Et le Maurice conclut : «Alors, le soir, faut que j'en parle à quelqu'un. C'est vrai, j'en ai tellement bavé, j'ai besoin de déballer. Alors j'appelle Jésus et je l'engueule. Je lui demande des comptes. J'ai fait quoi pour mériter toutes ces misères ? Et qu'on me dise pas que j'irai droit au paradis ! Les pauvres bougres comme moi y seraient reçus en premier ? En attendant, ça fait cher le billet d'entrée ! Personne peut m'entendre, on est entre nous, ça me soulage. Et puis je me prends un coup de bergerac, il est bon et pas trop cher à la supérette. Quand j'ai ma dose, je lâche Jésus et je parle à sa sainte mère, mais là, gentiment, juste pour lui demander des adoucissements et m'excuser d'avoir malmené son garçon. Après je m'endors content. Peut-être que je force un peu sur le cubi et que je me prépare une cirrhose d'enfer, mais on fait ce qu'on peut avec ce qu'on a. Je suis tout seul, moi, faut le vivre».

Après la messe de Pâques, en 2007, Maurice n'était pas au mieux. Le prêche de monsieur le curé n'avait rien résolu, loin de là. Dans la soirée, Jésus n'avait toujours pas répondu et la Vierge Marie en plâtre était tombée du buffet, tout éparpillée. Maurice a mis son frichti à chauffer pour le dîner avant d'aller dans la grange piocher du réconfort dans sa réserve de rouge. Bien décidé à s'en prendre une bonne, pour oublier et retrouver momentanément un peu de foi en sa chienne de vie. Mais l'ampoule était pétée, il n'y voyait rien.

Il fourrageait derrière les fagots quand la miséricorde divine s'est manifestée : la maison a littéralement explosé, dans un vacarme épouvantable, projetant tuiles, pierres et brandons jusque dans les jardins voisins. Les pompiers ont réussi à éteindre le feu d'artifice au matin. Le ragout de Pâques avait débordé, la bouteille de gaz en surchauffe avait fait le reste. Si Maurice était resté dans la cuisine, il était mort.

L'assurance, heureusement, a payé une bicoque neuve et le Maurice rayonnant vient maintenant à peu près tous les soirs philosopher chez nous à l'heure du Berger : « Un, quand on dit que l'alcool tue, moi il m'a sauvé la vie. Deux, si vous voyez pas la main de Jésus et de Marie derrière tout ça, c'est que vous êtes encore plus cons que Brassens ! Le prenez pas mal, je rigole. Et amenez-moi votre tronçonneuse, que je lui brosse un peu les dents ! »

PHOTOS DE NOËL

À l'approche de notre premier hiver en France, j'attendais avec une certaine impatience les festivités de fin d'année, dans la bonne vieille tradition. Une grosse envie de revivre cette période si particulière, si enfantine, après tant d'années.

Il s'est trouvé que les pays où on avait vécu ne célébraient pas Noël, tout simplement parce que les populations n'étaient pas chrétiennes. Nous ne le sommes pas non plus, ce n'est donc pas le côté religieux de cette fête qui nous a manqué.

On se rassemblait entre expatriés, dans un jardin, on accrochait une ou deux guirlandes à un palmier ou un hibiscus, les enfants ouvraient leurs cadeaux, les parents quelques bouteilles réservées pour l'occasion, on partageait un bon dîner, on dansait, on s'amusait gentiment, c'était tout. On pensait bien à la famille, à tous ceux qui, si loin, célébraient ces jours joyeux sans nous, mais, comme il faisait en général plus de trente à l'ombre, on se contentait de ce qu'on avait, en se consolant comme on pouvait, avec des arguments irréfutables sous ces climats.

Un, des huîtres tièdes ne seraient pas au top.

Deux, le foie gras au torchon nous resterait sur l'estomac.

Trois, les chocolats fondraient dans leurs boîtes.

Quatre, le champagne ne resterait pas frappé longtemps.

Cinq, on était tellement bien dehors sous les somptueux crépuscules qu'on n'aurait pas eu envie de tenir compagnie au sapin, si on avait réussi à en trouver un, qui aurait clignoté seul, comme un con, au salon.

Six, les dames et les messieurs étaient en bermuda-tongs, ce qui est moins chic, mais plus confortable qu'un nœud pap étrangleur ou des escarpins casse-gueule, que personne n'aurait pu supporter.

On était d'accord, la température et les produits locaux ne permettaient pas de réveillon comme chez nous. Mais on y pensait, à ce réveillon.

Le bébé Jésus a eu la bonne idée de naître un 25 décembre (on dit) et une partie du monde commémore cet événement par un divin gueuleton, ce que Gaulois, Romains et consorts faisaient déjà avec leurs fiestas du solstice d'hiver. De tout temps, ce fut une sage prophylaxie pour lutter contre le froid et la nuit, que de l'étouffe-chrétien (sans jeu de mots en ces dates sacrées) le gras et le sucre tenant au corps en espérant que demain il fasse jour.

Et comme nous voilà de retour au pays, de nouveau en condition de renouer avec cette belle coutume, on va y sacrifier. Sans modération. Avec enthousiasme.

D'ailleurs mon sapin est le plus beau ! Dégoulinant de boules et de guirlandes choisies une par une avec goût et délicatesse. Il y en a un peu beaucoup, mais elles ont au moins le mérite de cacher la merde au chat, à savoir que mon merveilleux sapin est en plastique bas de gamme. Je suis une tendre amoureuse des forêts qui ne supporte pas qu'on coupe un arbre. Et puis, au fil des années à venir, mon sapin en plastique se révèlera un excellent investissement. Pour le moment il fait son effet, que la fête commence ! J'imagine les belles photos qu'on gardera en souvenir.

Mais, au fil des années, chaque fois que je mitraille mon merveilleux sapin, et que je ressors les albums des autres noëls pour comparer, je ne peux pas m'empêcher de penser à d'autres photographes moins innocents.

Par exemple une certaine Melissa Bachman. Cette célèbre présentatrice TV américaine aime, comme moi, immortaliser ses joies. Elle s'est ainsi fait tirer le portrait assise à côté du lion qu'elle vient d'abattre. Scandale, hurlements des amis des bêtes, bien sûr, mais les défenseurs de la dame disent que ce genre de « safari en boîte » est tout ce qu'il y a de plus légal.

Par « safari en boîte », il faut comprendre que le lion, plutôt vieux et plus ou moins anesthésié, est amené face au chasseur dans une cage d'où on le force à sortir pour se faire dézinguer. On tue et on fait la photo.

Je pense aussi, il n'y a pas si longtemps, à la mise à mort du tonton de Kim Jong Machin, le président de la Corée du Nord. L'oncle aurait été exécuté parce qu'il n'applaudissait pas assez fort les discours du neveu. On a des preuves, quelques clichés où il fait la gueule pendant un défilé militaire. Des photos qui tuent.

Je pense aussi au martyre d'Alep, ma ville adorée, mais là, les photos de la Syrie sont toujours les mêmes, il y en a partout, trop de photos tuent la photo, on dit qu'on finit par s'habituer. Pas moi.

Mais, consolation de mon impuissance ou volonté égoïste de ne pas penser à ces massacres, je viens d'acheter ma vingtième boule de Noël, en plumes dorées, mon sapin en a frémi, la fête peut recommencer !

En décembre 2006, pour notre première fois, la maison était pleine.

Je signale juste que ce sont nos amis, juifs ou musulmans de naissance, mais détachés de ces contingences, sinon ils ne seraient pas nos amis, qui ont le plus fait honneur au cochon de lait farci, qu'ils avaient exigé expressément.

Et je ris encore au souvenir du lendemain de ce premier merveilleux réveillon. Un de nos invités, qui restera anonyme ici, descend l'escalier du salon encore tout ensommeillé. Il ne nous voit pas, nous sommes trois silencieux, vautrés sur le canapé.

Arrivé sur le palier, il lui échappe une de ces pétarades qui sauvent après une soirée copieuse et arrosée. On applaudit. Il sursaute, nous salue, se met en position de western, on jurerait qu'il a un colt dans chaque main et annonce en secouant sa tignasse : « Lucky Prout, l'homme qui pète plus vite que son ombre ! Excusez du peu... C'est pas de moi, je sais plus où j'ai entendu ça, mais c'était l'occasion, non ? »

Rigolades bas de gamme, j'avais prévenu, je suis restée gamine caca-boudin.

JE VOUS VOIS

Après ces premières fêtes de fin d'année au pays, on est partis quelques jours pour rendre visite à trois membres de ma famille qui habitent dans le sud de la Dordogne, pas très loin d'ici. On ne s'était pas vus depuis un bout de temps, mais on avait passé de bons moments ensemble, autrefois, avant qu'on choisisse de visiter le monde. On avait bien tenté d'organiser des retrouvailles pendant nos brefs transits en France, sans succès. D'autant plus que ma cousine Laurine avait aussi mis les voiles on ne savait plus trop où, Amérique Latine, Sibérie, Etats-Unis. Et les années avaient filé entre rendez-vous manqués et promesses téléphoniques de revoyure, disons l'été prochain, ce serait dommage de se louper encore.

Mes parents se disaient petits bourgeois plutôt gauche intello, mais la sœur de Papa, juste après son bac, s'est entichée d'un aristo fin de race, un peu plus âgé qu'elle, déjà bien alcolo, qu'elle a épousé. Ils ont eu une fille, ma cousine Laurine, que j'ai souvent entendu traiter de pétroleuse par les bonnes âmes de la parentèle, et avec qui j'ai partagé de bons fous-rires d'enfance, et quelques petits copains d'adolescence.

Et puis ce coup de fil ! Laurine vient de rentrer de Philadelphie, plaquant une brillante carrière d'avocate d'affaires pour se consacrer à l'élevage des moutons noirs de Jersey sur les terres du château de son père. Tu te souviens qu'on y avait bien rigolé, Hélène ? Les bains de minuit à poil dans la Vézère, les cuites au bourru nouveau, et les garçons du père Chassou ! Elle précise que la bâtisse est en pleine rénovation, ce qui ne gêne pas Tante Minette et Tonton Louis qui s'y sont installés avec fifille et on nous y attend. Prévoir bottes et lainages, les étables sont froides et faudra aider les brebis à agneler, pas évident. Heureusement qu'on a Marcel, tu comprendras.

On était invités en avril, espérant un temps de printemps pour visiter le jardin et les nouveaux aménagements du domaine. Et on rentre d'une semaine là-bas, du matin au soir dans des bergeries pas si retapées que ça et très venteuses.

Laurine a gardé ses manières foutraques et rigolotes, toujours célibataire, mais on n'a pas eu vraiment le temps de parler de ce qu'on avait vécu, elle aux States et nous ailleurs, parce que c'est la saison des naissances. Sur les ordres du berger Marcel, qui nous a paru tout de suite accro aux appas de ma cousine, porteuse de boléros décolletés-serrés, nos apprentis éleveurs courent partout et nous, on donne les coups de main qu'on peut. C'est prenant.

La veille de notre départ, en fin d'après-midi, un agneau, juste sorti du ventre de sa mère, n'arrête pas de couiner. Tante Minette, un peu dépassée par les aléas de la vie ovine, appelle sa fille d'une voix flûtée : « Chérie, il faudrait que vous veniez couper le cordon de cette petite femelle, elle est empêtrée dedans, elle risque de s'étrangler avec, je ne sais que faire. »

La mère et la fille se vouvoient, on sait que c'est une tradition dans la famille de Tonton Louis. Laurine, les mains dans un placenta, crie sans se retourner :

« Maman, vous faites chier, c'est pas possible d'être aussi manche ! Vous seriez assez con pour laisser crever une bête ! Bon Dieu, faut vous sortir la tête du cul, merde ! Marcel, apporte la Bétadine et frotte la bestiole, elle a froid ! » Le berger se précipite, mais, parce qu'il zyeute les seins de ma cousine, prêts à jaillir du chemisier, il percute Tonton Louis, planté souriant sur le passage, et le fait choir lourdement dans la paille.

Ma tante se jette sur lui : « Louisou, tu t'es fait mal ? » Elle en est toujours folle et le tutoie sans chichis en dépit des coutumes ancestrales de cette vieille lignée. Mais, comme elle le répète souvent, quand on baise ensemble, c'est le comble du ridicule de se vouvoyer, à imaginer le « vous » pour demander une gâterie, elle aurait du mal à prendre son pied, elle s'en étoufferait de rire ! Apparemment sa belle-famille n'a pas fait un drame de cette entorse aux tradition et nous, on s'en fout.

Le soir, la petite agnelle, bichonnée par le cher Marcel, tétant sa mère avec appétit, se portait à merveille. Les autres nouveau-nés aussi. Et on s'est tous retrouvés dans le grand salon du vieux manoir. Pas encore restauré, très vieux et très humide. Tonton Louis a ouvert un bordeaux, puis deux, puis d'autres, fallait vérifier qu'ils ne sentaient pas le bouchon. Et puis... soir d'avril frisquet, rien de tel pour se réchauffer. Et fêter les succès de son éleveuse de fille. Laquelle n'a pas tardé à susurrer à son berger : « Dis donc, Marcel, on a bien bossé, non ? Je sens plus mes abattis, moi. Au dodo, maintenant ! Tu viens ? Bonne nuit, les petits ! » Et ils ont filé.

Tonton Louis descendait verre sur verre, l'air béat, c'est un homme facilement heureux et ma tata éclusait aussi, le couvant d'un œil de plus en plus amoureux. Nous, un peu assommés par la joie d'avoir accueilli tant de petites bêtes bêlantes et d'avoir vérifié la qualité de tant de bouteilles, on n'a pas trop tardé à prendre le chemin de notre chambre, la verte, premier étage à droite, un peu moisie malgré les courants d'air.

Le picrate, moyen, mais abondant, m'a illico fait sombrer dans des rêves colorés, mais vers minuit j'ai eu envie de faire pipi et je me suis aventurée vers les toilettes, d'époque, au bout d'un couloir ténébreux.

Un cri. Je m'arrête. Je tâte le mur, une porte fermée. Un autre cri. Qui est en danger ? Quel drame est en train de se jouer ? Encore un cri, rageur, presque douloureux. Je frappe ? Si je passe mon chemin, c'est non-assistance à personne en danger. Je saisis le loquet.

« Loulou, Louison, Louisou, vous auriez pas trop bu des fois ? D'habitude ça vous excite, que je vous donne du «vous», ça vous met vite la trique, hein ? Vous adorez, dites-le ! Là, je vous trouve bien tranquille ! Vous voulez un coup de main ? Ou de langue ? C'est pas de refus ! On va aviser. Mais où êtes-vous planqué, je vous trouve pas ! Attention, j'allume. Qu'est-ce que vous faites par terre, sur le tapis ? Oh oh oh, mais qu'est-ce que je vois ? Monsieur le baron, allez pas me dire que vous n'êtes pas en forme, c'est même la grande forme ! Félicitations ! C'était pour me taquiner, ces ronflements, hein ? Me faire croire que vous étiez cuit, hors d'état de nuire ? Filou ! Je vous préviens, Louis, pour notre confort à tous deux, il va falloir me sauter, et sans attendre, mon cochon ! » roucoule la voix de ma tante.

MERCI, CHARLIE !

Quelques mois après ce délicieux séjour au château de mon oncle, début d'automne 2007, on est invités dans une grosse ferme du côté de Pompadour. On a rencontré Monsieur, Madame et leur fille lors d'une conférence sur la flore de la région, on a sympathisé et nous voilà chez eux. À ce dîner, je suis à côté du maître de maison, Fernand, surnommé « Bargassou », le bavard en patois, et au dessert, plusieurs convives lui ont demandé ce qui lui était arrivé la semaine passée. Tout le monde, sauf nous, semblait plus ou moins au courant, mais on voulait son récit à lui, de sa bouche, allez, s'il te plaît, on t'écoute.

Je lui laisse la parole.

« Moi, Bargassou, vous me connaissez, vous savez que je suis producteur de pommes, des bonnes sans saloperie, et surtout, surtout, fan de Charles Baudelaire, ça date pas d'hier, je m'en cache pas, je vous ai emmerdés souvent à vous balancer un de ses poèmes, je peux pas m'en empêcher. Péquenot, oui, mais un peu intello sur les bords et surtout, accro à mon écrivain préféré. Et vu ce qui m'est arrivé, je suis pas près de changer : mon poète, je l'aime encore plus et j'ai de bonnes raisons.

C'était vendredi, il y a dix jours. Yolande, ma tendre épouse ici présente, m'avait aidé à désinfecter la chambre froide pour y entreposer la nouvelle récolte, pas question que nos reinettes grises moisissent, on vit pas que d'amour et de poésie ! Après deux jours passés à récurer les clayettes, Yoyo en avait marre et elle est partie pour le week-end chez notre fille, à Brive.

À 20 heures, j'entre dans la chambre froide. Tout est nickel et si je rebranche la clim ce soir, dimanche on aura une température idéale, Yoyo sera revenue, on pourra installer les fruits. Quel rapport avec Baudelaire, ces histoires de pommes, vous allez me dire ? Attendez voir ! Avant de sortir, je jette un dernier regard, tout est prêt, c'est bon. Je vais dehors allumer le moteur frigo au tableau électrique et je rentre éteindre le néon, son interrupteur est à l'intérieur, vous notez, c'est important pour la suite. Et là un coup de tonnerre éclate dans mon dos.

Je me retourne. L'énorme porte de la chambre froide vient de se refermer. Je tripote la poignée. Rien. Je gratouille dans la serrure avec mon opinel. Rien. Merde ! C'est pas vrai, juste quand je suis seul ! Et le portable ? Re-merde, je l'ai laissé au salon ! Pas moyen d'appeler mon commis Antoine qui habite pas loin et qui s'y connaît en mécanique. Le battant me semble parfaitement bloqué. Quoique… si je fais poids, on dirait que ça bouge. Je force, je tire, je pousse. Et, là, espoir, la porte s'entrouvre. Juste assez pour passer le bras. Pas plus. Elle s'ouvrira pas plus, la charogne.

Il est 21 heures et me voilà coincé en pleine campagne au fond d'un frigo. À tout hasard j'appelle au secours dans l'entrebâillement avant de me dire que je crois pas aux miracles et que la nuit risque d'être longue. Histoire de passer le temps, j'entame un de mes sonnets préférés : *Réversibilité,* pas besoin de vous préciser l'auteur…

« Ange plein de gaîté, connaissez-vous l'angoisse,

La honte, les remords, les sanglots, les ennuis,

Et les vagues terreurs de ces affreuses nuits… »

Et là, j'ai un trou. Qu'est-ce qui rime avec « angoisse » ? Il me faut cette rime, c'est vital. Je supplie ce con de néon : la rime, trouve-moi la rime ! Rien ! Va te faire voir ! J'éteins cet imbécile et je rallume illico, je veux pas rester dans le noir.

Il commence à faire froid et pourtant il me semble que je sens vaguement la sueur. Je renifle mes dessous-de-bras. Pas de doute. Je déclame :

« Il est des parfums frais comme des chairs d'enfants,

Doux comme les hautbois, verts comme les prairies,

Et d'autres, corrompus, riches et triomphants.

Ayant l'expansion des choses infinies... »...

Et après, là encore, blocage. J'ai bien des mots, ambre, encens, mais la suite revient pas. Pourtant je la connais par cœur. Enfin je la connaissais. Est-ce que je serais en train de perdre la boule ?

Je tente, juste pour la rigolade, : « De Nantes à Montaigu, la digue, la digue, de Nantes à Montaigu, la digue du cul ! » Là, pas de problème de mémoire, ça fonctionne… mais c'est pas du Baudelaire.

Il est minuit. Je coupe le néon, pour me forcer à habituer mes yeux au noir. Je risque de m'endormir, c'est pas terrible.

Si j'essayais *L'Albatros* ? Je me concentre sur les huit rimes du poème et j'arrive à tout me réciter. Et même si je me dis que je dois ressembler à un vilain canard, j'essaie de faire l'albatros, trébuchant jambes fléchies, bras écartés, mains frôlant le sol et je termine : « Ses ailes de géant l'empêchent de marcher ».

Puis je me mets à ricaner : « Et moi je ne sais pas qui viendra me chercher, ça commence vraiment à me faire chi-er», pardon Charlie, mais c'est quand même deux alexandrins.

Je joue encore un peu avec le néon. chaque fois que je le rallume, ça me réveille

Au lever du jour, j'ai pensé à ma Yoyo :

« Quand, les deux yeux fermés, en un soir chaud d'automne,

Je respire l'odeur de ton sein chaleureux,

Je vois se dérouler des rivages heureux

Qu'éblouissent les feux d'un soleil monotone ».

J'avais très envie de Yoyo et de matin exotique, c'est humain, comprenez-moi, mais Yoyo était loin et il pleuvait à seaux.

Quand le second soir est tombé, le néon que j'avais malmené est tombé en carafe. J'ai attaqué « Bientôt nous plongerons dans les froides ténèbres » et je n'ai pas aimé la rime : « funèbres ». Pourtant, comme les autres, ce vilain mot rythmait le temps, me réveillait, m'aidait à ne pas somnoler.

J'ai tenu trente-deux heures, près de la moitié dans le noir, sans fermer l'œil, à marteler des vers, obsédé, enragé, et porté par les rimes dans ma prison à pommes.

C'est un couple baiseur, retour de boîte de nuit, qui m'a délivré.

J'étais affalé par terre, moitié crevé, à ânonner mes poèmes pour ne pas piquer du nez et je n'avais pas entendu leur voiture se garer à deux pas du hangar. Mais à un moment ils ont fait des bruits que j'ai reconnus. J'ai attendu le bouquet final pour pas leur gâcher le plaisir et je me suis forcé à chanter «Le tombeau, confident de mon rêve infini ». En me sortant du frigo, la fille m'a dit qu'elle aussi elle adorait le rap. Et le garçon m'a montré comment débloquer la porte blindée, pour une prochaine fois. Y a pas plus facile, faut juste le savoir et je savais pas. Et puis ça marche pas de l'intérieur !

Il faisait cinq degrés dans l'entrepôt. Si je m'étais endormi, je risquais une sévère hypothermie, le docteur est formel. Mon histoire lui a plu, il m'a fait un article dans le journal et il est en train de relire *Les Fleurs du Mal ».*

MA CABANE AU CANADA

Avant que nous décidions d'y vivre, on nous avait dit souvent que nous avions de la chance d'avoir une maison dans cette région. Vallonnée, ombragée, murmurante de ruisselets, la nature y est superbe, c'est vrai. En y résidant à l'année, on a redécouvert des gelées matinales de novembre à avril, ce plaisir du froid qui nous avait longtemps manqué et aussi des étés supportables avec orages d'opérette. Sans oublier qu'on s'y entend en cuisine, un vrai régal de l'entrée au dessert, Limousin et Périgord rivalisant de gourmandises !

Et puis nous avons rencontré des gens de bonne compagnie, dont certains, comme l'amoureux de Baudelaire sont, au fil du temps, devenus nos amis au même titre que ceux d'avant. Et grâce à qui il m'est arrivé de faire des découvertes insolites.

Ce matin-là, je crois que c'était en novembre 2008, ma copine Gabrielle a téléphoné pour m'annoncer, au cas où je ne l'aurais pas remarqué, qu'il ne pleuvait pas. Et qu'on devrait en profiter pour aller marcher un peu, vu le déluge glacé que la météo prévoyait dès le lendemain.

On est parties dans sa Jeep qu'on a laissée en haut d'une piste bourbeuse et on a grimpé à travers bois avant de déboucher sur un plateau où la vue est immense et le vent mordant. D'après la carte de Gabrielle, il faut prendre à gauche pour suivre la rivière jusqu'aux rochers géants qui nous intéressent. On y va. À peine descendues dans le chemin creux, on se retrouve à l'abri de la bise, on peut déboutonner nos anoraks et allonger le pas. Et comme personne ne peut l'entendre, Gabrielle règle leur compte à tous les candidats aux élections municipales, tout y passe, physique et intellect, elle a la dent dure, mais elle voit juste, ce qui me fait beaucoup rire.

Soudain j'aperçois un truc blanc sur la droite, au-dessus des arbres, comme une tente pointue. Je dis : « On dirait un tipi... » et Gabrielle ironise : « Déjà que le dingo du camping du lac a installé des yourtes, on peut s'attendre à tout ! »

Les troncs s'écartent et on débouche sur une vaste clairière traversée par un joli ruisseau. Et au bord de l'eau, ma cabane au Canada ! En rondins, un trophée de cerf cloué au-dessus de la porte, le drapeau à feuille d'érable flottant sur sa hampe au coin du toit de tuiles roses. Gabrielle, le nez sur la carte d'état-major, remarque que cette maison n'y est pas indiquée. Elle est donc très récente ? Ou alors, construction sauvage sans autorisation ? Illicite ? Ma commère exige qu'on respecte les lois de la république, en toute transparence, au point d'avoir des crises de spasmophilie au moindre soupçon de pots-de-vin ou de magouilles. Gabrielle est honnête, facilement procédurière, mais c'est toujours pour la bonne cause.

Un homme, la soixantaine costaude, vient vers nous. Chemise à carreaux, casquette de trappeur, il nous salue en souriant : « Y a pas grand monde qui vienne jusque chez moi. Vous êtes en balade ? »

Et avant qu'on puisse répondre, un hurlement éclate. Un de ces cris sauvages qui font surgir de vieilles terreurs et vous retournent les sangs. Le monsieur a un petit plissement d'yeux indulgent : « Ce sont mes loups ! »

On doit faire de drôles de tête puisqu'il explique gentiment : « Surtout n'ayez pas peur ! Ils ont jamais mangé personne, ils vont pas vous attaquer, ils sont parqués et bien parqués ! Vous voulez les voir ? »

Je dis que oui. Depuis toujours je suis fascinée par les loups et, après en avoir vu de près dans les Balkans, c'est devenu de l'amour, j'ai plein de bouquins sur le sujet. On suit l'homme aux fauves. J'entends Gabrielle rouspéter en traînant les pieds.

Derrière la maison, au fond d'un grand enclos électrifié, cinq huskies et quatre loups, tous roulés en boule, ne bronchent pas à notre arrivée. Leur maître les appelle en sifflant, ils s'approchent sans hâte, museaux relevés, oreilles baissées. Les yeux des chiens sont bleu pervenche, ceux des loups d'un jaune tirant sur l'orange. La meute dégage une puissante odeur de buis et de sauvagine. Je les trouve superbes, tous, et je le dis, avant de demander comment ils sont arrivés là.

« Je suis musher, conducteur de chiens de traîneaux, si vous préférez. C'est ma passion, ces chiens-là. Posez-moi les questions que vous voulez, je suis incollable sur eux ! Comme sur les loups, d'ailleurs, j'en ai toujours eu. »

Gabrielle regarde les animaux sans tendresse et me fait signe de filer, mais le type est lancé. En cinq minutes, on apprend que les loups et les chiens ont quarante-deux dents, que la mâchoire du loup est trois fois plus puissante que celle du chien, que le chien laisse quatre traces alors que le loup met les pattes arrière dans les empreintes des pattes avant, et qu'au Québec...

Je le coupe : « Vous y avez vécu longtemps ? »

On me répond : « Je connais pas le Canada. J'ai jamais eu les moyens d'y aller. J'ai baladé des touristes en traîneau dans les Alpes pendant des années, ça correspondait pas trop à mon idée du Grand Nord, mais faut bien vivre ! Et puis j'avais déjà adopté six loups à l'époque, c'était pas toujours facile !

– Et pourquoi vous êtes ici où il ne neige presque pas ?

– Maintenant je suis trop vieux pour faire l'amuseur. J'ai hérité de ce terrain, j'ai construit ma cabane, mon tipi et mon enclos, mes bêtes y sont bien, mais plus de première jeunesse, j'ai déjà perdu deux louves, les autres tarderont pas. Et quand il tombe trois flocons, je m'assieds par terre avec eux, je les écoute respirer, hurler par moments, je voyage dans ma tête et je suis heureux. »

En retournant à la voiture, Gabrielle a résumé ce que nous venions de voir : encore un illuminé au fond de nos campagnes ! Quel fourbi ! Fallait quand même vérifier si le zigoto avait demandé un permis de construire et se renseigner sur les conditions d'hébergement de la faune sauvage. Parce que si jamais la clôture électrique de l'enclos lâchait, les éleveurs de moutons pourraient s'attendre à un sacré grabuge. Bien joli de rêver aux grands espaces et aux hordes sauvages, mais selon les normes de sécurité et, surtout, dans la légalité !

Sur ces considérations hautement respectables, Gabrielle s'immobilise et tourne vers moi un visage sévère : « La loi, c'est la loi ! Si on contourne la loi, on en arrive vite à des aberrations. Tu es au courant de ce qui s'est passé à la ferme des Bories, l'an dernier ? »

Et comme je dis que non, on va s'installer au chaud dans la Jeep et elle raconte.

« Tu me sidères de pas avoir eu vent de cette histoire ! Les journaux d'ici en ont pourtant fait leurs choux gras et la télé régionale aussi ! Bon, écoute ! À la ferme des Bories, sur la colline de Savignac, vivaient Madame Laurent, veuve d'un maraîcher, quatre-vingts ans passés, et ses deux fils agriculteurs, la soixantaine, célibataires et pas très sociables, d'après ce que j'ai pu savoir. La vieille dame était vaillante et les témoins ont tous affirmé qu'ils la voyaient régulièrement aider ses fils dans les champs. Ils n'étaient pas riches, c'est le moins qu'on puisse dire, et ils travaillaient dur.

Et puis la mère Laurent a disparu du paysage. Au bout de quelques jours, un voisin s'est étonné de cette absence et il est venu demander aux fils des nouvelles de leur mère. Sans descendre de leur tracteur, ils ont répondu du bout des dents qu'elle était enrhumée, qu'elle restait dans la maison. Et ils ont continué à labourer, je t'ai dit qu'ils passent pour des sauvages.

Le voisin s'est d'abord contenté de cette réponse puis, quelques jours après, comme la vieille dame ne reparaissait pas, il est allé jusqu'à la maison, pour en savoir plus. Les deux Laurent l'ont reçu devant la porte, fusils de chasse en bandoulière, pas vraiment aimables et lui ont dit que tout allait bien. Il leur a donc souhaité bonne continuation, sans insister. Mais, alors qu'il tournait les talons, un coup de vent lui a apporté une drôle d'odeur. D'abattoir, il le dira au procès, ou comme quand on oublie trop longtemps du confit de canard dans la graisse et que ça pue la viande avariée. Pour faire bref, comme ce monsieur avait des doutes, il a fini par alerter les gendarmes.

Qui ont trouvé la dame à moitié décomposée dans son lit, couverte intégralement de gros sel. Elle était morte depuis plus d'un mois, d'une pleurésie sévère, sans aucune trace de violence criminelle, l'autopsie est formelle. Ses fils l'avaient salée pour la conserver, comme ils savent le faire pour un cochon, au moins le temps de toucher encore une mensualité de sa pension de veuve, ils en avaient bien besoin.

Je t'accorde que la misère de certains petits paysans est révoltante, je t'accorde aussi que les deux pauvres diables étaient sans aucun doute un peu simplets, mais tout décès doit être déclaré, sinon c'est un délit, le juge le leur a rappelé. Sans prononcer d'autre peine que l'obligation d'un suivi psychiatrique. Heureusement ! C'est une triste histoire et il ne faudrait pas que le zozo aux loups se croie tout permis ! »

PARMESAN ET GOUDA

Peu après ces histoires de loups et de femme salée, j'attendais avec impatience une très chère amie pour les lui raconter, sachant à quel point elle aime les anges du bizarre, mais la voilà qui arrive de Paris en traînant salement la patte gauche. Le pied se pose à peine par terre, grimaces, gémissements, elle a l'air d'avoir sacrément mal. Je la fais asseoir. Qu'est-ce qui lui est arrivé ? C'est quoi ce bobo ?

Elle m'explique qu'en ce moment, dans son supermarché préféré, les produits italiens sont en super promotion : « Tu te souviens que j'adore les fromages de là-bas ? Alors, quand en plus, ils sont bradés, je fonce ! Il y en avait de gros morceaux sous blisters dans des paniers. J'en prends un, deux, un autre, pour choisir. Et là, vlan, le plus lourd me glisse des mains, droit sur mon gros orteil, pire qu'un bon coup de marteau ! J'ai poussé un de ces cris, on a dû m'entendre jusqu'au fond du magasin. D'ailleurs, regarde, tout le bout de mon pied est noir, affreux ! »

J'aurais dû compatir, lui offrir un café de réconfort, un macaron ou un tendre chocolat, au moins me pencher sur son hématome. Au lieu de ça, je commence à rire, mais à rire, je m'en étouffe, je prends le hoquet, face à la blessée qui répète, de plus en plus agacée, que c'est pourtant pas marrant du tout. Mais c'est plus fort que moi, je pouffe comme une sadique, aucune pitié. Mais c'est que je vois l'inimaginable, je l'imagine, je le vis : un accident de parmesan ! Et rien que d'y penser, la rigolade recommence. Me voilà des jours de gaîté assurés, ce drame est une source de joie.

Pourtant mon amie aura sa revanche, à son tour de rire, toujours pour une histoire de fromage, assez improbable. Mais le sort a ses ironies.

Quelques jours après la romance du parmesan, nous avons invité à dîner des amis hollandais. Comme cadeau, ils apportent un joli objet, manche en porcelaine bleue, large spatule métallique, que je prends pour une pelle à tarte, avant qu'on m'explique que c'est un tranchoir à gouda, emblématique des Pays-Bas. D'ailleurs on me montre une fente acérée, réglable, ouverte dans la spatule. On peut faire des tranches régulières, bien sûr, mais surtout des émincés, des lamelles, des pétales, des brindilles, pour une déco fromagère inventive. Suffit de choisir une pâte dure, pas du camembert coulant. Évidemment ! Merci les bons conseils d'Amsterdam, je ne suis pas complètement idiote !

Mais parfois me viennent des idées qui pourraient donner à penser que j'ai des failles mentales. Goût des expériences ? Mépris du danger ? Connerie.

Donc, seule dans la cuisine, je veux essayer un truc, pour voir. Je prends le beurre salé dans sa soucoupe et mon nouveau joujou batave. J'ai décidé de faire des copeaux pour les mettre à fondre sur nos nouilles du soir, c'est simple et ça devrait être rapide.

Rapide oui. Y a plus de peau sur deux de mes doigts qui ont laissé filer le beurre ramolli de façon soudaine et déloyale, et sont passés à sa place sous la lame. Y a plus non plus de soucoupe, mon sursaut de douleur l'a envoyée par terre. Quant à la râpe à gouda dégoulinante de sang, un gros plan en ferait une jolie couverture de polar. Tant pis pour moi, on m'avait prévenue.

Mais comment réprimer cet incoercible besoin de tenter l'absurde, juste pour voir si des fois ça pourrait le faire ? Comment refuser l'aventure ? Je suis incorrigible ! Ou alors est-ce que je serais de la race de Nasrettin Hodja, le héros des contes populaires turcs, un gourmand plein de roublardise et de candeur à la fois ? Un jour un de ses voisins le trouve à bonne distance de leur village en train de verser une louche de présure dans un étang. Le voisin s'étonne. Quand on veut faire du yaourt, c'est dans du lait qu'il faut mettre la présure, pas dans de l'eau ! Et Nasrettin, rêveur, lui répond : « Oui. Mais… si par hasard ça prenait ? »

Je vais de ce pas acheter un morceau de ce que je trouverai de plus compact à la fromagerie, vieux comté à défaut de gouda, par exemple, pour retenter l'expérience dans de bonnes conditions, pas m'avouer vaincue, tout en reconnaissant mes responsabilités. Finie la rigolade, mes doigts me font un mal de chien.

En attendant, je me ficèle un pansement, tout en chantant comme les trois petits cochons de la pub : « Les pro-duits laitiers sont nos amis pour la vie ! »

DANGER

Mes doigts cicatrisaient et, avec une « poupée » de sparadrap pour les protéger, je pouvais travailler au jardin, cornaquée par Gaby, sous l'œil de Maurice assis sur la murette, occupé à changer le manche d'un vieux râteau.

À la vue de mon pansement, ils ont tous deux posé quelques questions compatissantes, mais je n'ai pas raconté comment je m'étais fait agresser par une motte de beurre et une râpe à fromage. Je me suis contentée de dire brièvement qu'un outil avait ripé. Gaby a opiné du bonnet : « Madame Hélène sait faire plein de choses maintenant. Elle met la main dans le TAMBOUIS, elle est devenue MANIPULEUSE comme une vraie AGRICOLE ! » À traduire, je pense, par « manuelle comme une vraie paysanne ». Et j'adopte sans réserve son « tambouis », si évocateur entre « cambouis » et « tambouille »

On est en train d'arracher le lierre au pied du gros tilleul quand un grondement monte du vallon. On se retourne. Rien. Le bruit augmente, se rapproche, les arbres autour de nous sont secoués de tremblements, un souffle puissant les tord en leur arrachant des paquets de feuilles. On lève les yeux vers le ciel d'où semble venir la menace. Rien. Et soudain, un énorme avion-cargo surgit au-dessus de nos têtes. Il vole très bas, son ventre noir rase la cime du tilleul puis, dans une vibration assourdissante, il pique du nez en tanguant vers la maison. Gaby hurle : « Couchez-vous par terre ! Va tout EBOUILLER, le con ! Regardez pas ! »

Je m'aplatis sur l'herbe, mais je regarde, évidemment. D'où je suis, il me semble que la carlingue touche déjà les tuiles faîtières, tout va être arraché, c'en est fini de ma pauvre chère maison. C'est alors que, dans un film au ralenti, comme soufflé par une tempête, le chapeau de la cheminée s'effondre sur le versant arrière du toit, une lucarne s'affaisse puis, museau redressé vers les nuages, l'avion reprend de l'altitude et disparaît dans des explosions assourdissantes et une traînée de fumée grise.

Maurice court vers nous. « C'est un miracle ! Vous avez failli vous retrouver sans abri, comme moi quand tout a pété le jour de Pâques. Reconnaissez qu'Il y a quand même un Bon Dieu, non ? Merci, merci, Seigneur ! »

Je suis toujours à plat ventre, haletant comme un chien qui a trop couru. On l'a échappé belle, on a frôlé la catastrophe, je le sais, mais la maison est encore là ! Je ferme les yeux, retrouvant doucement une respiration normale. Et soudain, surgissant de ma mémoire, l'hélicoptère qui nous a sans doute sauvé la vie au Liban, il y a plus de vingt ans, vrombit dans ma tête.

Mon mari avait été invité à un colloque, je l'avais accompagné, une bonne occasion de passer trois jours avec des amis libanais et on rentrait en Turquie, rejoindre notre poste. On venait de quitter Beyrouth où la situation s'aggravait, une de ces flambées de violence qui ensanglantent régulièrement le pays, entre revendications religieuses, politiques, dénonciations, déballage de corruptions diverses.

À l'ambassade, on nous avait conseillé de passer vite en Syrie en évitant la grand-route de Damas, déjà embouteillée par des gens en fuite, et on suivait la côte pour trouver un hôtel à Lattaquié, port tranquille après la frontière. On avait déjà traversé plusieurs villages apparemment désertés où des maisons finissaient de brûler. On avait vu dans les fossés des voitures et des tracteurs abandonnés, des bêtes mortes, des gravats. Et plus on remontait vers le nord, plus on était frappés par l'absence totale de vie dans les champs et les hameaux, et plus on entendait de tirs de mitrailleuses ou de mortiers pas loin derrière les arbres, dans les collines. On ne parlait pas, on n'avait qu'une idée, quitter les lieux et se retrouver en Syrie, encore calme à l'époque !

À la sortie d'un virage, à quelques kilomètres du poste-frontière, des hommes, certains en treillis militaires, tous armés, poussent de gros rochers pour fermer la route. Ils nous font signe de stopper. Un jeune homme s'approche, demande nos passeports et, dans un français parfait, dit à mon mari de garer la voiture dans une espèce de casemate en tôle. Puis il m'ouvre galamment la portière et me fait asseoir sur un tabouret, au fond de l'abri. Il faut que j'attende ici l'équipe chargée de vérifier nos bagages. Il invite mon mari à le suivre pour le contrôle des passeports, ce sera bref, simple formalité, et en sortant il donne un tour de clé au vantail du garage.

Seule dans l'obscurité, malgré la chaleur, je sens comme un grand froid descendre sur ma tête. Qui sont ces gens ?

Pourquoi ce check point au milieu de nulle part ? Pourquoi avoir planqué notre voiture à l'abri d'éventuels regards ? Pourquoi m'avoir enfermée, m'empêcher de sortir, de fuir ? Dans quoi on est venus se fourrer ?

Il y a une lucarne crasseuse au fond du local, j'y colle un œil. J'aperçois mon mari qui entre dans un baraquement délabré dont toutes les issues, portes et fenêtres, sont protégées par des sacs de sable. Un camp retranché ? Des rebelles ? Des mercenaires ? Des preneurs d'otages ? Une rafale éclate, suivie d'explosions, de cris, de galopades. Je crois que je fais un début de panique.

On gratte dans la serrure. La porte s'entrouvre. Quatre hommes entrent. Ils portent des uniformes un peu fatigués, pantalon et chemises kaki avec des écussons à moitié déchirés, des bottes sales. L'un d'eux tient une demi-pastèque. Un couteau est planté dans la chair rouge entre les graines noires. Il me sourit. « Chère madame, mes amis et moi avons pensé qu'un peu de pastèque vous rafraîchirait par cette canicule. » Il parle le français doux et chantant de la bourgeoisie libanaise, mais ce que je vois dans son regard brillant ne me plaît pas. Une lueur ironique, gourmande. Je comprends tout de suite pourquoi il est là, pourquoi ils sont là, tous les quatre, face à une étrangère jeune, en robe légère, sans défense. Pas pour pratiquer notre belle langue !

D'ailleurs, il avance. Ses trois amis aussi. Notre voiture bloque tout l'espace. Il pose la pastèque sur le capot, lève le couteau. « Vous préférez une tranche fine ou épaisse ? » Je recule contre le mur du fond. Ils sont presque à me toucher, le plus petit dégrafe son ceinturon, les autres rient, la pastèque éclate sur le sol, le couteau rebondit et file jusqu'aux pieds du plus âgé qui le ramasse et se met à caresser la lame en me fixant. Je sais ce qui m'attend et je viens de choisir entre le viol et l'égorgement, sans états d'âme, mais sans être sûre que je ne subirai pas la double peine. Je veux juste ardemment ne pas mourir ici, sortir vivante de ce piège, payer ce qu'il faudra d'horreur pour retrouver mes enfants en Turquie. C'est ignoble, mais je suis prête, tremblant peut-être plus de colère que de peur.

C'est alors qu'un bruit caractéristique tombe du ciel, celui des pales d'un hélicoptère en train d'atterrir, et qu'un nuage de sable et de poussière envahit le garage. Les quatre types échangent des regards rapides, courent à l'extérieur. Une fusillade éclate, toute proche. Puis des pétarades aigües, des rafales, des coups sourds, un peu plus loin. Des ordres sont hurlés. Je fais deux pas vers la porte béante, J'aperçois un camion en flammes, des corps qui tombent. Attaché à un pieu, un âne brait en ruant.

Mon mari arrive au galop, encadré par deux hommes qui le jettent derrière le volant. Deux bras me poussent à côté de lui. Quelqu'un crie : « Vite ! Marche arrière ! Vite ! » Et on file vers la frontière pendant que derrière nous le combat se déchaîne.

On n'a jamais su ce qui s'était passé ce jour-là ni qui étaient les hommes de la guitoune ni pourquoi ils nous avaient aidés à fuir. Quelques heures après, dans une confusion totale, une énième guerre civile embrasait le Liban. Ce que je sais, c'est que je garde une reconnaissance infinie pour cet hélicoptère sans qui le pire serait arrivé, j'en suis certaine. Je ne fabule pas, on allait me violer et me tuer, je le sais, et je n'oublierai jamais ce que j'ai vu dans les yeux de ces hommes ni cet instant où j'ai vraiment senti l'odeur aigre-douce du danger. Et de la mort.

Quant à l'avion-cargo qui a seulement décoiffé ma maison, on en a eu de bonnes nouvelles au JT régional. À la suite d'un bug de l'ordinateur de bord, il a brutalement décroché au moment où il survolait notre village, mais heureusement le pilote a réussi à se poser sans trop de casse sur le tarmac de Bergerac. Happy end.

Happy end pour nous aussi, qui avons eu finalement peu de dégâts, aussitôt pris en charge par les responsables, avec excuses fleuries et propositions de survol du canton en ULM, merci bien, en tout cas pour moi ! Je ne veux plus monter dans un quelconque engin volant avant d'avoir évacué, si c'est possible, cette déferlante de terrifiante impuissance et de rage qui m'a paralysée à plat ventre sur le gazon quand j'ai cru que ce que nous avons mis tant d'années à construire allait être détruit sous mes yeux.

Je ne l'avais pas ressentie depuis le Liban, où c'était bien plus grave. C'est sans doute ce qu'on appelle la mémoire traumatique.

Mais je persiste, contre toute logique, à aimer les pastèques. Bien mûres.

NOTAIRE

J'ai vraiment été saisie d'une terrible panique à l'idée que l'avion noir allait s'écraser sur mon toit, comme si la vie d'un être cher était en danger. J'en arrive donc à croire que, d'une certaine façon, cette maison, notre maison, nous a rendus fous. Fous d'amour. « Un amour à perdre la raison », comme dans cette chanson où deux amants courent à leur perte avec une réjouissante ardeur, sanglots, violons, cymbales, très touchant, gros succès. Mais nous, c'est d'une bâtisse à moitié en ruines qu'on se retrouvait entichés ! Une bâtisse qui nous enlevait tout bon sens !

Parce que, emportés par notre passion, on ne lui trouvait que des qualités. Tout en elle nous ravissait. L'implantation des bâtiments à mi-vallon (un diamant dans son écrin), les ombres des tuiles sur la façade en décrochements (une génoise de soleil), les dimensions parfaites des deux (futurs) salons en enfilade, l'énorme cheminée qui n'attendait que d'être restaurée pour illuminer nos soirées d'hiver (plus tard). On a vécu longtemps dans des décombres et gravats divers qui, loin de nous gêner, nous enchantaient : on y voyait la promesse d'une renaissance.

D'ailleurs une violente vague de bonheur nous submergeait chaque fois qu'un pan de mur était remonté ! On le caressait, on le félicitait, on lui disait des choses tendres, on le prenait en photo, beaucoup de photos. On en avait des vapeurs, des tremblements. Et quand l'émotion se calmait, on revenait à notre obsession : la suite du chantier. À quoi on allait s'attaquer maintenant ? Dieu merci, il y avait de quoi faire ! Et on rêvassait. Il fallait qu'on s'offre les meilleurs matériaux, les artisans les plus habiles pour redonner vie et splendeur à notre château dépenaillé, on y arriverait.

Jusqu'à ce qu'on ne puisse plus. On avait encore plein de jolis projets, mais plus de sous. L'âme en peine, il a fallu freiner nos ardeurs bâtisseuses. D'autant que maçons, couvreurs, charpentiers et artistes divers accusaient la pierre, la tuile, le bois et autres fabuleux trésors d'avoir doublé de prix pour expliquer une nette tendance à la hausse de tous les travaux.

Qui, chez nous, étaient donc à l'arrêt pour cause de dèche.

C'est alors qu'en 2008 un arrière-grand-oncle de mon mari est mort. Il allait avoir 101 ans.

Je l'avais entrevu deux ou trois fois et il m'avait paru, comment dire, à la fois joyeux et ironique. Célibataire, sans enfant, il était en tout cas mal vu par tous ses parents qui, je l'avais compris, ne lui pardonnaient ni son homosexualité ni sa façon de jeter l'argent par les fenêtres. Et le jugeaient sévèrement : c'était un dépravé, sans aucune retenue, ridicule, incontrôlable. Sûr que pour tenir le rythme, avec ses lubies scandaleuses, il finirait par venir à bout de sa fortune, qu'on imaginait copieuse ! Et s'il restait un petit quelque chose, il le lèguerait à son « ami », ricanait-on sans tendresse, ces gens-là n'ont pas le sens de la famille, ils s'en foutent pas mal ! « L'ami » raflerait tout, le tonton en était coiffé, il lui laisserait ce qui n'aurait pas été englouti dans leurs folies de fringues, voyages, champagne et ortolans !

Et puis, il y a quelques années, l'ami en question est mort subitement. Il restait alors logiquement quatre héritiers, dont mon mari. Les liens de parenté étant lointains, les droits de succession seraient salés, sans compter qu'il faudrait partager ce qui pourrait rester, mais ce serait de toute façon mieux que rien, nous disaient les cousins. Suffisait d'attendre. L'ennui, c'est que ça durait.

Sans qu'on le réclame, on était tenus au courant par ceux qui demandaient souvent des nouvelles à la « gouvernante » du tonton. Il trouvait sans doute chic d'appeler comme ça la bonniche qui tenait sa maison depuis des lustres, ricanait-on ! Avant de déplorer que cette bonne femme, donc, prenne un malin plaisir à raconter en boucle que, Dieu merci, il s'était remis du décès de son chéri et qu'il allait étonnamment bien. Elle donnait même des détails : imaginez-vous que pour ses cent ans il a invité plein d'amis dans son genre, tous déguisés, ils ont fait une java de tous les diables, mangé et bu comme des jeunes ! Monsieur Raoul ne perd ni la boule ni le goût de rigoler, ça fait plaisir à voir !

Ceux qui m'ont rapporté, avec des sourires jaunes, ces inquiétantes bonnes nouvelles me font regretter de ne pas avoir noué de liens avec le vieux monsieur indigne. Quelle envie de vivre ! Quelle flamboyance ! C'est malheureusement trop tard pour faire connaissance, il vient de tirer sa révérence et une lettre d'un notaire de Limoges nous convoque pour l'ouverture du testament.

Nous voilà donc à l'étude de Maître L. où nous retrouvons les autres héritiers putatifs. Ce sont de lointains parents du côté de mon beau-père que nous avons croisés à l'occasion de noces ou funérailles, lors de nos brefs séjours en France, et dont je n'ai pas de souvenir précis. Avant de nous retrouver en face d'eux, mon mari m'a rappelé leurs prénoms. Mais quand je lui ai demandé de m'en dire davantage, quelques touches, des portraits rapides, histoire de m'en faire une petite idée, il m'a juste répondu : « Je les connais à peine et je n'aime pas dire du mal des gens, tu le sais ! »

On se salue donc poliment, rapidement, sans effusions, on n'est pas là pour ça.

Le cousin Louis, ancien militaire, est aussi long et maigre que sa femme Lucie est courte et grasse. La cousine Joséphine, veuve sans descendance, n'a pas d'épaules, mais un énorme derrière serré dans un pantalon jaune. Le cousin Pierrot, le plus âgé de nous tous, chauve, bedonnant, agriculteur à la retraite, et son épouse Martine, frisée comme un mouton, regard brumeux, arborent tous deux de rondes figures de plein air.

On s'assied face au notaire qui, après préambules et formules sèches, ouvre une grande enveloppe et en sort une feuille qu'il déplie. Il la lit minutieusement en silence, fronce les sourcils, fait la lippe, pose le papier sur le bureau, joint les mains, jette vers la fenêtre un regard embarrassé, soupire, se lève, marche vers nous, hésite, retourne s'asseoir et attaque en regardant le plafond : « Ce que je vais vous communiquer est le texte exact que votre arrière-grand-oncle, Raoul- Jean-René Magonneau, a rédigé et signé de sa main en tant que testataire et déposé en mon étude pour valoir ce que de droit.

Je le répète, ce que vous allez entendre, ce sont ses mots, ses mots à lui, écrits en toute lucidité et conscience, et qui n'engagent que lui. Lui seul, vous comprenez ! Suis-je assez clair ? »

Nous acquiesçons tous d'un même mouvement de tête maîtrisé. Le notaire tapote son bureau, balaie notre groupe d'un regard serpentin. Silence.

Puis les ongles cramoisis de Joséphine cardent ses cheveux, Lucie renifle par rafales, Louis tape du talon sur le parquet. Pierrot claque sa casquette avant de claironner que ce n'est pas la peine de tourner autour du pot et faire durer la séance, on est là pour savoir ce que le tonton a laissé, point barre. Martine approuve, oui, oui, oui. Mon mari et moi ne bougeons ni pied ni patte.

Maître L. prend une profonde goulée d'air, rajuste ses lunettes, toussote. On se tait. Plus le moindre petit bruit. On est tout ouïe.

« Moi, Raoul- Jean- René Magonneau, sain de corps et d'esprit, déclare que ceci est mon testament, établi librement et sans contrainte. N'ayant pas de descendance directe, ayant perdu le seul être qui ait illuminé ma vie, mon bien-aimé Fanfan, connaissant assez bien toute ma parentèle, il m'a semblé nécessaire de définir clairement mes dernières volontés. Si je ne me trompe, à ma mort, quatre personnes seront en droit de réclamer leur part de mon héritage, et je leur dois quelques précisions et explications.

Je veux tout d'abord évoquer mon arrière-petit-neveu Pierre Magonneau, dit Pierrot. C'est un bon paysan, honnête, travailleur, qui a fait prospérer ses terres de Lavaud. Il a donc des qualités, mais il affiche un antisémitisme d'autant plus étonnant qu'il n'ignore pas ce qui s'est passé en 1944 à cinq kilomètres de chez lui, quand les nazis ont enfermé les villageois dans l'église d'Oradour-sur-Glane avant d'y mettre le feu. Il n'était pas né, mais il connaît l'histoire, comme tout le monde. Et il peut apercevoir le clocher brûlé d'Oradour depuis les fenêtres de son domaine de Lavaud. Il sait aussi que son père a été torturé par la Gestapo pour avoir caché des Résistants dans sa grange. Alors, collectionner des armes et des médailles allemandes de l'époque, passe encore, chacun ses goûts, mais nier l'holocauste, insulter tous les Lévy et Cohen de Limoges, non ! Quant à sa femme Martine, j'ai su comment elle appelle les gens comme moi. Martine ne s'exprime pas toujours avec facilité, mais pour ce qui est des homosexuels, elle a du vocabulaire. Je ne la citerai pas ici. Heureusement que ni elle ni son époux ne savaient que Fanfan, en plus d'être pédé, était juif !

Au tour de Joséphine, ma petite-nièce par alliance. Elle a épousé mon petit-neveu François, bien plus âgé qu'elle, en lui promettant de s'occuper de lui jusqu'au bout. Elle avait déjà fait le coup à deux imbéciles qu'elle a vite expédiés en maison de retraite pour ne pas les avoir sur le dos et prendre un peu de bon temps avant d'en hériter. Tant pis pour eux, après tout ! Ou tant mieux… parce qu'elle doit avoir des charmes cachés pour si bien embobiner les hommes. Ce qui me chagrine dans son dernier mariage, c'est qu'elle a abandonné François dans le pire des mouroirs, abandonné, c'est le mot. Quand je suis allé le voir, la dernière fois, il l'appelait, ma José, ma José, viens mon chat, je t'attends, et une infirmière m'a dit qu'il n'avait reçu aucune visite depuis des mois. Il a eu la bonne idée de perdre la tête et de se laisser plus ou moins mourir. Joséphine a touché le magot, comme avec ses autres amoureux et… en avant pour de nouvelles aventures ! Avec encore plus de bijoux aussi moches et tape-à-l'œil que ceux qu'elle s'est déjà offerts à chacun de ses veuvages !

Venons-en à Louis. C'est un soldat. Il n'a jamais eu l'occasion de se battre, mais a terminé colonel, admirable carrière. Avec Lucie, ils ont eu neuf enfants, dont trois handicapés profonds et un nain. Le corps médical les avait pourtant prévenus : entre cousins germains, la consanguinité présente des risques. Sans compter qu'il y a toujours eu des dépressifs dans la famille de Lucie, dont un de ses frères, mort en hôpital psychiatrique. Bon. Il est dommage que leur fils aîné soit de très petite taille, mais il est rieur, joueur, empressé. Louis et Lucie ne se sont donc pas découragés, agrandissant leur famille avec régularité, sans trop de tares apparentes pour les cinq suivants. C'est pour les trois derniers que je ne peux accepter que les parents aient décidé de mener les grossesses à terme. L'échographie avait, chaque fois, révélé une malformation lourde et incurable. Le père et la mère, chaque fois, ont prétexté l'inviolable volonté divine pour donner naissance, chaque fois, à une aberration vivante. Trois enfants ? Non ! Trois pauvres choses, aveugles, muettes, grabataires, inconscientes, monstrueuses ! Et ils savaient, ceux qui leur ont imposé cet absurde calvaire, ils savaient ! Alors quand Louis et Lucie, entre deux messes chantées et un pèlerinage, m'ont reproché de commettre un « péché » en aimant les garçons, j'ai préféré prendre mes distances. »

Là, le notaire en sueur s'arrête, essuie ses lunettes, murmure qu'il est désolé, il n'a pas l'habitude, c'est une situation incroyable, un règlement de comptes. Il est vraiment désolé.

Joséphine touche ses diamants d'oreilles, fait briller ses bagues dans un rayon de soleil, secoue un lourd bracelet. Pierrot, tout rouge, menton mauvais, souffle par le nez comme un taureau. Martine répète qu'elle n'a pas bien compris en roulant des yeux de volaille affolée. Louis et Lucie ont joint les mains pour une prière muette, fronts levés vers le ciel, bouches de martyrs. Mon mari, tête basse, attend son tour, curieux de savoir à quelle sauce le tonton l'a accommodé.

Après quelques raclements de gorge, toussotements, craquements de doigts, le notaire poursuit sa lecture en bégayant un peu : « J'en arrive à mon arrière-petit-neveu Claude T. que je ne crois pas totalement idiot, bardé de diplômes comme il l'est. Mais d'après moi, un peu trop dans son monde, trop intello pour être méchant. Je ne l'ai jamais vu en colère, toujours calme, conciliant, débonnaire. Comme avec Fanfan et moi, lors de nos rares rencontres, aimable, bienveillant même, aucun signe d'homophobie, l'air de ne rien voir ou de s'en foutre. Une bonne pâte. Mon goût me porte plutôt vers des hommes plus virils, plus autoritaires, plus démonstratifs, tout en reconnaissant que ce garçon n'est pas infréquentable, contrairement à mes autres ayants droit, ainsi que j'ai cru bon de l'écrire ici, tant pis pour eux. Je désire donc que Claude T. soit mon unique héritier, en le nommant mon légataire universel. Etc… Etc… Etc… Fait à Limoges, le 22 avril 2008 »

Le silence qui suit est de première bourre.

Nos « concurrents » semblent sous le choc, tassés sur leurs sièges. Ils n'ont pas fait d'esclandre en entendant les méchants portraits qui viennent d'être lus, avalant sans doute leur honte dans l'attente du pactole. Mais maintenant qu'il leur passe sous le nez, ils sont terrassés et le notaire a même dû les secouer pour qu'ils signent quelques paperasses. Joséphine a ensuite filé sans saluer personne. Le colonel et son épouse nous ont félicités avec des mines confites, déplorant ce que l'État allait nous prendre. Pierrot a poussé sa femme devant lui avant de nous signaler que, si nous ne voulions pas garder la propriété, terres et bâtiments, il pourrait être intéressé.

Les droits de succession nous ont, bien sûr, obligés à vendre ce que l'oncle Raoul n'avait pas « dilapidé », comme les mauvaises langues l'avaient prédit.

Pas totalement médisants, d'ailleurs, les commérages, parce qu'on a compris assez vite à quel point il aimait la belle vie. Que dire…

Il a claqué en fêtes et cadeaux une bonne partie de ce qu'il possédait ? Il en a bien profité, s'est bien amusé ? Qui aurait le droit de le lui reprocher ? Nous ? On aurait mauvaise grâce à le faire ! On ne s'attendait pas à cet héritage et ce qu'il nous léguait tombait on ne peut mieux pour nos projets de restauration. Et puis les témoignages, après sa mort, ont tous évoqué un homme généreux, indulgent, cultivé et drôle. Les oraisons funèbres sont toujours flatteuses, on le sait, mais personne n'a suggéré qu'il ait jamais montré la moindre malveillance ni l'ombre d'une agressivité. C'était un viveur, certes, mais un gentleman. Alors ?

Et quel bonheur pour moi de découvrir sa garde-robe et ses albums de photos ! Parce que Monsieur Raoul avait sans aucun doute un sens aigu de l'élégance. Chaussures et complets de grandes maisons, beaux tissus, beaux cuirs, cravates, écharpes et gants délicats, tout désigne un connaisseur, au penchant très marqué pour le luxe et la séduction. Le goût de la fête aussi, d'après des clichés de tables dressées à la française, couverts étincelants, porcelaine fine, bouquets, et en majesté, volailles truffées, porcelets farcis, homards, gâteaux à étages, coupes débordant de bulles ! Tout révèle un épicurien, gourmand et gourmet. Je le répète, qui pourrait vraiment lui en vouloir ? Les grincheux qui refusent la bamboche ?

Et puis il y a aussi un calepin qui m'a franchement amusée. On y voit le tonton dans divers déguisements. En Bacchus, assis nu sur un tonneau, cuisses croisées pour la bienséance, des raisins plantés dans la barbe et les cheveux. En Chinois de pacotille, chapeau conique, fausse natte, kimono entrouvert sur une cuisse. En bébé, grenouillère à fleurs dénudant une épaule, biberon géant, nounours rose. En femme fatale, faux seins, jupe fendue jusqu'à la taille, laissant deviner une érection prometteuse, stilettos dorés. En bûcheron, adossé à un arbre, chemise à carreaux déboutonnée, braguette savamment entrebâillée. Sur les photos les plus anciennes, un homme, jamais le même, vêtu seulement d'un pagne, l'œil énamouré, lui pose une main sur le sexe. Puis je reconnais Fanfan jeune et il n'y aura désormais personne d'autre à poser près de Raoul. Que des regards tendres, des caresses légères, pas un seul détail porno.

Une fois, tout réglé (ce n'est pas le Pierrot qui a acheté la propriété, il en proposait une misère en sous-entendant que mon mari avait dû offrir des gâteries douteuses à l'oncle pour rafler la mise), il ne nous est pas resté une fortune.

Assez, cependant pour financer une partie des rénovations de l'étage, que nous avions dû repousser à des dates indéfinies ! Et il me suffit, encore aujourd'hui, de lever les yeux vers le toit pour dire merci dans ma tête à celui qui a offert aux chambres des enfants des lucarnes à double vitrage, ce très vieux monsieur que j'aurais vraiment aimé connaître.

J'ai fait agrandir et encadrer une photo de lui, qui trône sur le mur de l'entrée. Il a une quarantaine d'années. Il est de trois quarts, chemise claire, pantalon sombre, marchant, ou plutôt dansant devant l'opéra Garnier. Il regarde l'objectif, il sourit, son œil brille. Il ressemble à Montand, ou à James Bond, ou à Belmondo. Il est magnifique.

J'aurais aimé lui dire que je lui suis, bien sûr, reconnaissante de son legs, mais aussi que son petit portrait de mon mari nous a été utile. Je dirais même souverain.

En sortant de chez le notaire, je me répétais quelques adjectifs qui m'interpellaient : « calme, conciliant, débonnaire, pas assez viril, pas assez autoritaire, pas assez démonstratif ». Ainsi dépeint, mon homme finissait classé comme une « bonne pâte » un peu molle, non ? Je n'étais pas sûre que ça me plaise, mais je devais m'avouer que l'oncle n'avait pas tout faux.

Comme pour les Pierrot, Martine, Joséphine, Louis et Lucie, il y avait dans son incroyable testament une part de clairvoyance. J'ai abordé le sujet avec l'intéressé. Nous nous sommes remémoré le texte du tonton flingueur, nous l'avons disséqué, dépiauté. Et, après discussions et palabres, nous avons raffermi des rapports dont aucun de nous deux ne se plaint.

UNE BELLE TOUSSAINT

Il fait si beau, si doux, que ce samedi-là, premier novembre, je suis allée me balader, baskets, short, chemisette, dans le petit bois qui mène au cimetière. Avec ce ciel tendre, j'ai complètement oublié que c'était le Jour des Morts, comme on dit dans ma campagne. Faut avouer que je ne suis pas très chrysanthèmes.

Devant la grille du columbarium, je tombe sur une figure du village, madame Soury, suivie de sa fidèle Ginette. La dame, quatre-vingt-dix printemps et des poussières fut une fameuse Résistante dès ses dix-sept ans ! Et aujourd'hui, elle arbore toutes ses médailles, étincelantes sur sa poitrine, et porte un fagot de lys en plastique. Le pas martial, elle donne des coups de canne aux herbes du fossé sans cesser de houspiller Ginette qui pleurniche et se malmène le nez dans un grand mouchoir violet.

Quand elle me voit, Madame Soury pile : « Bonjour Hélène ! Qu'est-ce que vous faites ici dans cette tenue ? Vous savez quel jour on est ? Et vous ne vous occupez pas de vos défunts ? » Je bredouille que non.

Madame Soury brandit son vilain bouquet et monte le ton : « Pour la Toussaint, Hélène, on nettoie les caveaux, on met de l'ordre dans les plaques, et on renouvelle les fleurs en pensant à ceux qui sont sous la dalle. C'est important, les dates, les rites… Si on ne fêtait pas la Libération, par exemple, ce serait mépriser les sacrifices des braves, les leçons de l'Histoire ! Les oublier. » L'ancienne chef de maquis est péremptoire et je ne peux que l'approuver, tout en ajoutant que je n'ai pas vraiment besoin de déposer des gerbes pour me souvenir.

L'œil noir, elle va répliquer quand Ginette explose : « Dites-le, vous, ce que vous avez fait, dites-le ! » Un peu moins vieille que madame Soury, elle est à son service depuis toujours. Elle est restée fille, ni homme ni enfant, et les bonnes âmes qui chantent la messe admirent qu'elle ait consacré sa vie à celle qui l'a recueillie toute petite à l'orphelinat de Bergerac, l'a élevée, logée, nourrie, blanchie, sa bienfaitrice. Ginette est un bel exemple de reconnaissance chrétienne.

Pas de l'avis de certains communistes du conseil municipal ! Ils ne se gênent pas pour dire que c'est une forme d'esclavage, faut pas se leurrer. La Ginette tient la maison, cuisine, pousse le balai, désherbe le jardin, du premier janvier au trente et un décembre. Est-ce qu'elle est payée au tarif syndical ? Est-ce qu'elle est seulement déclarée ? Et les vacances auxquelles tout travailleur a droit, on l'a jamais vue en prendre ! En plus, elle se plaint jamais, toujours au poste ! Elle ne serait pas des fois soumise à intimidation ? Sous influence ?

Dans le cas présent, en tout cas, elle parle haut et fort : « Vous dites rien ? C'est pas beau, ce que vous avez fait, demandez à Madame Hélène ce qu'elle en pense, vous allez voir !

– Qu'est-ce qui te prend, ma pauvre ? Tu me critiques maintenant ? demande sa patronne en me fixant.

– Le cercueil de Monsieur que vous avez fait déplacer, vous trouvez ça normal ? Je n'en ai pas dormi, moi ! » lâche Ginette dans un cri.

Madame Soury éclate de rire. « Ma chère Hélène, je vais vous expliquer. Mon mari a été fusillé en 1944, il avait vingt-cinq ans et, comme vous le savez, je n'ai pas refait ma vie. On l'a enterré au fond du caveau et, au fil des années, on a rangé le reste de la famille par ordre d'arrivée. Ce qui veut dire que je risquais de me retrouver à côté de ma belle-mère, la dernière venue, je vous déconseille le voisinage !

Alors, depuis le temps que j'y pensais, hier matin, j'ai fait déménager la dame au fond du caveau et installé Henri à sa place, à côté de l'entrée. On me mettra à sa gauche, près de lui, me voilà tranquille. On va pouvoir parler de nos virées de nuit pour ravitailler le maquis, de ces sabotages qu'on a réussis, ces ponts qu'on a fait sauter, les interrogatoires d'où on revenait en sang, fiers d'avoir gardé bouche cousue. Ah, on en a abattu de la belle besogne en quatre ans seulement, je vous prie de le croire ! Mais là, on aura l'éternité pour rigoler.

Et toi, Ginette, au lieu de me faire la morale, écoute bien ce que j'ai décidé ! Ton cercueil, je l'ai écrit noir sur blanc dans mon testament, oui, ton cercueil sera mis juste derrière nous et quand on se racontera la guerre, Henri et moi, tu en profiteras ! Voilà. Est-ce que tu es toujours en pétard ? »

Ginette essuie une larme, tourne vers Madame Soury un large sourire adorant : « Je me disais aussi que ça vous ressemblait pas de faire le mal. Me voilà rabibochée ! Votre idée c'est tout miel pour moi, que j'en ai hâte d'être dans le trou à vous écouter jargonner avec Monsieur. Mais j'ai tout mon temps. En attendant, ça me fait une belle Toussaint, de plus qu'on se croirait en avril. »

MOULIN MALIN

Le lendemain, 2 novembre, l'hiver déboule. Ciel noir, bise méchante, crachin. À ranger, le short et les sandales du cimetière hier ! Je suis en train de sortir en urgence quelques pulls bien chauds quand notre charpentier débarque.

On est en très bons termes depuis qu'il a réussi à restaurer joliment poutres et solives et équiper notre rez-de-chaussée d'un plafond rénové qui semble être là depuis des siècles. Sans dépasser les devis ! Un vrai artiste, honnête en plus, digne d'éloges reconnaissants !

Combien de fois, d'autres virtuoses du bâtiment, après présentation de factures impudiques, nous ont-ils fait comprendre qu'ils savaient bien que, « aux colonies, enfin… là où que vous travaillez, ça paie bien » ! Autrement dit, on nous plumait sans états d'âme, puisqu'on nous supposait pleins de pognon !!!

Notre bon Monsieur Lavergne a un petit service à nous demander. Le moulin de la commune vient d'être racheté par un couple d'Écossais qui a fait appel à lui pour tous les travaux de charpente, un gros chantier. Mais ces gens, d'après lui tout à fait charmants, ne connaissant pas un mot de français, lui-même pas un mot d'anglais, il a besoin d'aide. Est-ce qu'on accepterait de jouer les traducteurs ? Pas de problème. Rendez-vous samedi prochain, il passera nous prendre.

Nous connaissons l'histoire de ce moulin, passé de main en main, vendu et revendu, pas vraiment entretenu, aucun de ses acheteurs ne le gardant longtemps. Le dernier propriétaire a déclaré forfait après un an, alors qu'il avait eu un coup de cœur pour ce bel endroit. En dépit ou à cause de son passé ?

Il était en effet au courant, comme nous, comme tout le monde ici, de la tragédie qui l'avait ensanglanté en 1944 quand de très jeunes maquisards, sur dénonciation d'un salopard du coin, y avaient été massacrés par les nazis. Il avait vu les photos de ces gamins assassinés jusque dans la cave, les visages éclatés, le sang partout. Il avait lu les témoignages des deux survivants presque centenaires, encore effarés à l'évocation du carnage. Mais lui, il achetait le domaine dans l'intention de conjurer le sort, tirer un trait sur les anciennes horreurs et donner une nouvelle vie à la maison, en faire une joyeuse résidence de vacances. C'est le genre d'homme qui refuse d'admettre que Le Malin puisse encore hanter ces murs, il est ingénieur, il envoie des fusées dans l'espace, il est carré, on ne la lui fait pas.

Pourtant, il l'a dit plus tard à la gendarmerie, il en est arrivé à se demander, sans jamais croire aux fantômes ni aux sortilèges, s'il n'y a pas des lieux où souffle un esprit mauvais. Et, tout scientifique qu'il soit, il a préféré remettre le moulin en vente. Pourquoi ? C'est noté dans sa déposition. Une accumulation bizarre.

Dès l'acte de propriété signé, au premier jour des travaux, le couvreur a raté le deuxième barreau de son échelle, à vingt centimètres du sol, et s'est méchamment cassé le péroné. Le chirurgien en est resté pantois devant une telle malchance ! Si encore la victime était tombée du toit…

Puis une semaine après l'arrivée de la famille, un gros moellon s'est détaché du pignon de la grange pour frôler la tête du fils aîné, lui arrachant la peau de l'épaule.

Puis la petite sœur qui se baignait dans l'écluse a failli se noyer, emportée par une vague de fond inexplicable puisque le barrage en amont n'avait pas opéré de lâcher d'eau.

Puis un début d'incendie s'est déclenché dans le corridor où il n'y avait, bien sûr, pas de cheminée. Et pas de mégot mal éteint dans une famille où personne ne fumait. Le feu avait donc pris tout seul !

Puis les voitures, l'une après l'autre, ont refusé de démarrer, avant de grésiller du moteur, suite à un court-circuit sous le capot qui s'est mis à fumer et à puer. Deux voitures neuves, sagement garées.

Puis le tas de bûches s'est effondré au passage du maître de maison, l'ensevelissant sous un tombereau de bois qui lui a mis un œil au beurre noir, déchiré le pantalon et déclenché une tendinite de la cuisse dans l'effort qu'il faisait pour se dégager des rondins.

Puis, sans le moindre signe d'orage, ni tonnerre, ni pluie, ni vent, la foudre est tombée comme une bombe sur le portail d'entrée, coupant le courant, terrorisant la maman, les enfants et les deux chiens, blottis dans le noir, un soir où Papa n'était pas là.

D'ailleurs, à propos de chiens, le couple de setters avait pris une drôle d'habitude. Chaque soir, au moment où la famille allait se coucher, ils voulaient sortir, gémissant, grattant le paillasson, jappant dans les aigus comme saisis d'envies pressantes. Dès qu'on leur ouvrait, ils se ruaient dehors avec des hurlements sauvages et disparaissaient dans le jardin d'où ils tardaient à revenir, hirsutes, baveux, queue basse, regard fou, avec des aboiements rauques de bêtes hallucinées. Plusieurs fois ils étaient rentrés museaux en sang, touffes de poils arrachées, tirant la patte, boitillant, haletant, à croire qu'ils s'étaient battus. Contre qui, ou quoi ? Tout le monde commençait à mal dormir et demandait quand on allait rentrer à Paris.

Donc le moulin a été racheté. Nous y arrivons, conduits comme convenu par Monsieur Lavergne. Même sous la froide grisaille de ce matin d'automne, le cadre ne manque pas de charme : rivière murmurante, cascade, murs de pierre blonde sous un casque de tuiles plates, arbres énormes. Mais il ne faut pas attendre si on veut sauver les bâtiments. Je sais de quoi je parle, j'ai connu bien pire ! Et je sais voir un faîtage qui commence à s'affaisser, un mur qui fait le ventre, une aubépine enracinée dans un couloir, c'est mauvais signe, ces trucs-là… si on ne fait rien, ça ira très vite. Les nouveaux propriétaires nous attendent sur la terrasse.

Teint ardent, moustache de phoque, le monsieur porte avec assurance blazer et cravate club sur un short délabré, des chaussettes jaune citron et des sandales à scratches. Madame est en robe longue à fleurs estivales, châle lamé, bonnet de ski. Derrière eux, une petite fille bouffie, débordant d'un anorak rose fluo, se cure le nez. Toute la famille a les mêmes yeux bleu phosphorescent que certains robots.

Après présentations, Barbara et Andy nous invitent à entrer dans la cuisine où je reconnais l'odeur inimitable du « kidney pie », cette quiche aux rognons so british, dont j'ai mangé à Londres le pire et le meilleur, selon que le goût de pipi des rognons était prégnant ou pas. C'est ici plutôt comestible, arrosé de thé ou de gin, on est libre de choisir, chacun sa préférence.

Tout en mangeant et buvant, on explique à notre ami charpentier ce que désirent ses nouveaux clients. Pas si facile à cause des termes techniques dont j'ignore même le sens dans ma propre langue, mais mon mari se débrouille pas mal, bien aidé, en plus de son expérience de bâtisseur (pergola et garage, ah, ah !) par son smartphone à traduction. Andy a vidé la bouteille de gin, il va en chercher une autre, l'air enchanté de recevoir bientôt un premier devis. Les dents de castor de la petite fille ont rongé sans bruit un paquet entier de gaufrettes violettes.

Les hommes sont dehors à regarder la toiture et on va prendre congé quand Barbara me retient par le bras. « Chère Hélène, comme vous êtes professeur, j'aimerais que Lisbeth vous montre ce qu'elle va présenter à la fête de fin d'année de son école à Glasgow. Elle monte sur les planches pour la première fois, le rôle de Titania dans un extrait du *Songe d'une nuit d'été* ! Ce serait sympa d'avoir votre avis sur sa diction et aussi son costume, c'est moi qui l'ai fait. »

La petite fille se lève et suit sa mère dans la pièce à côté. Quand elles reviennent, je ne sais pas si j'ai bien fait d'accepter cet arbitrage.

Lisbeth a vraiment un physique ingrat. Obèse, les traits lourds, elle est pour l'instant sans charme, même si on ne peut pas exclure, plus tard, une carrière de modèle, qui sait ? Tant de cygnes des podiums avouent avoir été de vilains petits canards !!! Dans le cas de Lisbeth, la mue risque simplement d'être plus laborieuse que pour d'autres.

Pour sa défense, il faut avouer que son accoutrement de reine des fées n'arrange rien. Le haut se compose d'un T-shirt moulant, couleur épinard, qui pend sur un tutu de danseuse du même ton. Barbara m'explique qu'elle a teint elle-même l'ensemble, blanc à l'origine, dans un bouillon de légumes verts, pour donner une impression végétale, allusion à l'amour de Titania pour la nature. Et qu'elle a trouvé dans un magasin Disney la couronne de fleurs en plastique qui clignote au-dessus de la figure rebondie de Lisbeth. La mère et la fille tendent vers moi un regard d'attente, j'applaudis avec fougue et m'entends dire que ce costume illustre les intentions de Shakespeare, exactement ! Rien que ça ! Et même pas honte ! What else ?

Encouragée, la petite recule de trois pas, s'immobilise et débite sa tirade à la mitraillette, sans respirer, visage totalement inexpressif, accent déroutant, mélange de cockney et de Texan.

Disons tout de même que le texte n'est pas évident pour une débutante. Titania, reine des fées, reproche en effet à son époux Obéron, roi des elfes, d'en aimer une autre, ce qui la plonge dans une colère noire et lui fait négliger les bois, les prés et les bêtes sauvages dont elle est la protectrice tutélaire. Elle lui déclare à peu près ceci : « À cause de nos disputes, nous ne voyons pas les saisons changer et le monde effaré ne les reconnaît plus. Ce qui produit ces désordres, ce sont nos mensonges et nos querelles. Nous sommes à l'origine de ce malheur, nous en sommes les auteurs. » Comment traduire à la fois la fureur d'une femme trompée et le désarroi d'une écologiste, manifestement Lisbeth ne semble pas s'être posé la question.

À la fin du morceau, à bout de souffle, elle s'effondre par terre. Barbara émerveillée la félicite, sa fille n'a pas oublié un mot. J'ajoute que c'est un travail sérieux, bravo, il faudra voir avec le prof de théâtre ce qu'on pourrait ajouter, au niveau mimiques, mouvements, expressions du visage, que sais-je ? En tout cas le passage est mémorisé à la virgule près, c'est un excellent début.

Toujours assise sur le sol, engoncée dans son tutu verdâtre qui remonte autour d'elle, telle une fleur dans son feuillage Lisbeth rosit de satisfaction, me remercie deux fois pour mes bonnes paroles avant de se curer le nez d'un geste de tragédienne.

Nous n'avons malheureusement pas revu cette famille, tellement sympathique, tellement britannique, qui est subitement rentrée en Écosse après la remise en vente du moulin. Suite à quelles nouvelles diableries, nul n'en a la moindre idée.

Quant à Monsieur Lavergne, il s'est fait du souci pour son devis, présenté aux Écossais juste avant leur fuite : le chantier allait forcément lui passer sous le nez. Heureusement pour lui, la commune a eu la bonne idée de racheter le moulin pour en faire un petit mémorial de la Résistance et lui a confié les travaux de rénovation. Notre bon artisan s'en est donc bien tiré. Reste à espérer que ce nouveau statut des lieux calmera les fantômes et autres esprits malins. Donc, happy end.

À un détail près : j'aurais tellement voulu savoir comment s'est déroulée la prestation de Titania devant le public du lycée de Glasgow. La stupeur passée, je parierais pour une standing ovation, les parents d'élèves sont d'une indulgence qui tient de la charité. Quant à Shakespeare il s'en remettra, son génie a dû en voir d'autres !

CRABES

C'est vrai qu'on a fait des rencontres étonnantes ici, qu'on s'y plaît, qu'on ne s'ennuie jamais, mais on a senti plusieurs fois le besoin de partir. Le virus du voyage qui nous avait emmenés si loin, peut-être ? En septembre 2009, on n'est pas allés aux antipodes, mais, envie subite de revoir L'Atlantique, on est partis quelques jours dans le golfe du Morbihan.

Baignade entre des petits bateaux amarrés sous un ciel crayeux. On a bien nagé, on remonte vers le bourg, on a faim. On ne l'avait pas vue en arrivant, mais la pancarte municipale est formelle : « La plage est interdite aux chiens et aux chevaux du 1er juin au 30 septembre, aux véhicules toute l'année ». Je l'ai bien aimée cette pancarte parce que toutous et canassons, et ces amours d'ânes je l'espère, ont tout de même huit mois pour se permettre de faire caca dans le sable et se rouler dessus, ils adorent ça. Et le fait qu'elle interdise A JAMAIS aux voitures et autres engins pétaradants de laisser une trace au bord de la mer est réjouissant.

En plus petit, sur un deuxième panneau juste en dessous, on lit : « Que celui qui jette un papier sur cette plage soit mangé par les crabes». La mairie ne se contente donc pas d'être écolo, elle a de l'humour.

Surtout qu'on a eu beau chercher, pas vu la pince d'un tourteau ni sur la plage ni dans l'eau. Quant à la minuscule étrille qui essayait de me pincer un orteil au moment où on partait, elle a vite renoncé, vu que je j'avais pris soin de ne laisser aucun détritus, tout bien propre, quel bon sens chez une bête qu'on pourrait croire vraiment très bête !

Après la trempette, on s'est installés à une terrasse. Il fait un temps italien, mais, Bretagne oblige, on s'entête crêpes-cidre.

Un couple s'assied à la table voisine, la soixantaine bien sonnée. D'ailleurs la clientèle est presque entièrement troisième âge, c'est la saison, août est fini, enfants et parents viennent de retourner au turbin, on entend d'ailleurs une cour de récréation derrière le parking.

Le monsieur est chauve, rondouillard, jovial. Sitôt assis, il enlève ses tongs sous la table, ses vieux petons frétillent et il se met à parler doucement, l'air content. La dame, très maigre, semble agitée. Elle change deux fois de chaise, hésite. Soleil ? Ombre ! Puis elle commande un scotch, rappelle le garçon, non, plutôt un Martini, tripote ses couverts, enlève son bracelet, claironne, quand l'apéro arrive, qu'il faut en profiter, trinque avec fracas, siffle son verre cul-sec, le pose dans un soupir, lance un long regard victorieux autour d'elle.

Nous, on vient d'attaquer notre mousse au chocolat sur fondant caramel beurre salé, sans états d'âme, on aura les haricots verts et les tomates du jardin pour dégonfler au retour. Pour le moment, volupté de gourmands, on en ferme les yeux.

« Est-ce que ça vous rappelle les délices que faisait votre grand-mère ? »

La dame est penchée vers moi, un air d'attente passionnée. Je m'essuie la bouche.

« C'était délicieux ! que je bredouille devant mon assiette vide.

– Est-ce que la mousse est mousseuse ? Pas trop sucrée ?

– Parfaite ! que j'affirme.

– Chez moi, quand j'étais petite, il y avait un de ces trucs au chocolat, si je pouvais en remanger de pareils, j'en mourrais...

– Parle pas comme ça, c'est plus d'actualité ! » coupe son compagnon.

Mais elle est lancée. Leur entrée a été servie, elle dévore, rit la bouche pleine, postillonne en nous parlant. On a demandé l'addition qui tarde et on écoute sans pouvoir en placer une.

En dix minutes, on sait qu'elle a été mariée à un gendarme, qu'elle a vécu longtemps à Paris, que son chien et sa mère sont morts la même semaine, qu'après son veuvage, elle a rencontré Monsieur et l'a suivi en Bretagne, elle qui n'aime ni la mer ni la pluie, pourtant la mer, elle est partout ici, et il y pleut pas mal.

On range la carte bleue, on peut s'en aller, enfin on pourrait... Mais comment ? La bavarde est maintenant partie dans une histoire de jardin ancien où elle avait planté des agapanthes qui ont gelé, puis la voilà qui nous montre un gros oiseau planant au-dessus des parasols, qu'est-ce que c'est : mouette ou cormoran ? Elle n'a jamais trop su les différencier, et vous, vous vous y connaissez ? Elle fait les questions et les réponses, elle ne nous lâchera pas, c'est comme une urgence.

On regarde nos montres en grognant oui, non, bien sûr, incapables de la planter là ! D'abord, on n'est pas des grossiers et puis, surtout, elle a l'air tellement enchantée de pouvoir se vider ainsi devant des inconnus que c'en est sidérant. On arrive enfin à annoncer qu'on doit les laisser, bonne fin d'après-midi.

« Elle est toujours un peu chiante, dit le monsieur avec un bon sourire, mais là, aujourd'hui, on sort de l'hôpital, elle a pas de métastases, le crabe a perdu la partie, elle est guérie, quoi ! Alors, on est bien contents, on est venus au restaurant pour arroser la bonne nouvelle, mais faut que ça sorte, toute cette joie, et c'est tombé sur vous. Désolé ! »

BOULE DE VŒUX

C'est au retour de ce petit voyage, en rangeant nos valises, que j'ai fait une découverte qui allait changer ma vie.

En voulant remettre en haut d'un placard tous les affutiaux d'été qui nous avaient servi en Bretagne, j'ai fait tomber un gros carton qui s'était planqué au fond de l'étagère. Qu'est-ce que c'est que ce machin ? Il y a quoi dedans ? Aucune idée, ça ne me dit rien. J'ouvre l'objet et m'assieds par terre à côté, le cœur battant. Je viens de retrouver ce que j'ai cherché partout depuis notre retour en France, trois ans auparavant, et que je croyais perdu lors de notre dernier déménagement. Des pages et des pages manuscrites, tout gribouillé, raturé, c'est bien mon écriture.

Depuis toujours j'ai aimé écrire, mais je n'ai jamais pris le temps de donner forme à ce que je jetais sur le papier. J'avais bien des projets en tête, mais entre mon travail de prof, mes enfants et les obligations de notre vie à l'étranger, c'était resté à l'état de projet, justement, avec un vrai talent de procrastination : pas le temps, là, maintenant, je m'y mettrai demain.

Je m'y suis mise souvent, c'est vrai, mais j'avais tant de choses à vivre pour de vrai que je ne restais pas longtemps assise devant ma feuille, à imaginer des histoires. J'avais mieux à faire, là, maintenant, toujours en urgence. Est-ce parce que j'ai vu tant de gens qui préfèrent photographier plutôt que regarder ce que le voyage leur donne à voir ? Moi j'ai toujours préféré voyager. Regarder, écouter, sentir. Ne pas rater une découverte. Guetter une lumière, par exemple, simplement parce qu'elle ne sera jamais la même, que l'occasion est unique. Ou croiser un regard, ou toucher de la soie sauvage, ou écouter les yeux fermés la plainte d'un violon étranger. Dévorée par une curiosité presque maladive pour les gens, les maisons, les villes, les campagnes, les mers, les bêtes, les tissus, les bijoux, tout ce qui s'offrait à moi, si nouveau, si étonnant, si passionnant.

Et pas sectaire, bon public !

J'ai passé autant d'heures à épier les reflets de l'Hudson à Brooklyn qu'à attendre le premier soleil sur les ruines de Petra. J'ai autant éternué en reniflant les épices du souk au Caire qu'en goûtant des sauces infernales dans les gargotes de Bangkok. J'ai autant ri de voir un éléphanteau prendre un bain de boue au Sri Lanka que d'assister à la relève de la garde au Pakistan. J'en tremble encore de pure émotion au souvenir du Requiem de Mozart, cent choristes a capella, dans la cathédrale Nevski de Sofia. Comme je sursaute encore quand un train croise le mien et que l'air entre les wagons fait le même bruit que l'explosion d'un missile à Bagdad. Bon ou mauvais, j'ai tout avalé avec gourmandise et j'en ai redemandé.

Pas folle quand même au point de ne pas prendre de notes et risquer d'oublier. Ce qui explique la quantité de carnets, calepins, et autres feuilles volantes dans le carton qui vient de s'envoler de mon placard.

Après dépouillement des reliques, j'en ai brûlé les trois quarts dans la cheminée du salon. Des remarques incompréhensibles, des ébauches de romans mal ficelés, des nouvelles ratées. Aucun intérêt, pas de pitié. Il m'est resté l'équivalent d'un gros cahier d'écolier et l'envie irrépressible de m'installer devant l'ordinateur.

Les débuts ont été difficiles. Très difficiles. Pour deux raisons.

La première est mon incompétence informatique. Il en sera question plus tard, c'est navrant, mais assez rigolo. La seconde est la cruelle exigence de l'écriture. S'il n'y avait que le blocage de la page blanche ! S'il n'y avait que l'incapacité à mettre des mots sur l'idée la plus simple ! Et la vanité, le dimanche soir, devant la parfaite réussite d'un paragraphe qui, le lundi matin, se révèle d'une ineptie confondante ! Ce qui ne m'empêche pas de continuer.

En Turquie, dans un village de la mer Égée, j'ai acheté il y a très longtemps un drôle d'objet. C'est une boule de terre cuite, joliment vernissée de bleu et de blanc, grosse comme un pamplemousse, et percée de part en part d'un petit trou circulaire. Le brocanteur m'a expliqué qu'il s'agissait d'une boule de vœux. D'après lui, ce drôle d'objet était autrefois très utilisé dans la région. On lui attribuait un pouvoir magique, c'était comme une espèce de talisman, un truc de sorcier.

Quand on avait très envie de quelque chose, ou de quelqu'un, mais vraiment très fort, à en crever, il fallait écrire bien clairement sur un petit papier ce grand désir qui empoisonnait l'existence. Par exemple guérir du cancer, gagner des millions, trouver l'amour, voir mourir son riche voisin heureux. Par exemple.

Quand c'était prêt, on allait chez un potier où on faisait fabriquer une jolie sphère d'argile, comme celle que j'ai achetée, avec un trou juste assez gros pour y glisser le papier, bien roulé en cigarette. Après, on avait le choix, soit lancer la boule à la mer, soit la cacher dans un endroit secret et, de toute façon, prier très fort pour que le vœu se réalise. Et comme je demandais bêtement si ça fonctionnait, le marchand m'a répondu que sans doute oui, parfois, sinon on aurait arrêté le jeu, mais la plupart du temps, non, bien sûr. Et il a ajouté : « Ce qui est important, je crois, c'est que ce soit écrit. Ce qui est écrit, c'est déjà presque vrai. Et puis, ça donne de l'espoir ! »

J'ai toujours cet objet chez moi. J'ai passé un lien dans le trou, comme on enfilerait une perle et ma boule de vœux se balance à la fenêtre du bureau. Je ne lui ai jamais confié de petit papier, jamais demandé d'exaucer quoi que ce soit. Mais je repense souvent au marchand qui avait si bien compris les pouvoirs de l'écriture.

Depuis ce jour où je m'y suis remise pour de bon, j'en suis à mon sixième chef-d'œuvre, quatre romans, deux essais, dont celui-ci. Avec une traduction et trois (petites) récompenses. Trois éditeurs ont eu le bon goût de me publier et j'ai rencontré dans les salons du livre une faune qui n'a rien à envier aux grands parcs animaliers d'Afrique. On a les safaris qu'on peut.

Et surtout, surtout, je suis devenue indifférente à la météo puisque, qu'il vente, qu'il neige ou qu'il pleuve, ou que la canicule flétrisse mes rosiers, j'ai un rendez-vous quotidien avec mon ordinateur. Il m'arrive de le traiter de salopard et parfois pire encore. Qu'il me pardonne de lui parler aussi mal ! Parce que, s'il m'a fait quelques crasses irrattrapables, il faut bien avouer que c'était aussi de ma faute, par ignorance des règles, refus de les apprendre et d'en tirer les conséquences, mépris stupide de la plus élémentaire technique. Et qu'il soit assuré de ma reconnaissance pour le plaisir infini qu'il me donne. Grâce à lui, je ne m'ennuie jamais, j'oublie le temps qui passe, j'oublie même la mort! Et je m'amuse. Peu importe au fond ce que j'écris sur l'écran, pourvu que l'aventure continue.

COLORATURE

Oui, que l'aventure continue ! Avec une inquiétude : depuis déjà un certain temps, avant la triste aubaine de la pandémie et des confinements, les Français lisaient de moins en moins, les ventes de livres en baisse le confirmaient, d'après des statistiques récurrentes. Ce que déplorait mon ami Jean, libraire de son état, chaque fois que j'allais lui donner un coup de main dans sa boutique à Brive. Et il en perdait ses couleurs. Et il faisait grise mine.

Pourtant, ce n'est pas les idées qui lui manquent ! Et que je t'organise dans le jardin de derrière une soirée moules-frites ! Et que je te propose un concert de jazz, ou une expo-vente de photos ou d'aquarelles ! Tout ça à petits prix, avec juste l'obligation d'acheter au moins deux bouquins ! Jean se démène, mais il rame. Pourtant la librairie, propriété de sa famille depuis quatre générations, a bien des atouts, rue passante, jolie vitrine et cette merveille d'arrière-cour ombragée.

Il y a deux ans, Jean a fait repeindre en turquoise les rayonnages de la première salle et, de sa belle écriture enroulée, il a marqué sur le mur au-dessus : « La terre est bleue comme une orange » Pimpant. Aguicheur. À mon arrivée ce jour-là, il était en train de trier des livres et il m'a dit qu'il avait un petit travail pour moi : « Trouve-moi des titres avec une couleur ! On va les présenter sur les nouvelles étagères, j'espère faire sourire les clients, les mettre de bonne humeur et, pour ne rien te cacher, vendre. La morosité tue le commerce ! »

On a réfléchi et sélectionné *La Jument Verte, Un Taxi Mauve, Le Rouge et Le Noir, Qu'elle était Verte ma Vallée, Les Mystères de la Chambre Jaune, La Bicyclette Bleue, La Tulipe Noire.* Quand on se retrouvait à court d'inspiration, Jean cherchait sur Internet et j'allais voir dans les stocks s'il avait le titre.

Je revenais du dépôt avec *L'Herbe Rouge* et *Croc-Blanc* quand un monsieur s'est planté devant notre présentoir polychrome, a hoché la tête, l'air intéressé, puis a dit à voix haute : « Je cherche une vingtaine de livres, peut-être plus... »

Jean, qui feuilletait *La Lettre Ecarlate*, a souri à ce providentiel amateur de littérature et lui a demandé avec gourmandise : « Vous avez des préférences ? Quel auteur, par exemple ?

– Pas plus de trente centimètres, a répondu le type. C'est pour remplir ma nouvelle bibliothèque de salon. Elle est ultramoderne, en alu, et va falloir l'égayer un peu. Je voudrais des reliures colorées, que ça pète, si vous voyez ce que je veux dire. »

Jean lui a aimablement dégoté plein de guides de voyage, recettes de cuisine, catalogues d'art, tous de même « hauteur », très décoratifs, l'a escorté jusqu'à sa voiture en lui portant le paquet. Puis il est revenu s'asseoir dans la boutique et a longuement caressé le joli chèque avant d'éclater d'un rire funèbre en déclamant :

« Et mon luth constellé porte le soleil noir de la mélancolie. »

JEANNE AVAIT PARFOIS TORT

Je suis dans une phase citadine, comme deux fois par an, quand il faut impérativement que je saute dans le train de Paris. Une cure de quelques jours sera suffisante, mais elle est nécessaire, urgente même. Mes «obligations» ont bon dos, (éditeur, colloque, émission de radio ou télé), la vérité c'est que j'ai envie de respirer un peu d'oxyde de carbone.

Après deux films à la suite dans un cinéma du Quartier Latin, me voilà donc à faire une pause sur un de ces transats en ferraille que le jardin du Luxembourg a eu la bonne idée d'offrir, gratis, à ses promeneurs. Je zyeute autour de moi, ça me change des vaches du voisin, c'est ce que je voulais.

Plein de mamans, visiblement épuisées, essaient de garder un œil terne sur les bagarres hurleuses de leurs petits chéris. Quelques vieux, loden-lunettes-feutre à plume de faisan, d'un chic un peu délabré, rouspètent quand le vent leur tourne une page de journal. Un couple d'ados, elle encastrée sur lui, a déjà bien avancé dans les préliminaires, je me demande jusqu'où ne monteront-ils pas. Un chien minuscule et prétentieux lève haut la patte contre la margelle du bassin, sa mémère n'a pas eu le temps de lui dégrafer son élégant manteau écossais, tu vas sentir le pipi, mon amour, fais bisou, petit cochon !

Au beau milieu du ciel lavande, deux sillages d'avion font une croix qui s'effiloche lentement sur fond de klaxons, pétarades de scooters, grondement de métro. Je reconnais l'odeur inimitable du boulevard Saint-Michel qui arrive par bouffées, papier brûlé, brioche, sauce kebab, gaz d'échappement et l'aigreur de l'asphalte chaud.

Je souris. Je suis à Paris. L'étrangère, la provinciale que je suis est bien à Paris. Paris existe.

Mon portable sonne. Mon mari m'annonce que Jeanne est morte ce matin. Je ne suis pas surprise, soulagée même, les métastases ont enfin fini de la manger, elle leur a échappé, enfin. Mais une infinie tristesse me monte et pas seulement parce que, coincée à Paris, je ne pourrai pas assister à ses funérailles, c'est sans importance.

Jeanne avait quatre-vingts ans, c'était ma voisine, la maison en haut de la colline, là où je vis, dans ma campagne. Fille et femme de métayers, entre ses huit enfants, les champs, les vaches, les cochons, la volaille et sans doute quelques torgnoles les soirs où les hommes sortaient la gnôle, on peut imaginer la vie qu'elle a eue.

Ce qui est difficile à croire, c'est à quel point elle aimait rire. De tout. De sa soi-disant ignorance : « J'ai pas été longtemps à l'école, moi, je me suis appris à lire toute seule, moi », alors qu'elle commentait l'actualité avec plus de finesse que la plupart des J.T. Curieuse de tout, intelligente, généreuse. Et pleine de bon sens. Un jour il m'est arrivé de me plaindre, déplorant qu'une partie de mes enfants vivent à des milliers de kilomètres. Elle m'a demandé s'ils étaient heureux. J'ai dit que oui. Jeanne a monté le ton : « Faut être raisonnable, Hélène ! Vaut mieux rire de loin que pleurer de près ! »

Quand je passais la voir, si je lui disais que j'allais à Paris pour mon travail, elle s'esclaffait : « Paris, j'ai jamais vu, c'est pas pour moi, ça existe pas. J'y ferais quoi ? Me faut de l'herbe et des arbres et des bêtes. Et puis c'est si cher que j'y arriverais pas. Ça me tourneboulerait. Ma cousine qui habite dans le vingtième, elle se tourneboule tout le temps tellement ça coûte, le double d'ici ! En plus, elle me dit qu'il y a toujours des gens qui se tuent à Paris, plein de suicides. Faut croire que c'est pas le paradis plus qu'ici ! Alors, je préfère dire que Paris, ça existe pas. Hélène, est-ce que vous voulez des œufs coque, des vrais, pour porter à vos amis de Paris ? D'après ma cousine, les œufs de là-haut ont le jaune presque blanc. »

Je marche jusqu'à Montparnasse. Il fait doux. J'ai soif. Le petit Perrier en terrasse à 6 euros, c'est cher, Jeanne avait raison.

De retour à Port-Royal, je monte dans le RER B. Il ne démarre pas. Après un temps, on nous annonce qu'il faut descendre. Pour une durée indéterminée, tout le trafic est interrompu sur la ligne suite à « un incident grave de personnes sur la voie ». Un jeune homme bien renseigné annonce qu'il vient d'y avoir deux morts à la station Châtelet, un couple qui s'est jeté sous la rame. Quelle tragédie pousse à affronter un train ? Jeanne avait raison.

Le bus 38 me pose Gare de l'Est, j'y prends le métro 7, je descends à Crimée, je vais faire la bise à mon ami libraire, je repars. Châtelet est toujours fermé, tout est bloqué, les haut-parleurs conseillent la ligne 4 jusqu'à Denfert-Rochereau. J'y attends 40 minutes un RER pour Robinson où j'arriverai la dernière au gueuleton des copains.

J'ai passé trois heures à cavaler de couloir en escalator, bousculée, aplatie entre des gens excédés, en sueur. Il fallait entendre les ordres haletants sur les portables : « Va vite récupérer Zouzou à la crèche, prépare des pâtes, non, décongèle un gratin Picard, je sais pas quand je vais rentrer. C'est pas possible, y a les mêmes problèmes tous les jours. Ras-le-bol ! »

En plus, j'ai eu la bonne idée d'acheter une gerbe de roses pour mon hôtesse et je suis obligée de la tenir à bout de bras au-dessus de ma tête si je ne veux pas qu'on me l'écrase dans les wagons bondés. Je dois ressembler à la statue de la Liberté brandissant sa torche, mais ça ne me fait même pas rire, c'est épuisant. J'en ai marre. Comment font ceux qui vivent ça au quotidien ?

À Bourg-la-Reine, un Roumain est monté dans le wagon nous défigurer Piaf en nous jouant *La Foule* à l'accordéon. Le pompon ! Jeanne avait tort : Paris existe, il m'a tuée.

Pourtant j'adore Paris, surtout quand, à perte de vue sous mes fenêtres, l'herbe des prés ne me donne plus envie de brouter. Il faut alors que je me replonge dans l'atmosphère de Paris, le temps de sniffer un petit coup d'asphalte pour éviter l'overdose de verdure. Et pas que.

Mais ce jour-là, après une journée éreintante, j'aurais voulu me retrouver par magie sur ma terrasse, là-bas, à respirer l'odeur sucrée des châtaigniers et écouter le silence descendre avec les hirondelles sur les prairies et les bois profonds, loin de Paris.

CATARACTES

Janvier 2010, on s'en souviendra de ce début d'année, même si ça date un peu !

D'abord on avait passé deux jours à se remettre des excès de la Saint-Sylvestre, mais on était contents. Les estomacs avaient finalement digéré le gras, le sucre, la farandole des bouteilles. Quelques courbatures sans gravité rappelaient que certaines figures de rock ou de tango exigent un entraînement plus régulier, rien que de très normal. Bref, la fête avait été une réussite, l'année avait bien commencé, on était contents, contents.

Jusqu'à la nuit du 5 au 6 janvier.

Vers quatre heures du matin, je suis réveillée par des bruits bizarres, reniflements, gémissements, gargouillis, bouillonnements d'eau en cataractes. Je me lève. Il y a de la lumière dans la salle de bains. Au-dessus du lavabo,, mon mari se tamponne la figure avec une serviette, du coton, des compresses hémostatiques, du papier cul. Tout est rouge, y a du sang partout.

L'automne d'avant, à la fête du cochon chez les voisins, les bassines à boudin violacées m'avaient fait le même effet :

vertige immédiat, points blancs devant les yeux, estomac à l'envers, au bord du malaise. Mais là, la bête était morte, je ne pouvais plus rien pour elle, d'ailleurs, une fois passés mes pâmoisons et mes chichis, je me suis régalée sans remords du festin de cochonnailles.

Maintenant, c'est différent. La bête n'est pas morte, je n'ai pas envie qu'elle meure et, vu l'ampleur de l'épistaxis (terme médical du saignement de nez, ma science est récente), il faut agir vite. Je n'ai jamais vu une telle hémorragie nasale, une vanne ouverte, une fontaine, et ça coule, et ça coule. On est évidemment très tôt un dimanche matin et ces choses-là arrivent toujours au bon moment : qui n'en a pas fait l'expérience le 25 décembre, le premier janvier, le 14 juillet, le 15 août, de préférence la nuit !

Je prends le téléphone en m'interdisant de flageoler et le 15 répond au bout de dix secondes. Je précise que mon mari sort d'un rhume carabiné, qu'il n'a cessé de se moucher depuis une semaine et qu'il prend un médicament pour fluidifier le sang suite à des problèmes coronariens. On me rassure : un nez irrité par les mouchoirs, plus l'anticoagulant, tout s'explique, pas de panique, les saignements vont s'arrêter forcément. Au cas tout de même où ça ne faiblirait pas dans le quart d'heure, il faut une petite virée aux urgences les plus proches. Comme le flot rouge semble intarissable, mon mari s'enfourne dans la voiture avec tout un paquet de tissus et papiers divers sur la figure. Et je démarre.

Vers six heures du matin, sur le chemin du retour, j'ai été obligée de m'arrêter au bord de la route. Sur le siège passager mon pauvre homme, narines déformées par les mèches coagulantes, pyjama sanglant de tueur en série, regard mauvais, m'a fait prendre un fou-rire nerveux qui aurait pu nous envoyer au fossé. Aurait plus manqué que ça !

Quelques jours après, je suis de retour dans le même hôpital, où j'ai accompagné une amie qui se fait opérer de la cataracte. Je l'attends au fond de la salle de repos où les malades, sortant du bloc, arrivent en fauteuils roulants, poussés par un infirmier qui les installe, en arc de cercle, l'un après l'autre. Ils portent tous une barboteuse bleu ciel en crépon bouffant, une charlotte et des chaussons assortis qui les font ressembler à de vieux bébés. Mais eux, ils ne chougnent ni ne gigotent. C'est sans doute l'effet des médicaments, mais ça somnole sagement.

Dans le calme et le silence de la salle, je remarque un monsieur d'un âge certain, style rural à l'aise dans ses bottes. Il prend des respirations de forgeron, se gratte la poitrine l'air bravache, vocalise en toussant par rafales, claque de la langue avant de dire très fort que maintenant qu'on lui a réparé les mirettes, il va pouvoir zyeuter les dames, fi de garce ! Il marmonne quelque chose qui le fait pouffer tout seul, toise l'assistance : « Comprenez pas le patois ? Dommage, c'est plus rigolo qu'en français ! Je traduis quand même : la prochaine fois, je me fais rafistoler le troisième œil, ah, ah, ça peut toujours servir ». Son humour tombe à plat, aucune réaction dans les fauteuils, l'anesthésie met toujours du temps à s'évacuer. L'infirmière fronce un sourcil, hausse les épaules.

Puis une jeune doctoresse à blouse déboutonnée, le haut et le bas, vient donner les consignes à respecter une fois rentrés maison. Faut porter une coque la nuit pour protéger l'œil opéré, bien se laver les mains, surtout pas se faire lécher la figure par Médor ou Minet. Vous avez noté ? demande-t-elle et le groupe fait oui-oui.

Sauf mon paysan égrillard qui ricane d'un air entendu : « D'accord ! Pas lécher, enfin pas tout de suite ! » en se tortillant sur son siège.

« Et n'oubliez pas, précise la belle après un bref silence sévère, n'oubliez pas que le produit actif du collyre se trouve au fond et qu'il faut bien secouer la fiole pour mélanger avant de mettre une goutte dans l'œil. Avez-vous des questions ?

– Secouer la fiole ? Avec vous, ça me déplairait pas ! Surtout comme ça, ah, ah, noun de Di ! » ricane le boute-en-train en mimant une petite branlette au-dessus de son entrejambes.

Mais le regard glacé de la dame le fige soudain en plein numéro.

Voilà mon amie, attifée elle aussi premier âge, qui me sourit. Tout s'est bien passé, on doit attendre le feu vert du chirurgien pour sortir de ces lieux.

Ce sera mon tour d'y entrer dans pas longtemps, un vieil accident de ski mal soigné associé à une arthrose précoce m'oblige bien malgré moi à me faire poser une prothèse du genou droit. Il aurait mieux valu attendre un peu, vu mon âge encore tendre, mais quand on a mal à chaque pas...

Les réjouissances hospitalières sont loin d'être terminées.

BLUES DE BLOUSE

Me voilà donc dans ma chambre blanche, avec un gros pansement sur la jambe opérée de la veille. Tout va bien, je ne souffre absolument pas.

Le chirurgien me l'a répété, le plus important, c'est de ne jamais laisser la douleur s'installer, et, aux premiers élancements, demander tout de suite ce qu'il faut. Si on attend, la dose sera plus forte et le soulagement plus difficile. Hier soir, comme je sentais mon genou se réveiller sans ménagements, j'ai donc sonné et on m'a donné de quoi stopper le mal et dormir. Ce qui m'a permis de faire mes premiers pas ce matin, accrochée à un infirmier comme une huître à son rocher, c'est vrai, mais sans hurler.

La dernière fois que j'avais été hospitalisée, il y a une dizaine d'années, pour une cheville démantibulée (tant pis pour moi si je refuse de skier raisonnablement...), j'avais remarqué lors de mes promenades béquillardes dans les couloirs combien la hiérarchie est visible dans le monde médical, même si on n'y croise que des blouses blanches. Mais pour un œil affuté comme le mien, aucun risque de confondre un chirurgien avec un aide-soignant.

En fait je reconnais un as du bistouri au premier coup d'œil, à sa façon d'arpenter les couloirs dans toute la majesté de sa réputation, regard impérieux, parfait rasage parfumé, foulées larges et chaloupées. Et puis, en général, confirmant mon expertise, une cour d'étudiants, adorateurs muets, trotte menu derrière le maître, suspendus aux rares oracles qui pourraient tomber de sa divine bouche. Et quand parfois il arrive que Dieu s'arrête pour distiller sa parole, chacun peut admirer, sous sa blouse immaculée négligemment entrouverte, la chemise et la cravate griffées, le merveilleux jean italien. Les manches retroussées permettent à la grosse montre couture de prendre la lumière, les mocassins silencieux ne viennent pas de chez Tati. La race ! La classe ! Quel tableau ! Mais c'est sans ostentation, on sent l'aisance que donne l'habitude des belles choses, une élégance subtile, un peu distraite, ou condescendante, du grand art.

La troupe des sans-grade n'a pas cette allure, bien sûr ! Les agents de nettoyage, aide-malades, stagiaires en tout genre (ces « serpillothérapeutes » comme les appelle un de mes amis drôle et méchant) ont une préférence pour les T-shirts à messages un peu gras, ou à figures de héros primaires, pour égayer l'échancrure de la blouse pas toujours boutonnée droit. Ils font couiner des sabots en plastique de toutes les couleurs, poussent en rouspétant chariots à linge, balais, poubelles et, s'ils croisent un patron et sa suite, s'aplatissent humblement contre le mur en garant leur barda pour laisser passer. Avant de déballer des histoires cochonnes sur le chef dès qu'il a disparu au fond du couloir, avec des détails bien poisseux et des explosions de gaîté. Le peuple, la valetaille, quoi !

Le deuxième matin, galopade devant ma porte, rires. J'entends : « Aux abris ! Vite ! Voilà Iznogoud ! Iznogoud arrive ! »

Et un homme en blouse blanche entre dans ma chambre.

Il me salue avec hauteur et m'annonce qu'il va m'aider à exécuter quelques mouvements essentiels. Je lui dis sans malice : « Vous êtes donc mon kiné ? »

Une expression de grande souffrance voile alors les yeux du monsieur qui ne répond pas. Il me fait lever et je pose mon pied opéré par terre. Il me montre comment utiliser les cannes, sans amabilité superflue, avant d'attaquer d'un ton que je qualifierais d'un peu m'as-tu-vu. « Je ne m'occuperai pas de vous jeudi, j'anime un séminaire à Bordeaux. Ni samedi, nous serons, mon épouse et moi, dans notre chalet à Courchevel ». Et il me glisse un œil, histoire de voir si j'ai entendu ce qu'il veut que j'entende. Je demande juste qui me fera faire mes exercices. « Mon assistant. Il me remplace souvent, je suis très pris. »

Quand je le revois deux jours après, je me dis que c'est vrai, il ressemble vaguement à Iznogoud, le vizir de bande dessinée qui veut être calife à la place du calife. De petite taille, un long nez busqué, le teint sombre, des yeux noirs enfoncés, oui, mais de là à ce que l'étage lui ait donné ce surnom, pas flagrant.

Et je réalise soudain que c'est autre chose. Il regarde à peine ma patte malade, mais parle beaucoup. De sa chasse en Sologne, de ses amis cardiologues à Paris, de leurs bateaux où ils l'invitent, des palaces où il va festoyer avec le Conseil de l'Ordre. Il faut que je sache qui il fréquente, il est l'égal des gens de la Faculté, leur copain, c'est son monde, il en est ! Et il se gargarise, et il prend les mêmes poses, croit-il, que ces seigneurs devant qui tout un hôpital se prosterne ! Il a atteint la classe d'un ponte de la médecine, ça y est, il en est ! En tout cas, il y travaille, c'est sûr…

Mais la cravate à rayures sur une chemise à carreaux, les chaussures molles en museau de labrador, la chevalière de premier communiant, un accent traînant sur les finales, tout me fait penser à la chanson de Brel sur « ceux qui voudraient bien avoir l'air, mais qu'ont pas l'air du tout ». Même l'étiquette de sa poche de poitrine est révélatrice : sa profession, kinésithérapeute, est écrite sous son nom en si petit qu'on ne peut pas la lire.

Et je réalise le drame de cet homme qui voudrait tellement qu'on le prenne pour ce qu'il a toujours rêvé d'être et qu'il ne sera jamais. Pas calife, non, juste docteur. Docteur ! Et qu'on lui donne ce titre ! Une fois ! Il se donne assez de mal, il doit pouvoir faire illusion. Et qu'il réussisse, cette fois-là, à sortir du mépris où il se sent croupir, lui, le masseur, le pauvre, simple masseur.

Iznogoud ! Comme le petit personnel l'a bien percé à jour ! Et comme j'ai dû le faire souffrir quand je l'ai tout de go traité de kiné ! Alors quand il m'a resservi son discours sur ses relations, ses vols en première, ses colloques-piscines au soleil, j'ai fixé les poils de ses longues oreilles et je lui ai dit qu'il avait une belle vie.

ALLONS Z'ENFANTS

Et puis les jours ont passé, je suis revenue à la maison, laissant le pauvre Iznogoud à ses frustrations, les mandarins sur leurs célestes hauteurs, le petit personnel avec ses chariots, ses serpillières et ses rires. Maintenant c'est rééducation dans un hôpital de jour, trois fois par semaine, de huit à seize heures. Je me permets ici de signaler que c'est d'une efficacité remarquable, je conjure tous ceux qui auraient à subir la même opération que moi de suivre ce genre de soins dès la sortie de clinique, il y va de leur autonomie, leur moral, leur vie APRÈS, sans exagérer. C'est dit.

On est en milieu d'après-midi et les traumatisés du genou n'en peuvent plus après sept heures de massages, exercices à la barre, électrodes de musculation, piscine balnéo. C'est souverain, on en sent les bienfaits jour après jour, mais on est tout bonnement épuisés avant la fin de chaque séance ! Et dès quinze heures les divans de repos se remplissent de pauvres diables exténués, assis serrés, épaule contre épaule, œil éteint, jambes molles.

Monsieur Bardagaud, quatre-vingts ans sonnés, est encore sur un vélo, lui. Il s'entraînera jusqu'à la dernière minute, il veut remarcher, recourir, redanser, et surtout refaire certaines choses à l'horizontale, suivez mon regard... mais ça se mérite, faut pas lâcher, pas s'écouter. Chougner gna gna gna, en peux pus, crevé, lessivé, ce n'est pas son genre ! Fatigué ? Il ne connaît pas ce mot. Et il pédale en chantant. C'est beau et un peu saoulant.

D'autant plus qu'à chaque réglage du pédalier pour augmenter la vitesse, on a droit à ses commentaires. Il prend tous les affalés à témoins : « Je vais les battre mes records. La semaine dernière, je faisais encore du Poulidor, mais là, ce gros enflé d'Armstrong a qu'à bien se tenir. Surtout que je me dope qu'au pastis, moi, ah, ah ! Attention, j'accélère en douce. Regardez-moi cette flexion, ce déroulé, vous en dites quoi ? J'ai pas saisi, répétez ! Pas mal ? À mon âge ? Vous vous êtes pas vus, bandes de jaloux ! Pas mal... Vaudrait mieux être sourd que vous entendre ! » Et il entonne *Quand on allait par les chemins... à bi-cy-clette,* faux, mais fort.

Les autres, pourtant plus jeunes en majorité, sont échoués K.O. sur tout ce qui permet de s'assoir ou fixent le vide, encore installés sur les rameurs. Ils ont leur dose. On va avoir le droit de monter se changer et rentrer chez soi dans quelques minutes, ça suffit pour aujourd'hui.

Monsieur Bardagaud, en pleine forme, attaque une côte en danseuse. Il crie « Bon pour le Galibier ! » avant de nous brailler *La danse des canards* en tortillant son vieux cul maigre qui flotte dans son jogging. Personne ne réagit. On n'en peut plus. On attend la quille.

Et soudain il s'immobilise sur sa selle, regard vrillé sur quatre malheureux, effondrés en rang d'oignon sur les quatre chaises au plus près de la porte. Ils sont voûtés, tempes suantes, T-shirts de travers, à moitié déchaussés, cannes anglaises en bataille par terre, regards tournés vers la pendule dans une pose d'espoir implorante.

«Ah, ah, ricane Monsieur Bardagaud, vous attendez le bus? Passera pas! Feriez mieux de profiter de ce que la Sécu vous offre, grosses feignasses!»

Un des insultés bredouille sans lever la tête : «Vous savez ce qu'elle vous dit, la Sécu, à cette heure-ci? Elle vous dit merde, la Sécu!» Encore un connaisseur de Pagnol et de sa marine française, sans doute... Je l'avais remarqué, il a des manières de prof.

Son voisin, gringalet livide, contemple ses mains d'enfant et murmure entre ses dents : «Dommage que je sois pas de taille, je lui aurais bien envoyé mon poing pour lui fermer sa gueule, à ce vieux con!»

Monsieur Bardagaud siffle, increvable. Il n'aurait pas entendu, semble-t-il.

D'ailleurs la sonnerie fait lever tout le monde, ça clopine vers les ascenseurs. Monsieur Bardagaud pousse la troupe devant lui et ferme la marche en brandissant ses béquilles comme des triques. «Y a personne qui voudrait que je lui donne un petit coup dans les reins pour lui redresser le dos? On se tient pas bossu comme ça! On allonge la foulée! Hop, hop! Et quand on est des minables comme vous deux, messieurs, on se permet pas de bavasser dans le dos de ceux qui ont la niaque! Vos langues marchent mieux que vos pieds, non? Mais je suis pas sourd, moi! J'ai encore bonne oreille et vos gros mots, je vous les retourne. Mais la prochaine fois que vous avez un message pour moi, les deux, là, parlez plus fort, que tout le monde en profite et donne son avis, compris? En attendant, laissez-moi passer, bande de traîne-savates ! J'ai besoin d'air, moi. Non, mais... Qui c'est le champion, qui c'est le champion, qui c'est, qui c'est, qui c'est le champion ? »

COUPURE

La rééducation est terminée. Mon genou, je n'y pense plus, j'ai l'impression d'avoir pris un coup de jeune. Je vais, je viens, je ne couine plus à chaque pas, c'est chouette. D'ailleurs je rentre de chez une gentille dame qui habite la dernière maison dans le bourg, où je suis allée à pied.

Depuis trois jours, j'essayais de lui téléphoner, mais y avait jamais personne qui répondait et ça coupait. Comme elle ne va pas trop fort, fatiguée par des traitements de cheval suite à une saloperie dans le sang, j'étais inquiète. Je suis donc allée la voir. Les dépanneurs sortaient de chez elle, la ligne était de nouveau opérationnelle. D'où elle venait, cette panne ? j'ai demandé. Et je suis encore sous le charme de ce qu'on m'a raconté.

Les réparateurs avaient tout de même eu besoin de trois visites et de deux équipes pour trouver le pourquoi du comment. Check-up total de la maison, câbles, appareils, branchements, tout fonctionnait. Mais impossible d'obtenir un numéro et toujours aucune sonnerie, pas le plus petit soupir, ce chameau de récepteur restait muet, sourd à tous les tests.

De quoi devenir fou. Furax et vexé, le chef de groupe a donc décidé d'aller enquêter à l'extérieur puisque l'installation intérieure était nickel. Et qu'est-ce qu'il a trouvé ?

À quinze mètres de la maison, juste avant le premier poteau, se balançant dans le ciel, bien au chaud dans la gaine du fil téléphonique, un plomb de chasse avait tout détraqué. Pas une grosse chevrotine, non, un simple plomb de chasse ! Le type n'en revenait pas, du jamais vu, jamais ! Hein, les gars, jamais ? Et ses hommes disaient tous comme lui. Ma copine était contente, elle se demandait s'ils y arriveraient, ouf ! Elle allait pouvoir appeler sa fille pour lui raconter.

Moi, j'adore le hasard qui a fait se rencontrer un si petit fil et un si petit plomb. Fascinant, incroyable ! Parce que même le plus formidable tireur d'élite aurait du mal à toucher ce type de cible, on est d'accord ? Surtout qu'il faut compter avec le vent qui s'amuse à secouer le câble. Guillaume Tell à côté, ça ne vaut pas une pomme. Buffalo Bill, pas une oreille, ni une queue de bison. Donc je ne crois pas qu'on puisse penser à un acte de malveillance ni à un jeu débile, trop difficiles à réussir. C'est juste une extraordinaire trajectoire, l'idéal de l'archer, la prière exaucée du sniper suant sous le soleil, le rêve de tous les tueurs à gages. Une balle pas du tout perdue !

Et aussi la preuve que, si un beau faisan ou un vilain corbeau les narguent, nos amis chasseurs oublient parfois l'interdiction de tirer à moins de cent mètres des habitations, même en l'air. Mais je garderai cette réflexion pour moi !

HABEMUS PAPAM

Quelques semaines plus tard, par ce dimanche pluvieux des Rameaux, il est plus de dix-sept heures, nous sommes chez des amis, sur le point d'attaquer le dessert quand un coup de sonnette arrête net nos rigolades de fin de gueuleton.

Notre hôte se lève vaguement inquiet : « Un jour de fête, qui peut bien venir à cette heure-ci ? En plus, avec toutes vos voitures, c'est clair qu'on a du monde et qu'on doit encore être à table ! Enfin... rien de grave, j'espère... »

Le visiteur entre le premier dans la salle à manger. Claquement martial de talons, baisemain allemand à la maîtresse de maison qui offre gentiment une chaise, vous connaissez tout le monde, je crois ? Alors, vous prendrez bien un peu de champagne avec nous ! Et le monsieur s'installe sans façon entre deux convives, avant de lever son verre : « Un vrai temps à prolonger les agapes, pas vrai ? »

Nous ne bougeons pas, tous la même figure, à la fois désolée, lointaine, polie. Parce que, hélas, nous savons qui vient d'arriver. Pour la faire brève, général à la retraite (très général), catholique (très très catholique, dix enfants), grand chanteur de cantiques (les deux ou trois fois où j'ai dû assister à des funérailles, la pauvre église en vrombissait), grand donneur de leçons (sur la force de la foi, du sport, de la frugalité, et récemment sur le mariage pour tous, on pouvait s'en douter). Ce fin stratège, connu au-delà de la commune pour son étonnante radinerie, arrive toujours à l'heure de l'apéro, proposant de faire le service des amuse-gueule qu'il engloutit sans honte au passage, pas besoin de dîner chez soi après, charité bien ordonnée... Et les rares qui ont eu l'honneur d'être invités chez lui, à prendre un verre, pas à souper ! se tordent de rire en racontant les bouteilles presque vides, le sirop maison à base de fruits sauvages et un fond de chips rances, servez-vous donc.

Notre héros a lampé sa coupe et la tend. « Santé à vous tous ! À ce sujet, je vous déconseille de tomber malades parce qu'il en est arrivé une raide à ma pauvre tante. Elle a raté une marche. C'était prévisible, elle fêtera ses cent deux ans en juin. Mais une fois à l'hôpital, on l'a laissée deux jours dans un coin de couloir, pas de place en chambre. Soi-disant. En tout cas, un vrai bordel de campagne, je vous l'affirme. »

Mon voisin de droite (il vote à gauche) grogne : « Pas étonnant ! Avec toutes ces suppressions de postes dans le service public... »

On le coupe : « Pas de ça, mon cher, il y avait du personnel. Mais tous des gens des îles, ou même de plus loin, infirmières, aides-soignantes, un peu... indolentes, lascives, désorganisées. Colorées. Pas besoin de vous faire un dessin ! »

Mon communiste, cramoisi, serre les dents et lâche : « Allez donc dans le privé, mais c'est un peu plus cher, ah, ah, et exigez un toubib blond ! Mais vous pouvez tomber sur un Arabe qui a une gueule de Suédois, on n'est jamais sûr… »

Là, c'est moi qui ai reçu le coup de pied que sa femme lui envoyait sous la table pour le faire taire. Peine perdue d'ailleurs puisque l'autre ne s'intéressait plus qu'au vacherin chantilly, qui avait l'air délicieux, à céder à la tentation, ma chère. Notre hôtesse lui a donné une part, avec une troisième coupe de brut pour faire couler.

Et on a su la raison urgente qui l'avait mené ici à une heure aussi opportune. Il voulait savoir ce que nous pensions de l'achat d'un tronc pour la chapelle du rond-point, un joli tronc moderne, attirant, parce que les gens donnent de moins en moins. Ils ne dépensent que pour festoyer ou acheter des automobiles voyantes, bombance et arrogance, on est loin du message de Christ Sauveur.

Comme son prêche a été long, j'ai eu le temps de cogiter.

Pourquoi Mon Général n'irait-il pas à Rome proposer ses services au Vatican ? C'est quand même la maison de Jésus ! Après le sabre, le goupillon ! Il pourrait chanter à pleine voix la gloire des cieux ! Participer aux grands séminaires qui répandent la bonne parole, urbi et orbi ! Se donner corps et âme aux œuvres de bienfaisance ! Ou partir missionnaire ! Évangéliser les îles paresseuses et lubriques !

Le seul point négatif, c'est qu'il risque de retrouver en Italie le train de vie qu'il dit exécrer chez les parvenus du coin, cet étalage impudent de tous les signes visibles de richesse. Est-ce qu'il sait, comme tout le monde, qu'on n'a pas fait vraiment vœu de pauvreté ni de modestie autour de la basilique Saint-Pierre ? Mais je crois que notre bon apôtre fermerait les yeux sur les fastes de la Papauté tout simplement parce qu'on y trouve, dit-on, une des meilleures tables du monde. Où l'entourage du saint patron, pour une obole christique, est divinement régalé et abreuvé. Ah, les noces de Cana !

Il suffirait alors à Mon Général de confesser régulièrement sa gourmandise et son avarice, péchés capitaux, pour, après l'absolution, mener une vie qui soit en accord avec sa profession de foi. Mais loin de moi l'idée de lui suggérer : « Habemus papam. »

OPERA

J'ai vu *La Bohême* de Puccini, dans une autre vie, au siècle dernier, au grand théâtre de Sofia en Bulgarie. Souvenir plus que flou. A part les doux noms de Mimi et Rodolfo, je ne me souviens pas trop des personnages, ni des détails de l'histoire, ni de la musique. Mon mari réfléchit et finit par avouer que lui non plus.

Alors, l'autre semaine, comme il tombe des cordes depuis plusieurs jours et que la télé de début de soirée nous paraît encore plus affligeante que d'habitude, on décide de regarder ce qu'on a enregistré sur la Deux il y a déjà un certain temps, *La Bohême,* justement, en direct du théâtre d'Orange.

Au lever de rideau, je me dis que le spectacle va peut-être nous plaire, voire, pour une fois, nous enchanter. Décor, costumes, voix, ça commence pas mal. On se cale dans nos fauteuils, plaid caressant les jambes, coussin boudin en guise de minerve pour la nuque au cas où un contre-ut renversant nous ferait le coup du lapin, pistaches salées. Et une bouteille aussi.

Avant la fin du premier acte, je m'emmerde.

Je prends la notice qu'on a photocopiée et glissée dans l'étui du DVD et je lis qu'à sa création *La Bohême* a été éreintée joliment : « opéra raté, n'ira pas loin », a-t-on écrit à l'époque.

« Mauvais pressentiment, le public s'est laissé immédiatement séduire par cette œuvre fluide où l'orchestre porte l'ivresse de la jeunesse et patati et patata » disent les commentateurs d'aujourd'hui.

Au deuxième acte, mon mari ronfleur va se coucher avec ma bénédiction. Pas séduit, lui, pas du tout.

Moi, j'ai tenu jusqu'au bout. Pour voir. Curiosité masochiste ? Espoir ! Espoir toujours, hélas, j'en suis consciente.

Mon dieu, quel livret, que c'est cucul ! J'en suis baba. Et très déçue. Qu'est-ce que ça raconte ? Qui a-t-on envie de consoler, d'embrasser, de tabasser ? Pour qui verserait-on une larme ? J'aurais voulu m'abandonner à la pitié, la colère, la passion, vibrer avec l'orchestre, ça m'est arrivé, c'est magique.

Mais là j'ai attendu en vain que mon cœur batte sur un divin solo, avant que mes larmes montent, c'est ce que j'aime dans l'opéra, cette émotion qui surprend comme un miracle. Et surtout, surtout, pour moi qui suis une mélomane primaire, il me faut des morceaux de bravoure, un grand air, comme je les attends dans *Carmen* ou *Aïda,* entre autres. Il me faut aussi des mélodies charmeuses et obsédantes, que je me délecte à défigurer ensuite sous la douche. Là, c'est « fluide », comme disent si bien les spécialistes, désespérément fluide. J'ai conscience de mon culot en osant ici dégommer Puccini, que ses adorateurs me pardonnent ou me lapident ! Et puis ça n'engage que moi ! Et puis on a tous le droit de ne pas aimer !

Quand la pauvre Mimi s'est enfin décidée à mourir, je me suis servi un verre de bordeaux en lâchant des pétarades de rires par le nez. Iconoclaste inculte, ignare, honte à moi !. Mais enfin... La pauvre petite n'avait pas l'ombre d'une chance, on le savait depuis le début et, je dois le préciser, je ne supporte pas la souffrance des bêtes, mieux vaut une rapide euthanasie. Et là, l'agonisante avait de sacrées ressources. Je me disais ça y est, c'est plié, elle va tomber de son tabouret. Et elle se redressait, la litanie repartait avec des variantes, encore un couplet, encore le refrain, décliné en mineur cette fois. Mais qu'on en finisse, c'est indécent, y a donc pas de vétérinaire dans la salle ? Pourtant la diva n'était pas en cause, jolie, voix pure, non, c'était la faute de ce foutu livret. Bon, j'arrête. Mais je suis bien d'accord avec les méchants de 1896 : opéra raté. Désolée aussi pour Henri Murger à l'origine du mélo. Désolée. Et morte de rigolade, ce qui n'était tout de même pas le but du compositeur !

Il faut dire que ce qui me met dans des états de bonheur indécent, c'est Offenbach, tout Offenbach ou presque. L'opérette, c'est moins chic, ça fait plus populo que l'opéra, mais aucune soprano n'y rend l'âme en s'égosillant au-delà de toute raison, aucun ténor ne prend appui sur une console dégoulinante de roses en plastique pour vocaliser en boucle qu'il va tuer, tuer, tuer celle qu'il aime, qu'il aime, qu'il aime. Au contraire, l'opérette ça bouge, ça court, ça danse, ça ébouriffe, ça titille les pieds et, si on rit tout le temps, si on fredonne tout le temps, c'est fait pour. En plus on en sort tout ragaillardi.

Je me permets donc de donner un conseil sans prétention aux malheureux atteints de rétentions intestinales ou de mélancolie chronique : qu'ils écoutent bien l'air de Ménélas, l'époux de la reine, pou de la reine, ou celui de Vénus, qui fait cascader la vertu, qu'ils se le mettent en tête, c'est facile, et qu'ils aillent le brailler dans la solitude des toilettes verrouillées ! C'est souverain

Bon, je n'ai pas aimé *La Bohême* ! Mais je crois que je deviens intolérante, jusqu'à développer, hélas, des allergies à d'autres formes d'art.

Lors de ma dernière virée à Paris, j'ai voulu voir ce que l'architecte Frank Gehry avait imaginé pour la fondation Vuitton. J'avais adoré son musée Guggenheim à Bilbao et je peux dire que son bateau de verre et de béton m'a laissée sans voix. L'escalier semble suspendu et soudain la Tour Eiffel s'encadre parfaitement dans une sorte de meurtrière ouverte au bout d'un palier tandis qu'à l'opposé une terrasse donne sur la canopée du bois de Boulogne. C'est d'une apparente simplicité et très efficace pour étonner l'œil du visiteur à chaque pas. Il y avait ce jour-là des nuages ronds qui s'amusaient avec le soleil, ce qui projetait sur les grands murs blancs tantôt des éclairs de matin tendre, tantôt un gris mélancolique. Une merveille.

Mais pour ce qui y est exposé...

Est-ce que je serais particulièrement hermétique à cet art-là ? Je me serais donc arrêtée à Picasso ? Du rez-de-chaussée aux étages, fou-rire ininterrompu, face aux œuvres, aux notices explicatives, aux têtes des visiteurs. Et aussi des interrogations ! Les immenses toiles à rayures lugubres ont-elles été inspirées par les fauteuils du RER ou le contraire ? Sur une cuve à mazout recouverte d'une couche de terreau, des plants de patates poussent entre des os de jarret de veau et des baskets usagées. Il y a même une petite culotte en dentelle déchirée, coincée entre deux trognons de pommes pourries. Un panneau précise en plusieurs langues que c'est l'illustration de la fuite du temps… Les yeux d'un groupe de touristes japonais sont encore plus bridés que d'habitude, réduits à deux fentes entre les rides de leur concentration perplexe.

À propos de Japon, l'année d'avant, mon bonhomme et moi on avait eu envie de voir une exposition au Palais de Tokyo. Et tout avait bien commencé avec un cabanon de jardin en bois, à l'intérieur duquel il pleuvait à seaux, table et chaises ruisselantes, alors que le toit et tout l'extérieur étaient parfaitement secs, comme nimbés de soleil. J'avais aimé, séduite par la dichotomie entre le nom de « l'installation », *Refuge,* et ce que suggérait la noyade de l'abri.

Ensuite on s'était promenés dans une forêt d'arbres en carton, immenses et réalistes, où l'imagination pouvait caracoler. Puis d'autres réalisations insolites, oniriques, marrantes. Des amas de filets de pêche, des tentures déchiquetées, des suspensions de bouteilles, des fleurs en papier géantes. On était conquis. On s'attardait.

Juste avant la sortie, on est tombés sur un énorme tableau qui couvrait tout un mur. Zébré de rouge et de vert sur une petite moitié gauche, pas une trace à droite, canevas laissé brut, seulement une minuscule éclaboussure dorée dans le coin en bas. Dessous, par terre, un agencement de pots de peinture ouverts, soucoupes élégamment tachées de gouache, brosses, racloirs, pinceaux, queues-de-morue, blaireaux, un gros flacon de white spirit, un torchon chiffonné en fleur, une éponge.

Nous voilà, mon homme et moi, encore tout imprégnés de l'esprit des lieux, à nous demander la signification de cette nature morte et quel message son auteur veut délivrer. Peut-être qu'il invite le visiteur à choisir une couleur et un pinceau pour jeter sur la partie vierge de l'œuvre, à droite, une touche de son cru, l'art accessible à tous, en somme ? Peut-être qu'il veut illustrer la cruauté de la perte soudaine d'inspiration qui lui aurait fait abandonner son matériel au pied de la toile inachevée ?

On cherchait d'autres hypothèses quand deux agents d'entretien sont arrivés en salopette fluo. Ils ont balancé le bric-à-brac dans un sac poubelle et nettoyé les coulures, rouspétant que ces péteux d'artistes en prennent vraiment à leur aise, une fois leurs barbouillages accrochés, à jamais ramasser leur bordel.

MOTS D’EXCUSES

J’ai déjà avoué que je ne suis pas une championne en informatique. D’ailleurs j’utilise mon ordinateur, ce merveilleux outil, presque exclusivement comme machine à écrire, avec un talent rare pour tout planter sans comprendre d’où est venu le coup.

C’est ainsi que j’ai déjà vu disparaître à jamais plusieurs pages sur lesquelles j’avais bien sué, mais qui, à la relecture, m’avaient emplie d’une certitude : ce que je venais d’écrire était bon, excellent même, tais-toi ma modestie, un vrai morceau d’anthologie. Oh, vanité idiote ! Oh, enflure dangereuse qui oublie de sauvegarder ! Et pouf ! Soudain écran noir, ou blanc, selon la connerie que mon doigt, à l’insu de mon plein gré, vient de faire. Et voilà un chef-d’œuvre en péril définitif... Désespoir de l’artiste, vaines tentatives pour retrouver la merveille engloutie dans le ventre de la machine, colère contre le secouriste, mari, fils, copain ou voisin qui rabâche, impuissant, sidéré, incrédule : « Merde, où est-ce que tu as bien pu cliquer ? »

Cette fois, ce n’est pas moi, tralalère, ce n’est pas moi, tralala ! C’est l’orage.

Un du genre sec, rapide, sournois. Une craquée, une seule, mais efficace : les prises du salon crachent les flammes, la chienne Lili Rose, tétanisée, se coince sous la table basse puis fonce à l'étage en doublant de volume. Et dans le bureau où il n'y a pourtant pas eu de feu d'artifice, l'ordinateur pousse un cri d'aliéné, éteint toutes ses lumières et se met à sentir drôle.

Première visite chez le réparateur-sauveur. J'ai trouvé une couverture de survie dorée, on emporte l'ordi roulé dedans sur le siège arrière comme un grand brûlé, manquent juste les sirènes des urgences.

Deux jours après, on le récupère sauvé, révisé, nettoyé, pomponné, il l'a, paraît-il, échappé belle, mais il est vivant. On le rebranche, mais, ou il est retombé dans le coma, ou il est tout ému d'être rentré à la niche, il n'ouvre pas un œil, fait pas un pet, ça ne marche pas.

Mon mari s'installe au téléphone. Longue conversation où je ne pige rien de rien, termes techniques époustouflants que mon homme répète en cliquant, j'ai l'impression que l'on consulte un de ces médiums qui guérissent à distance sur simple description de la pathologie. Mais ça ne marche toujours pas. Du tout.

Deuxième visite, cette fois ce chichiteux d'ordi, même plus malade d'après le spécialiste, mais qui s'entête à faire le mort, n'a pas droit à la belle couverture dorée. Simulateur, emmerdeur, vas-y comme tu es ! Malchance, c'est un long week-end de fête, faut être patient, messieurs-dames.

Qu'on ne me demande pas de quoi souffrait cette bourrique de machine, plaquette, barrette, zézette ou trottinette, elle ressuscite, ça marche. Arrêt-maladie de dix jours, facture raisonnable, et ce sentiment bizarre quand on regardait sa place vide.

Bon, mais ça ne suffit pas à expliquer que je n'aie pas mis le nez dans mes écritures pendant la durée de la thérapie ! J'aurais bien pu trouver une machine pas loin, tout le monde n'a pas reçu la foudre sur sa maison ! Ou tout simplement me servir du portable dans le petit bureau ? Non ! Il ne m'a jamais aimée, il ne m'aime pas, moi non plus.

La vérité, c'est qu'ici la saison des salons du livre a commencé et que c'est chaque fois une journée entière. Je ne vais pas m'étendre sur ces manifestations villageoises où de grands auteurs (malheureusement peu connus au-delà du département, et il y en a de géniaux, je sais de qui je parle), sont coincés entre les vendeurs de pinard ou de fraises tagada, les dames virtuoses de batik charentais ou d'estampes périgourdines, le concours d'épouvantails, le tourneur de bâtons de berger à l'ancienne. Avant le repas offert par la mairie qui laisse un certain temps les stands vides après la gnôle qui tue. Les journaux régionaux parlent mieux que moi de ces fêtes-là, même si je les adore et serais désolée de ne pas en être. Simplement ça prend pas mal de temps.

Conclusion : c'est le tonnerre et les félibriges qui sont responsables de mon arrêt de travail ! Je m'y remets séance tenante. Et pour ne pas perdre la main, je vais illico m'entraîner en racontant ce qui m'est arrivé, dans un autre genre, sans majorettes ni digestif, au Salon du Livre de Paris il y a quelques années.

C'est en fin de matinée, il y a du monde, tout se passe bien. Un monsieur, la cinquantaine, bonne tête, s'arrête devant notre étalage, dit bonjour avec grâce, prend un de mes bouquins, commence à le feuilleter. Au bout de cinq minutes, il demande : « Qui a écrit ça ? » et je dis que c'est moi. Pas de réaction. Il continue à lire, rit, murmure : « Bon, ça, très bon ! » et je le trouve vraiment sympathique.

Il reste là, lit des passages entiers, me fait des clins d'œil, il a l'air d'apprécier, quel brave homme ! Mais voilà des visiteurs qui déboulent en groupe, mon fan les gêne pour attraper les ouvrages exposés, il bouche le passage, il a pris racine dans la moquette. Il est emporté par sa lecture, il est ailleurs et c'est moi qui l'y ai emmené, joie, pleurs de joie ! Oui, mais il faut qu'il se pousse !

Comme les gens le bousculent, je lui tapote gentiment le bras : « Vous ne pourrez pas finir maintenant, mon livre fait trois cents pages. Avant de vous l'emballer, à qui voulez-vous que je le dédicace ? »

Il lève les yeux, répond avec un sourire délicat : « Je n'achète jamais de livres, c'est un principe. Mais je vous félicite. Si, si, je m'y connais, j'ai été un temps bouquiniste. Et je vous félicite, bravo ! Vous êtes à la FNAC ? Oui ? Je vais aller m'y installer pour vous lire tranquille. »

Il était resté vingt-cinq minutes.

Les salons du livre sont pour moi un divertissement. Et un grand plaisir.

LE CHÊNE, LE CHÂTAIGNIER ET LES AVIONS

À la sortie de mon troisième bouquin, il y a déjà quelques années, j'ai été invitée au Salon du Livre de Felletin, en Creuse.

D'abord, gloire aux organisateurs pour l'accueil et tout le tintouin. Très, très intéressant et agréable, je n'ai pas vu passer le temps, je parle à la fois des heures et des 35° à l'ombre. Bien.

Ensuite, tant mieux pour mon éditeur, bonnes ventes. Bien.

Enfin, pour moi, deux moments de pure grâce, très très bien.

Premier tableau.

À notre stand, je suis à côté d'un dessinateur. C'est lui qui a illustré un très beau livre que les Ardents Éditeurs viennent de sortir. Il a pour titre *Dialogues avec des arbres remarquables du Limousin,* c'est plein de photos étonnantes, de renseignements pour jardiniers et sylviculteurs, d'anecdotes touchantes ou rigolotes, un vrai trésor, à recommander sans réserve. Ce que je fais ici, sans risque d'être accusée ni de prise d'intérêt illégal puisque les bénéfices ne sont en rien pour ma pomme, ni de publicité mensongère puisque le bouquin se débrouille très bien sans moi et marche du feu de Dieu, ce qui n'est que justice.

Donc je suis assise à côté du monsieur qui a agrémenté l'ouvrage de croquis exquis. Entre deux « clients », il n'arrête pas de crayonner sur un calepin. Que des arbres. Il y en a des tordus-rabougris, qui donnent envie de les arroser, de les fortifier, des grands costauds rectilignes, un peu les futaies hautaines du Grand Meaulnes, des buissonnants à coiffure afro, des chichiteux exaspérants, des modestes, des avec fleurs, des avec fruits. Il dessine vite, passionnément. Sur le papier les racines ondulent, les branches s'écartent, une colline apparaît au loin en deux coups de plume, un ruisseau serpentin se glisse entre des rochers avant de cascader en bas de page. Tout ça est petit, réaliste et onirique. Fascinant. J'en oublie de faire l'aguicheuse quand quelqu'un semble s'intéresser à mes propres œuvres.

Un monsieur vient justement d'acheter *Dialogues avec les arbres*. Mon voisin d'artiste lui demande :

« Pour la dédicace, je vais vous dessiner un arbre. Qu'est-ce que vous préférez comme arbre ? »(Il ne peut pas faire une phrase sans dire « arbre »).

L'acheteur se prend le menton et réfléchit longtemps avant de chuchoter :

« J'aime bien tout, mais surtout les chênes. »

Silence.

« Vous êtes d'où ? « demande le peintre.

Silence.

« De Corrèze. »

Silence.

«De Haute-Corrèze, » précise-t-on dans un discret hoquet.

«Alors, je vais vous faire un châtaignier ! La Haute-Corrèze, c'est très châtaignier !» et ça démarre déjà sur la page de garde, le tronc est esquissé en deux traits.

Le taiseux de Haute-Corrèze est pris de légers tics. Il ajuste son sac à dos et ses deux mains se mettent à peser des trucs invisibles. Il murmure : « Oui, les châtaigniers, j'aime bien ça, mais j'en ai chez moi, plein, alors un chêne, ça me changerait. » »

Le Crayon s'arrête. Silence. Soupirs des deux côtés.

« C'est encore possible de vous faire un chêne, mais faut vous décider, ça n'a rien à voir, vous comprenez ! »

Douloureux silence. Je retiens mon souffle. Je pense que les stances de Rodrigue, à côté de ce dilemme-là, c'est de la petite bière.

« Bon, décide-t-on gentiment, je vais vous faire un chêne, ça vous changera. »

Mais la bonne nouvelle n'a pas l'air de vraiment ravir l'acheteur qui prend mollement son livre en chevrotant : « Au fond, le châtaignier, c'est mieux. Le chêne, ça donne jamais que des glands. Mais merci quand même ! »

Quand il est loin, mon voisin se tourne vers moi en riant : « Y en a des graves, qui voudraient la peste ET le choléra. Moi, je m'en fous, ce que je réussis le mieux, c'est le saule pleureur. »

Second tableau.

Une dame s'approche de moi, prend *La Table du Pacha* puis *Alarga !*

« C’est joli, ces couvertures ! J’aime bien ce bleu. Et ça parle de quoi ? »

Moi, j’apprécie cette curiosité et, réminiscences de prof, je me fais didactique. J’explique la différence entre roman et nouvelles, et patati et patata.

« Oui, mais ce que vous racontez, ça parle de quoi ? » insiste-t-on.

J’attaque dans le vif :

« Ce sont un peu des voyages en Orient. En Turquie. Vous aimez voyager ?

– Ah, ça non ! J’aurais peut-être aimé, mais j’ai une de ces trouilles de l’avion, je préfère rester chez moi. Rien que d’y penser !!!

– Moi aussi, j’ai peur en avion, mais...

– Ah, vous voyez ! Alors, en film, les voyages loin, j’en regarde un peu, juste des documentaires, mais pas trop, ça me parle de ce que je connais pas, j’y comprends pas toujours tout, et des fois je m’endors.

– Pourquoi vous n’essayez pas de lire ? C’est autre chose, un livre ! On me dit que ce que j’écris est très dépaysant, ça vous ferait voyager sans risque ! Et pour pas cher ! (Plaidoyer pro domo).

– Peut-être, mais quand on n’a pas l’habitude... J’aime mieux les histoires d’ici, de nos anciens, avec des diligences et des chevaux, je reconnais les paysages et les maisons, on reste sur terre, ça va doucement, ça m’évite de penser aux avions, vous me comprenez. Mais vous êtes bien aimable, madame, je vous souhaite un bon succès. Et, entre nous, faut bien qu’il y ait des gens qui aiment avoir peur, comme ça les compagnies aériennes font leur beurre ! »

Et puis, en fin d'après-midi, une éminente spécialiste de Shakespeare a fait une conférence sur les difficultés de la traduction. J'en ai retenu un exemple. C'est dans *Macbeth*, si je me souviens. La dame a eu toutes les peines du monde avec ce cri de rage du roi adressé à sa femme dont il souhaite la mort : « Out, out, brief candle ! » Mot à mot : dehors, dehors, brève chandelle ! Évident à faire passer en français, surtout pour rendre l'aboiement haineux de l'anglais !!!

Comme la dame, très applaudie, s'est approchée de moi, je lui dis que j'ai été passionnée par sa prestation. Et je lui tends l'édition turque, parue à Istanbul, de mon premier roman, *Alarga*, en lui demandant poliment si elle accepte que je lui raconte une petite anecdote qui risque de la faire rire. Elle dit bien sûr, je vous écoute.

Quand mon bouquin est sorti j'étais très contente, entre autres vanités, d'avoir écrit, page 199 : « ils emboutirent une minuscule voiture qui les traita de cons avec une grosse voix ». Je trouvais ça expressif et rigolo. Quand je vérifie le texte turc, surprise ! Ma traductrice à Istanbul, excellente et fine, s'est permis : « une minuscule voiture DONT LE CHAUFFEUR les traita de cons .» Je l'appelle. Pourquoi cette précision qui fout par terre toute la force de ma métaphore ? La réponse me laisse pantoise. « Mais enfin, Hélène, tu sais bien qu'en Turquie les bagnoles ne parlent pas ! » Je n'ai pas ironisé qu'en France, elles n'arrêtent pas de jacasser et j'ai bien fait. Renseignements pris auprès de linguistes sérieux, il m'a été répété que ma géniale figure de style ne peut absolument pas passer en turc, je ne sais toujours pas pourquoi.

La shakespearienne sourit puis soupire : « Les langues sont un trésor inépuisable. Et un casse-tête à rendre dingue. D'ailleurs nous le sommes un peu toutes les deux et nous adorons, non ? »

TOILETTES DE GALA

Non, vraiment, je ne raterais pour rien au monde ces «petits» salons du livre, on y fait des rencontres, un vrai bonheur, et je découvre combien la confrérie des gratteurs de papier est importante dans ce pays. Qui n'écrit pas, en France? D'ailleurs, avec la grande brocante-vide-grenier et le gueuleton du maire, la journée des écrivains est devenue un must pour les municipalités, à croire qu'il y a dans notre belle région un désir de montrer aux bouseux qu'on peut utiliser la salle des fêtes à autre chose qu'échanger des assiettes ébréchées ou se prendre une cuite-indigestion. Un désir de culture, quoi! Une soif de l'esprit, celle-là!

Il y a souvent plus d'auteurs que de visiteurs, mais je me suis fait une petite bande de copains que je retrouve avec grand plaisir. Certains donnent dans le polar, d'autres dans le terroir, le roman historique, la BD, les contes pour enfants, les recettes de cuisine. Personne ne se prend trop au sérieux, et on discute, et on se marre.

Ce jour-là, dans ce coin improbable du Périgord-Limousin, mon sympathique voisin, que je connais depuis plusieurs années, auteur à succès de sagas régionales, me dit d'une voix de tragédie :

« Je reviens du petit coin, c'est incroyable ! Tu y es pas encore allée ? Tu peux, j'ai poussé une gueulante et ils ont réparé. Figure-toi qu'il y a un de ces rouleaux de papier-cul verrouillé dans un cylindre avec l'ouverture en bas. Tu vois à peu près de quoi je parle ? Eh bien, j'ai passé dix minutes, c'est long dix minutes, à essayer d'attraper une feuille. Imagine : tu es sur le trône, culotte baissée et tu gratouilles dans le zinzin sans pouvoir choper un bout de papier. C'est pourtant garni, on a fait le plein, mais ça tourne à vide ou ça coince. Diabolique ! À te gâcher le plaisir de chier ! »

J'ai approuvé, il n'y a pas pire tragédie.

Après un long moment de réflexion, mon poète a ajouté : « Pour mon prochain bouquin, je me lance dans l'amour courtois, genre troubadour moderne, une histoire très pure, tout en sentiments, sans bites ni couilles ni tétons. Que du suggéré. On a besoin de fraîcheur, tu trouves pas ? »

Le lendemain, j'ai repensé à ce délicat projet dans le train pour Paris où j'allais passer une petite semaine. Depuis des années, je fais partie d'un jury littéraire qui se réunit justement maintenant pour décerner son prix du roman. C'est toujours un moment passionnant, sincère, joyeux, et j'y vais comme à un rendez-vous d'amour. Et quand le lauréat est désigné, je reste quelques jours dans la capitale, ce qui me permet de voir mes amis, d'aller au théâtre, au cinéma, au musée, de constater dans les vitrines le retard que j'ai pris sur les nouvelles tendances de la mode branchée et à quel point je m'en fous.

Ces petits séjours sont doublement bénéfiques. D'une part, ils me sortent de ma quiétude de fausse campagnarde, soudain réveillée par le charisme d'un comédien ou le bleu d'un tableau. D'autre part ils me donnent, dès le quatrième soir, une envie irrépressible de retourner dans ma verte vallée où mes fringues, puant le métro et la foule douteuse, pourront, après double lavage, sécher au vent parfumé des espaces infinis. J'en ai déjà parlé.

Les amis turcs chez qui je loge ont organisé un dîner ce soir-là.

On est tous ravis de se retrouver, on force un peu sur le raki, on raconte des bêtises, on rit comme des malades. Le copain Osman qui rentre de San Francisco n'en revient pas d'être tombé sur son ex-femme, qu'il n'avait pas revue depuis vingt ans, vous savez où, s'étrangle-t-il, vous savez où ? En plein embouteillage, sur le Golden Gate ! Elle était dans la voiture devant. On est descendus en même temps pour attendre que le trafic se débloque et voilà ! Avouez que le monde est petit quand même. Et tous de répéter que, ça, c'est vraiment incroyable comme le monde est petit. Le raki et l'amitié font réinventer l'eau chaude et permettent d'aligner les lieux communs avec un bonheur sans cesse renouvelé.

D'ailleurs Hasan, journaliste international, réputé pour son intransigeance et sa finesse d'analyse, Hasan lui-même n'hésite pas à embrayer sur la petitesse du monde : « C'est vrai que moi aussi j'en ai fait l'expérience. Écoutez ça ! Le mois dernier j'étais à Istanbul, dans la pissotière de la place Taksim, à une heure de pointe. Mon voisin me regarde faire mon pipi et me dit que je dois être de Sivrihisar. Sivrihisar ! J'y suis né, mais je serais étonné que vous ayez même entendu une fois le nom de cette bourgade perdue au fond de l'Anatolie. Donc je m'étonne et je demande au type comment il a su que j'étais, en effet, de Sivrihisar. Vous savez ce qu'il me répond ? Que je pisse à gauche, comme lui, exactement comme lui : on a donc été circoncis tous les deux par le même abruti qui fait pisser à gauche tous les mecs de Sivrihisar qu'il a opérés, ce n'est pas possible autrement ! Voilà ! Avouez que c'était assez improbable que je tombe sur un collègue à des kilomètres de notre village ! Et surtout que, dans des toilettes bondées où tout le monde se dépêche de refermer sa braguette, il remarque ma tendance, très légère, je dois dire, à arroser à gauche ! Vous admettez que le monde est vraiment petit, non ? »

On me demande si je suis d'accord. Il est tard, je rêve du lit tiède qui m'attend à l'étage, mais je me lance sur le même thème qui semble passionner tout le monde.

En voyage au sud du Portugal, on prend un verre dans un charmant boui-boui. Le garçon arrive. Il ne parle pas français, mais nous dit en anglais qu'il adore la France. Je lui demande ce qu'il en a vu. Paris, peut-être ? Non ! Seulement Limoges, (qu'il prononce Limouche) et Lanouaille (qu'il prononce la nouille). Pourquoi diable a-t-il visité ces merveilleuses cités à côté de chez moi ? Tout simplement dans le cadre d'un jumelage de mairies France-Portugal. Quand je lui ai dit que j'habitais entre Limoges et Lanouaille, justement, il nous a offert l'apéro. Fallait le faire ! Tomber sur le seul serveur du pays qui ait eu la chance de s'aventurer sur mes terres ! Le monde est petit, quand même !

Les copains m'ont dit qu'ils le savaient déjà, mais que mon histoire était moins marrante que les leurs.

MARGUERITE OU MARCEL

De retour de Paris, me voilà invitée cette fois, dans un « tout petit » salon du livre, à quelques kilomètres seulement de ma maison, en pleine jungle, et il y a étonnamment pas mal de monde qui se promène sous notre chapiteau. La météo exécrable peut aisément l'expliquer : puisqu'on ne peut aller ni à la pêche, ni aux champignons par un temps pareil, pourquoi ne pas venir voir à quoi ressemblent les scribouilleurs et peut-être leur acheter un truc à lire pour tuer la soirée !

Une jeune femme s'approche, hésite, se lance : « Je vous connais et je dois vous dire que j'aime beaucoup ce que vous écrivez. Vous faites voyager, c'est érotique et on rit aussi souvent qu'on pleure. Bravo ! Vous avez un prochain livre en chantier, oui, j'espère ? Il va sortir quand ? » Une douce vanité me plaque un sourire idiot.

La merveilleuse continue : « Donc, encore bravo ! Mais... est-ce que je peux vous faire une remarque ? Oui ? Bon, ne vous vexez pas, mais je trouve que parfois vos phrases sont trop courtes. Sèches. On les prend comme une claque et ça coupe l'émotion. Je voulais vous le dire parce que, pour moi, c'est un artifice de style, un parti pris, et du coup, je tique comme si j'entendais une fausse note. Excusez-moi, mais c'est vraiment ce que je ressens... Alors que je me régale de vos descriptions, c'est sensuel, ample, vos mots s'enchaînent, pleins d'images, de bruits, de couleurs, et on est embarqué. C'est là que je vous trouve la meilleure, sans aucun doute ! Mais vos petites phrases genre télégramme, franchement... »

Je remercie, c'est une bonne critique, je vais y réfléchir.

Derrière elle, un monsieur dans la fleur de l'âge : « Je suis heureux de vous rencontrer, j'ai lu vos livres, j'aime beaucoup, je les ai prêtés ou fait acheter à des amis qui ont aimé aussi, à une exception près, la même pour tous. Je peux me permettre ? Vous êtes très efficace quand votre écriture est dépouillée, rapide, sans fioritures. Je parle de vos phrases brèves, elles percutent. C'est moderne, quoi ! Je n'en dirais pas autant de vos envolées lyriques, j'en ai compté plusieurs de plus de cinq lignes, presque sans virgule. C'est long, pesant, même ! Je trouve, et je ne suis pas le seul, que ça ralentit, ça casse le récit. C'est même un peu ringard à notre époque où tout va si vite... Alors que vous tenez si bien le rythme par petites touches courtes ! Ne le prenez pas mal, c'est subjectif, et si j'ose vous en parler, c'est parce qu'en fait, j'apprécie vraiment ce que vous faites et je voudrais apprécier encore plus... »

Je remercie, c'est une bonne critique, je vais y réfléchir.

Réflexion faite, et caquet rabattu, si j'avais envisagé un instant de me prendre pour Marguerite Duras (deux mots, un point) ou Marcel Proust (deux pages, un point), c'est loupé de chez loupé...

TERMITES TOURNEURS

C'est vrai que j'ai eu des critiques intéressantes sur ce que j'écris, mais ce n'est pas avec mes droits d'auteur que je financerai la réfection de ma toiture.

Et dans les derniers mois avant le covid, si j'avais gardé encore un doute sur l'ampleur de la crise dite « de la lecture », avec la tentation de jouer les autruches, tête dans le sable et plumes de croupion au vent, pour ne rien voir ou faire comme si, les derniers salons du livre me l'auraient sortie du sable, ma tête, et me les auraient décoiffées, mes plumes ! Tout ce que j'ai alors entendu est inquiétant, très inquiétant et ce n'est pas parce que je le savais que je vais parader : j'avais raison, oui, d'être sans illusions... mais il aurait mieux valu que j'aie tort, surtout au vu de ce qui nous attendait.

Je l'ai déjà déploré : avant la pandémie, les ventes de romans sont en chute libre, comme les ouvrages d'art, les livres pour enfants, les pièces de théâtre, ne parlons pas de la poésie... Quelques polars, pas tous, il y en a tellement ! arrivent à trouver preneur ainsi que la BD, et les « pipoles » font un coup, parfois, sur des histoires de cul ou de fric, surtout si c'est du genre nauséabond. En fait, seule une cinquantaine d'écrivains déjà confirmés, chapeau ou écharpe repérables, avec qui on fait des selfies, s'en sortent bien.

La faute au prix, (c'est cher un livre à vingt euros, on me l'a répété mille fois), à Internet, aux tablettes, à notre télé tellement stimulante pour l'esprit, à une mutation de notre société qui ne sait plus lire ni écrire, a oublié l'odeur des pages qu'on tourne et préfère le glissement d'un texte sur une liseuse dernier cri ? On m'a donné toutes ces raisons et d'autres, aussi rabâchées, aussi évidentes, aussi complexes.

Moi, je ne suis sûre de rien. J'ai écouté sans rien dire de mauvais chiffres, de mauvaises prévisions. Même les grosses maisons, semble-t-il, ont révisé leurs tirages à la baisse. Plusieurs éditeurs m'ont parlé reconversion, pas le choix, plusieurs libraires m'ont avoué qu'ils ne savaient pas combien de temps ils tiendraient.

Ce qui est sûr, c'est qu'en 2019, le dernier jour, à Paris comme à Brive, deux gros salons, j'ai vu passer juste avant la fermeture les palettes d'invendus : presque pleines ! Et ce n'est pas mon maigre succès (beaucoup d'auteurs n'ont RIEN vendu) qui me donne envie de rire.

Et là, en avril 2018, je participe au salon de Limoges qui dure trois jours, trois cents auteurs, beaucoup de beau linge pour attirer les curieux. Il fait mauvais, il y aura sans doute du monde puisque la pluie devrait empêcher les balades de printemps. Et puis, même si on n'en a rien à cirer des bouquins, ça fait une sortie à l'abri sous le chapiteau.

Il faudra que je prenne le temps d'aller jeter un œil dans le parc où a lieu la manifestation. Avec ses bosquets, c'est le lieu préféré des putes de Limoges et en longeant les grilles, j'ai souvent entrevu de drôles de zigotos, dames ou messieurs, dans de drôles de tenues, même une fois une vraie rousse qui avait oublié de mettre sa culotte et appâtait le chaland, assise cuisses écartées sur la margelle du bassin.

Je suis particulièrement curieuse de voir ce qui se passe dans ces jardins sulfureux parce que j'aborde ce sujet, la prostitution, dans mon dernier livre et que rien ne vaut le contact direct pour se documenter. Mais j'ai bien peur que la municipalité ait fait évacuer les lieux le temps de la foire aux livres, afin de célébrer dignement la Littérature et la Culture, qui, paradoxe, ont souvent des rapports étroits avec le cul, qu'on le veuille ou non.

La journée s'est passée agréablement, contacts, échanges avec les visiteurs, ventes correctes. Mais… mention spéciale pour deux originaux qui se sont arrêtés à mon stand !

Elle d'abord. Elle a la cinquantaine, une bouche en pizza, des cheveux courts très bleus, une énorme besace qu'elle traîne sur le sol derrière elle. Elle se plante devant moi, montre mes livres, l'air de se demander de quoi ça cause.

« D'après les titres, vous écririez pas des fois sur l'Orient ? Je connais pas, j'ai juste vu un documentaire sur Istanbul, genre Connaissance Du Monde ou Aller Voir Ailleurs. Istanbul, c'est un peu moins sale que l'Afrique, non ? Mais y a le même boucan, non ? Et ces prêtres dans une mosquée qui dansent pendant des heures avec un bonnet pointu et une robe blanche, les termites (sic) tourneurs, vous voyez de quoi je parle... ça sent l'intégrisme, vous êtes d'accord ? J'aimerais pas assister à un truc pareil ni goûter à leurs trucs épicés, j'ai l'estomac délicat. »

Et elle sort de son cabas un sandwich-kebab qu'elle se met à dévorer en ajoutant : « Désolée, je vous achèterai pas vos bouquins ! J'ai vu là-bas pour douze euros une histoire des francs-maçons, mon salopard de mari l'était, c'est plus à ma portée que tous ces Arabes ! »

Lui ensuite. Il est sans âge, chauve, l'œil allumé, un blouson couleur de sale temps avec *J'emmerde les cons* écrit en noir entre les omoplates. Il me fixe.

« *La table du Pacha*, votre livre, là, il parlerait pas de la Turquie, des fois ? Vous connaissez le pays, bien sûr ? Et vous devez savoir où acheter du raki ? Dans les apéros anisés, j'aime pas le Ricard, ni le Pernod, ni l'ouzo, mais le raki, ça c'est bon. Au Super U près de chez moi, terminé, y en a plus. Alors si vous pouviez m'en procurer, pas une caisse, non, juste de quoi y regoûter, je vous fais un chèque. Ma mère est arménienne, ces salauds d'Ottomans ont zigouillé une bonne partie de mes ancêtres en 1915, mais ça empêche pas que j'adore le raki. Allez, vous pouvez bien m'en avoir un peu, tout de même. Et puis, tenez, vous m'êtes sympa, je vais vous donner une info, à voix basse, penchez-vous, faudrait pas que ça filtre : je sais qui a tué le petit Grégory, je vous le dirai contre trois bouteilles de raki, c'est pas cher payé une info de ce calibre, hein ? Voilà ma carte, contactez-moi, chut ! »

Et il disparaît. Je crois entendre la musique de la panthère rose.

Et puis, et puis... j'ai eu la chance d'être à côté de Pierre Santini et Philippe Rochot, publiés chez le même éditeur que moi. On a discuté toute la journée, théâtre, cinéma, bonne bouffe, voyages, on a beaucoup ri, un vrai bonheur.

Et puis, et puis... on m'a présentée à Jean-Pierre Marielle et Andréa Ferréol. Je ne cours pas après les pipoles mais là, tout de même, je n'ai pas boudé mon plaisir ! Et c'en était un, de vrai plaisir ! La voix de Marielle, hélas disparu depuis, le regard de Ferréol... et ce contact direct, sympa, là aussi, j'ai oublié à qui je parlais, j'avais même l'impression qu'on me trouvait intéressante. Je ne suis pas dupe : ces gens-là savent tout jouer. Mais quelle classe !

TÊTE DE TURQUE

Pour en finir avec « mes » salons, la dernière fois où j'ai été invitée à celui de Paris, j'étais sur deux stands, le premier de 11 à 13 heures, le second de 15 à 18 heures. Ma prestation du matin terminée, je sors du hall et m'installe à une terrasse. On me sert une escalope innommable, mais je crève de faim et je torche ma gamelle, pleine de pitié pour le veau qui a fini de façon si insipide.

J'attends l'addition quand une dame me demande poliment si elle peut s'asseoir à côté de moi. Bien sûr ! Le garçon arrive. La carne qu'on m'a servie coûte aussi cher qu'un homard, mais bon, on est Porte de Versailles.

Quand je viens à Paris, je prends toujours un vieux sac « spécial métro » que je porte en bandoulière sur mon ventre, par sécurité. Il n'est pas très logeable et comme tout s'y mélange, je range ma carte de crédit, trois sous, deux papiers d'identité dans une pochette zippée que je glisse dans le compartiment de derrière. Faudrait m'assommer pour me la piquer.

Je viens d'y ranger ma monnaie quand ma voisine se penche vers moi : « Vous, vous connaissez la Turquie ! » Je dis que oui, mais comment le savez-vous.. Elle montre le petit porte-monnaie bleu que je n'ai pas encore remis dans mon sac : « J'ai le même. On vend ça à l'entrée du Grand Bazar, non ? » C'est là en effet, à Istanbul, que j'ai acheté la chose, en coton brodé de tulipes copiées sur les faïences d'Iznik.

Et là, il se passe quelque chose. La dame et moi, on se sourit et on commence à parler. Elle a vécu quatre ans en Turquie, moi sept, elle y était prof, moi aussi, on s'est ratées de quelques mois. Elle adore l'Anatolie, la Mer Égée, moi aussi. On se raconte des anecdotes, on rit, on parle de l'actualité là-bas, on rit moins. On a rencontré, les mêmes écrivains, les mêmes journalistes, on a vu les mêmes films, les mêmes merveilleux monuments, et tous ces paysages émouvants, on s'envoie des noms, elle prononce le turc moins bien que moi, sans me vanter, mais on s'en fiche, on est lancées, intarissables. On se connaît depuis quand, déjà ?

Elle finit par me demander ce que je fais là. Je réponds que j'ai écrit deux bouquins qui se passent en Turquie et que je suis en dédicace au salon en face, d'ailleurs il va falloir que j'y aille, ça fait déjà presque une heure qu'on papote ! Je me lève, la dame aussi : « Je viens avec vous, je veux acheter vos livres, maintenant ».

Il doit y avoir des milliers de personnes qui viennent chaque jour porte de Versailles en cette période de salon et voilà sur qui je suis tombée ! Improbable rencontre, certes, mais les copains disaient que le monde est comment, déjà ? Petit ? Peu importe ! C'était un réel plaisir ! Et cette impression de retrouvailles avec quelqu'un que je n'avais jamais vu... Merci ma petite pochette bleue, merci !

POSTURE

Quand nous nous sommes séparées, j'ai laissé mes coordonnées à ma nouvelle amie en lui demandant de me donner son avis sur les deux bouquins qu'elle venait de m'acheter. Elle s'est engagée à me dire la vérité, toute la vérité, sans mentir. Elle l'a fait. Et comme de mon côté, j'avais promis à cette amoureuse de l'Orient de lui expédier un exemplaire de mon dernier bouquin, je l'ai fait aussi.

Il tarde à lui arriver. Il n'arrivera pas. Me voilà donc partie jusqu'à la poste de mon village pour en savoir plus. On m'y explique fort civilement que je dois faire une réclamation pour tenter de comprendre où peut bien être passé ce fichu paquet et, pourquoi pas, le retrouver. Bien.

J'ai donc rempli le formulaire adéquat, le nom et l'adresse de l'expéditeur et du destinataire, date de l'envoi, valeur de l'objet égaré. Fastoche. Je sais comment je m'appelle et où j'habite, à qui et où j'ai envoyé le truc, d'ailleurs j'ai gardé le reçu avec tampon, tout y est, jour, heure et ce que j'ai payé : 2 euros 50 de timbre. Comme le livre coûte 20 euros, vite fait de calculer à combien se monte la perte que j'ai subie. Si on ne prend pas en compte le préjudice moral...

Quinze jours après, je reçois une lettre de La Poste. On m'annonce avec beaucoup de tact que je ne dois pas espérer revoir un jour mon colis, faut en faire mon deuil. « Toutes les investigations nécessaires se sont avérées malheureusement infructueuses », je cite. C'est foutu, perdu de chez perdu, mais quel style ! Dans l'oraison funèbre, La Poste tient la posture !

Ainsi, après ces condoléances d'usage, me suggère-t-on avec tact que, si j'avais pris l'option « colis suivi », ça aurait facilité les recherches, avec peut-être un dénouement heureux. On m'invite avec délicatesse à me renseigner sur tous les produits suivis (c'est-à-dire payants) de La Poste. Serait-on en train d'avouer que le tarif normal n'offre aucune garantie ? Que si on veut un minimum de service après-vente, il faut raquer ? C'est ce que j'ai écrit sur le questionnaire Internet qui me demandait si j'étais contente des suites données à ma réclamation.

Quinze jours après, je reçois un deuxième courrier qui m'annonce, ci-joint, un bon de dédommagement à présenter au guichet le plus proche. On a juste oublié de le mettre ci-joint, le fameux bon sur lequel je commence à fantasmer grave : oh la la, il va se monter à combien ?

Suite et fin. Après visites à ma gentille postière qui bredouille d'embarras derrière son comptoir, après coups de fil (numéro gratuit tout de même) au service des disparitions d'objets, je reçois un troisième courrier de La Poste. Ouvrons-le doucement, restons assis pour savourer l'instant, ça fait des semaines que je l'attends ! Alors, alors ? La Poste m'offre une enveloppe timbrée pour un envoi de 20 grammes, le minimum quoi, y a pas moins, et sans suivi !!! Faut juste que j'aille récupérer mon gros lot au guichet du village. J'y vais-t-y ou j'y vais t-y pas ?

APOCALYPSE NOW.

Il n'y a pas eu, malheureusement, que de ces moments de pure grâce…

En juillet 2013 notre beau département a morflé.

En début de soirée, on s'hydratait sur la terrasse, flagada d'une journée en ville par 35 à l'ombre. L'orage tournicotait au loin, mais pas méchant, roulades, pétarades, fusées roses, de l'orage d'opérette. De la gnognote. Pas de quoi s'en faire, surtout avec cette brise divine qui nous rafraîchissait les moiteurs.

Le temps que je sente une goutte, deux gouttes, et c'est l'apocalypse. Un vent hystérique renverse tout, le parasol saute en l'air puis s'enfuit en faséyant dans l'escalier, des grêlons gros comme des abricots nous mitraillent presque à l'horizontale. J'en reçois deux en plein sur mon nez qui n'avait nul besoin d'une augmentation de volume, mais se met pourtant à enfler illico. Mon mari s'en prend un dans sa bière, le verre pète. La chienne file dans la grange, aplatie en crocodile, queue raide, gémissements affolés. Des hirondelles partent en vrilles, montrant tantôt leurs ventres blancs, tantôt leurs dos noirs, criant de terreur. Des paquets de feuilles mêlées de poudre de givre, en plein été, si, si, nous flanquent une raclée sévère pendant qu'on galope jusqu'à la porte de la cuisine.

Trempés, ahuris, mais à l'abri, on regarde. Dans une bourrasque incroyable, tout le jardin défile : roses et hortensias volants, coussins kamikazes, grosses branches tournant comme des pales d'hélico, et des feuilles, des feuilles, des feuilles. Une chaise se traîne en raclant le sol, se soulève, disparaît cul par-dessus tête. Des tuiles dégringolent devant la porte, un énorme pot de fleurs se balance comme un culbuto, des OVNIS passent plus ou moins haut dans un déluge de grêle assourdissant, la terre en est blanche. On regarde, on n'y croit pas.

Et on écoute aussi. Parce qu'au niveau sonore, ça y va ! Des choses craquent, sonnent, explosent, geignent, ricanent même. Mon mari murmure : « Les bagnoles sont en train de morfler... » puis : « Ce bruit, là, je crois que c'est la serre que je venais de rafistoler... » puis : « Et un morceau de toiture, un... »

On a connu des tremblements de terre en Turquie, les pluies équatoriales du Kenya, un tsunami au Sri Lanka, entre autres. Sans parler de la guerre en Irak, ses missiles et ses bombes. Mais, dans notre doux Périgord, c'est une première de cet acabit. La tempête ne durera que dix minutes, avec une récidive vers minuit, mais chapeau ! De la belle ouvrage !

Des villages entiers ont été frappés, maisons ravagées, étables découvertes et inondées, arbres décapités ou déracinés, vergers hachés menu. Les médias parlent de classement en catastrophe naturelle. Nous avons de gros dégâts, oui, mais je pense à ceux qui vivent ici des pommes, des noix, du maïs pour le bétail, des potagers, et souvent aussi du tourisme, avec des gîtes qu'on annonce inhabitables pour ne pas dire définitivement foutus.

Notre assureur a débarqué. Il a vite noté nos voitures martelées par la grêle comme des chaudrons à l'ancienne, les tuiles cassées qui font un chemin de ronde rouge tout autour des bâtiments, le jardin massacré, le grand sapin tombé en travers de la mare.

Il a soupiré : « Vous serez indemnisés, bien sûr, mais c'est mauvais pour nous, très mauvais, parce que vous vous doutez bien que vous n'êtes pas les seuls dans cette situation ! Et j'ai vu mille fois pire, des gens qui n'ont plus rien. Rien du tout. On va devoir casquer un sacré paquet, croyez-moi. Et si ça recommence, s'il faut s'habituer à ce genre de cataclysme, (c'est quand même le troisième en deux ans, et le plus violent, malheureusement), nous, on sera obligés d'augmenter nos tarifs. Sinon, les assurances ne pourront plus assurer, vous le comprenez. En plus, je vous préviens qu'il va falloir être patients, les garagistes, les couvreurs, les élagueurs, tous ces corps de métiers vont être surbookés ».

Après une visite à ce qui était notre petit potager il a eu un ricanement : « En tout cas, pas de souci pour préparer du coulis de tomates, il est fait, regardez par terre ! Mais mélangé à la boue et aux feuilles écrasées, vous n'y goûterez pas, c'est dommage ! »

Puis les visites des experts se sont succédé, toujours selon la même chorégraphie.

Deux messieurs, carnets de notes et ordinateurs en mains, avancent sur la pointe des pieds entre les tuiles pétées, tournent sur eux-mêmes en implorant, têtes levées, les cheminées qui penchent, s'inclinent avec une gravité de croquemort au-dessus des arbres arrachées, avant de repartir en trottinant jusqu'aux restes des voitures qu'ils effleurent de leurs mains navrées en hochant leurs chapeaux.

Je m'étonne de ne pas entendre une de ces musiques lugubres de ballet contemporain, du genre Pina Bausch, et, quand tout le monde est parti, je me permets un pauvre petit entrechat tristounet.

Et je peux jurer que, plusieurs mois après les rafistolages d'urgence, quand les couvreurs sont enfin arrivés, on en aurait pleuré de joie. On n'était pas prioritaires et on devait attendre que les plus sinistrés soient mis hors d'eau, normal. Mais on s'inquiétait parce que les bâches provisoires avaient tendance à ne plus protéger grand-chose et qu'on ne pouvait pas envisager l'hiver sans vraies réparations. On attendait. On n'en pouvait plus d'attendre.

Alors, en ce jour glorieux, tant désiré, inespéré, on s'est installés sur la murette, pour regarder sans se lasser la monstrueuse mygale d'acier qui hisse nos sauveurs jusqu'au faîtage. Ces braves balancent les tuiles cassées qui éclatent par terre, ô le geste auguste du couvreur ! Puis ils en font monter une palette de neuves, se les lancent comme des pizzas, coups de sifflet pour la cadence, les calent entre les chevrons, petits bruits de castagnettes, la grue-araignée esquisse un tour de valse sur elle-même pour se ravitailler au camion, vérins pneumatiques mugissants. Quel spectacle ! On meurt d'envie d'applaudir, mais on ne pipe pas, trop émus !

Qui l'eût cru ? Le bonheur est sur le toit. Enfin.

LARMES ET RIRES

Ce bonheur a été de courte durée. Après environ un mois à nous émerveiller face à nos tuiles bien alignées, notre faîtage et nos lucarnes rectilignes, nous rentrons d'un enterrement du côté de Bellac. Un ami de longue date, très cher, a tiré sa révérence. On s'y attendait, la maladie, la décrépitude, la souffrance. On est à la fois soulagés que ce soit terminé et infiniment tristes.

Maintenant il faut une dernière formalité, suivre le cercueil jusqu'au trou définitif où la famille va jeter des fleurs, gémissant à grands sanglots ou grimaçant en silence. Il n'y aura pas de paroles de consolation, à quoi bon ! Juste quelques étreintes, quelques larmes, avant de s'en aller en se ressassant que, oui, nous sommes mortels, on le sait, mais c'est confirmé une fois de plus.

Je ne dis pas que des funérailles sous la pluie, ou la neige comme à Sofia, (lugubre souvenir dont je parlerai plus tard), soient gaies, non. Mais en entrant dans ce cimetière écrasé de soleil, tout m'a paru odieux.

Trop de chaleur, de lumière, de réverbération, un ciel éblouissant avec abeilles et chants d'oiseaux. Entre les caveaux des graminées dorées frisaient sous la brise comme des cheveux d'enfant, un cerf-volant bariolé s'est mis à caracoler au-dessus de notre cortège, les têtes se sont tournées vers la route où un cheval tirait en piaffant une calèche pleine de jeunes filles rieuses.

Et quand on est repartis, on a senti le long des haies une odeur forte de buis et de seringat en même temps que nous arrivaient, d'une guinguette derrière les arbres pas loin, des bribes de lambada. Un hymne à la joie incongru, là, alors qu'on n'avait qu'une envie, quitter les lieux ! Fuir loin de cette tombe ouverte, loin de celui qu'on y abandonnait, vers un jardin frais, par exemple, pour pouvoir apaiser notre peine et vivre à nouveau l'illusion de l'été ! Quelle est la meilleure saison pour mourir ?

Sur le chemin du retour, notre heure n'était de toute évidence pas venue, mais ça a failli. Mon homme, très affecté par les événements de la journée, a soudain piqué du nez sur le volant. Est-ce qu'il était absorbé dans des rêveries évoquant l'ami perdu ? A-t-il eu un moment de tristesse somnolente ? Il ne saura pas le dire, après.

En tout cas, avant que je puisse réagir, en une seconde, on a valdingué dans le fossé, amorcé un tonneau, tapé un arbre à tribord, un poteau électrique à bâbord, raclé des rochers. La voiture sera diagnostiquée bonne pour la casse, mais on n'a pas une égratignure, à peine de petits hématomes ! Le miracle peut s'expliquer par le fait qu'on venait de passer un rond-point à vitesse très réduite. Peut-être.

Je n'ai pas eu le temps d'avoir peur. C'est venu après le choc, en réalisant l'incroyable rapidité avec laquelle on était sortis de la route et, de fait, à quoi tient notre si fragile vie.

Je me suis alors mise à trembler, soupirer, haleter. Avant que deux fous-rires me remettent d'aplomb.

D'abord, toujours sanglée sur mon siège, encore un peu sonnée, je vois mon pantalon et mes mains couverts de sang. Je frémis. Puis je m'étonne, vu que je ne crois pas avoir été blessée et n'ai mal nulle part. C'est alors que j'aperçois à mes pieds une drôle de bouillie rouge parsemée de points brillants. Je me penche, d'où sort ce truc ? Oh ! Ce sont les framboises que la veuve du matin était allée cueillir dans son jardin, à déguster de retour chez nous à la mémoire de son mari qui les avait plantées. La caissette a volé du coffre au tableau de bord, explosant sur la boîte à gants, et les fruits m'ont éclaboussée avant de s'écraser par terre dans les miettes des vitres cassées. Ce n'est pas du sang qui m'a dégouliné dessus, mais du coulis, ah, ah, ah !

Ensuite, voilà que la radio de la voiture se met à grésiller toute seule. Mystère, mais apparemment elle n'a pas morflé ! Une voix charmante annonce que l'émission du jour est consacrée à Charles Trenet. J'allais m'extirper de l'épave, mais j'écoute *La Mer* sans bouger, j'aime Trenet. Et puis il est si gai, si bon pour le moral, à ne pas négliger en ces circonstances. Et voilà que je me détends ! Bon, on a eu un accident, c'est tout, on s'en tire sacrément bien, autant s'en réjouir et ne pas tomber dans des trouilles rétrospectives ! D'ailleurs mon mari vient de téléphoner, la dépanneuse n'est pas près d'arriver, y a pas d'urgence ! Je monte le son.

La voix raconte plusieurs anecdotes, entrecoupées de couplets à succès, avant de minauder que quand il a écrit : « Je t'attendrai à la porte du garage », le poète avait à l'esprit : « Je tâte André à la porte du garage ». Il paraît que ce coquin a avoué avoir caché dans ses textes plein de fines allusions à son goût pour les messieurs, tous ses admirateurs sont au courant. Moi je ne savais pas, j'adore, mais à part, peut-être, « Le soleil a rendez-vous avec la lune », j'ai beau me creuser la mémoire, je ne trouve rien d'autre. Mais je vais faire des recherches, ah, ah, ah !

REGIME CRETOIS

Malgré le coup des framboises et l'humour de Trenet, j'ai eu du mal à surmonter la perte de notre si bon ami. Je me suis mise à effacer tout ce que je tapais, je m'énervais, les mots ne venaient pas, la mayonnaise ne prenait pas, fiasco, catastrophe, je n'avais plus envie d'écrire, je ne savais plus, je n'avais jamais su. Est-ce qu'il fallait faire un break, passer momentanément à autre chose ? Et voir, après, si c'était sans espoir. Quant à mon mari, il tournait paresseux, taciturne, absent, sans projet ni désir. On avait l'impression de ne plus aimer les lieux où on se sentait si bien, très récemment encore. On était malheureux et ingrats. Il fallait agir.

On s'est envolés pour la Crète, un billet sec, sans réservations d'hôtels, on se débrouillerait sur place, on en avait vu d'autres.

J'ai pas mal voyagé, depuis très longtemps, j'ai envie de dire « depuis toujours », autour de la Méditerranée et sur ses îles. Et c'est chaque fois un émerveillement enfantin, comme un retour au pays natal. Pourquoi n'avoir jamais mis les pieds en Crète ? Pas l'occasion, pas l'idée, peut-être. Incompréhensible, ne serait-ce que parce que je me suis toujours délectée des histoires de Minos, Thésée, Ariane, Dédale, la chute d'Icare. Et j'adore les labyrinthes.

Surtout, surtout, j'en tombe encore de rigolade en me figurant l'accouplement qui a permis la naissance du Minotaure. Tout le monde connaît l'histoire, mais je ne résiste pas au plaisir de la rappeler. À elle seule elle invite à un voyage en Crète.

Donc, dans la Crète des légendes dorées de la nuit des temps, la reine Pasiphaé tombe raide dingue d'un magnifique taureau. Elle a beau être bien née, fille du Soleil, épouse du grand roi Minos, elle s'en fout, elle veut juste que son taureau d'amour la saute. Comment y arriver ? Fastoche ! Suffit de se faire sculpter une statue de vache, grandeur nature et creuse, la statue, de se glisser dedans, un trou astucieusement ménagé à l'endroit stratégique devant permettre le coït, à condition que le taureau, pour se laisser leurrer de façon aussi grossière, soit un peu demeuré. Il l'était. Et sans doute aussi très testostéroné, et peu regardant sur les modalités imposées à sa libido : se faufiler dans une fausse vache pour la baiser n'est pas donné à tous les taureaux, même avec les phéromones adéquates, si on les connaissait à l'époque. Il engrossa la reine. Naquit le monstre, mi-homme, mi-bovin, notre Minotaure ! La mythologie est une perversité et un enchantement. Et puis elle ne recule devant rien et ça, c'est génial, un vrai remède contre le blues.

Comme c'est très ancien, il ne reste pas grand-chose du palais où le Minotaure a été enfermé (le chéri était dévoreur de chair humaine, impossible de le lâcher en liberté), Pour réparer les ravages du temps, séismes, pillages, l'archéologue Evans, en 1900, a fait remonter les ruines avant de les peinturlurer. On m'avait dit : « Attends-toi au pire à Cnossos ! Vas-y juste parce que c'est Cnossos... » Eh ben moi, j'ai adoré Cnossos, ses fausses fresques, ses colonnes noires, c'est d'une laideur touchante et rigolote.

Et puis il y a un chambranle de porte entourant un escalier qui s'enfonce dans la terre, de larges marches presque intactes par lesquelles on ne peut descendre que jusqu'à une grille barrant l'accès à des ténèbres. Il faut mettre le nez entre deux barreaux et frissonner en respirant les relents putrides qui arrivent par bouffées de la zone interdite. Qu'est-ce qui a empuanti ce tunnel ? Les restes des festins du Minotaure prisonnier qu'on nourrissait de chair d'enfant ? Les cadavres des rats que les archéologues ont piégés sous les fouilles ? Et ce drôle d'écho mugissant quand on toussote, d'où est-ce qu'il vient ? Comme si une bête était tapie dans le noir, au détour de la galerie ! Ces réminiscences d'enfer antique sont à la fois angoissantes et jouissives. Il s'est passé ici des abominations, c'est indéniable et on en reste fasciné. La mythologie a des pouvoirs hypnotiques, je le répète.

Et puis il y a les touristes russes, des pleins charters (c'était avant la folie ukrainienne). Ils n'ont pas l'air d'être venus pour Cnossos. Les filles, superbes, déguisées en putes, investissent les magasins de bijoux et de fourrures ouverts pour elles depuis peu. Les messieurs, tatoués et assoiffés, font le plein chez les vendeurs d'alcool. Ce monde-là est venu pour dépenser, c'est bon pour le commerce, les boutiques jouent le jeu.

Et puis il y a les gargotes où on sert des poulpes grillés avec des herbes sauvages et des escargots au vin rouge. Le patron d'un boui-boui crasseux où j'ai dévoré une sublime soupe de mérou et crevettes, s'appelle Socrate. Il nous sert une drôle de piquette qui se boit comme de l'eau et rend tout facile. On se régale, on cuve un peu, on reprend la route minuscule qui traverse les paysages de l'Iliade, la mer est toujours là, partout, et les oliviers, et ce soleil noir qui brûle les paupières.

Bref, en fuyant le périmètre de l'aéroport au nord de l'île, où il est impossible d'éviter les vendeurs de napperons criards fabriqués on ne sait où et les bousculades de touristes qui se disputent ces vilaines choses, j'ai retrouvé là-bas le paradis méditerranéen.

Pour combien de temps ? La seule chance des côtes est d'être en majorité très escarpées, arides, sauvages, pas facile d'y construire les affreux hôtels à charters qui défigurent la plupart des sites. Mais ça se fera, on vient à bout de tout. Surtout que le tourisme met pas mal de beurre dans les épinards crétois, qui font partie du fameux régime.

Au retour, j'ai relu Nikos Kazantzaki.

C'est un immense écrivain, ce n'est pas moi qui dirai le contraire. Mais. Parce qu'il y a un « mais ».

J'ai dévoré *Zorba* sans jamais cesser de penser à Albert Cohen. Je sais que l'on compare toujours et qu'on a tort.

Mais je sais qu'il m'a manqué, dans *Zorba*, une Ariane et un Solal, les deux exquis condamnés de *Belle du Seigneur*.

Je serais snob ? Alors pourquoi je me délecte autant de la Bouboulina que de la mère Deume, des pets de Zorba que de ceux de Mangeclous ? Pourquoi faut-il que des flatulences me fassent rigoler grassement alors que j'en ai les larmes aux yeux à la lecture de ces chefs-d'œuvre ? Peut-être parce que leurs auteurs savent marier le grotesque et le sublime. Peut-être parce que j'en suis encore au stade anal.

BONUM VINUM

Au retour de Crète, le petit vin de Socrate nous avait laissé un goût en bouche qui ressemblait à de la nostalgie et on parlait souvent de cette taverne au bord de la plage, où on s'était pris une ravissante cuite. Maintenant, quand on s'offrait un apéro, il nous semblait tristounet. On cherchait en vain la mer au fond du jardin et quand on renversait la tête en arrière pour finir nos verres, notre regard ne retrouvait pas le bleu du ciel de Cnossos. On aurait dû acheter à Socrate quelques bouteilles pour apporter ici de quoi rêver, on n'y avait pas pensé.

C'est après une énième séance d'évocations crétoises qu'une de mes amies a appelé.

Elle nous proposait de nous joindre à un groupe qui s'occupe d'une modeste vigne du côté de Périgueux. Mon mari a dit oui tout de suite, c'était l'occasion d'oublier les sortilèges de Socrate en restant dans le pinard ! La copine a tout de même précisé qu'il ne fallait pas espérer un grand cru. C'était seulement un petit vin local, et, si on était partants pour l'aventure, il faudrait tailler, désherber, vendanger, le propriétaire s'occupait de la vinification. Bien sûr, il y aurait du travail, et une modeste participation financière pour les frais de tonneaux et les désinfections du chai, mais on apprécierait sans aucun doute les rencontres, trois fois par an, avec des gens qui devraient nous plaire. D'accord.

C'était fin 2015. Et on est, depuis, fidèles aux rendez-vous. D'abord parce qu'une fois sur deux, on se persuade que le breuvage est buvable, parce qu'on a droit, en plus de notre quota de bouteilles, à deux litres d'un ratafia trop séducteur pour être honnête, mais surtout parce qu'on est en bonne compagnie et qu'on s'amuse bien.

À la deuxième vendange, on était nombreux, ce qui allège la tâche, et ce jour-là, comme il y avait vent du nord, on a installé tous les paniers de pique-niques dans la grange du maître de la vigne. Comme d'habitude, chacun avait apporté la quantité et la qualité. On est en Périgord, la table, même sur tréteaux, même avec toile cirée et assiettes de camping, la table, oh, la table, c'est sacré. J'avais déjà remarqué un monsieur assez âgé et son épouse hollandaise, que j'avais prise pour sa fille, et ce matin-là, pour cueillir, je me suis retrouvée sur le même rang qu'elle. Elle s'appelle Angela, parle parfaitement français et on a bavardé entre deux grappes.

À un moment son mari l'a appelée. Je me suis retournée et j'ai vu le monsieur en train d'emporter des fagots de sarments dans le coffre de sa voiture. Je me suis étonnée, je ne savais pas qu'on devait aussi débarrasser le peu de bois qu'on avait oublié de ramasser à la dernière taille. « Non, non, a répondu Angela, ça nettoie, c'est sûr, mais c'est pas pour ça qu'il le fait. C'est pour notre cheminée. Le fioul est tellement cher, pas de petites économies comme vous dites en France ! » Sage remarque.

Et on a continué notre besogne. Elle m'a raconté qu'elle avait rencontré son mari au Liban, où elle faisait ses études. Il y possédait un grand domaine, il était veuf, trois fils un peu plus âgés qu'elle, et voilà ! Oui, ils avaient trente-cinq ans de différence, il n'avait pas voulu d'autre enfant avec elle, elle serait à la fois sa femme et sa fille. Elle avait été d'accord. D'ailleurs qu'est-ce qu'elle aurait fait d'un gosse avec un père aussi vieux ? Elle avait l'air d'une jeune fille attardée, ravie de son sort, et, comme je ne trouvais rien à répondre, j'ai changé de sujet.

« C'est sympa, cette vigne, vous ne trouvez pas ? On rencontre des gens intéressants, on apprend le métier et on fait toujours un de ces gueuletons. Tout le monde met les petits plats dans les grands. Moi j'ai apporté un colin mayonnaise, du fromage de brebis et une tarte. Et vous, vous avez cuisiné hollandais ? » Là, les yeux bleu pâle d'Angela s'agrandissent, elle plisse le nez comme si j'avais dit une énormité.

« Mais non, on n'apporte jamais rien ! Mon mari dit qu'il y a assez à manger pour un régiment et que ce serait ridicule d'en rajouter. C'est vrai ! On en remporte la moitié, c'est du gaspillage. Nous, on pose juste une boîte de sardines sur le buffet, symboliquement, quoi ! »

Dès qu'on s'est retrouvés tous devant les victuailles communes, j'ai en effet aperçu une petite boîte de sardines entre un foie gras, une quiche de campagne, un énorme poulet découpé, des tranches de rôtis divers, des salades opulentes, beaucoup de gâteaux et autres gourmandises. C'est vrai qu'on avait fait fort. D'ailleurs Angela et son mari semblaient apprécier, remplissant les deux saladiers qu'ils avaient prévus comme assiettes, et tendant leurs gobelets dès qu'un bouchon sautait. J'ai couru vers l'amie qui nous avait amenés ici. Elle connaissait ce couple ?

Elle s'est mise à rire : « Non, pas depuis très longtemps. Ils habitent le château à la sortie du bourg, on raconte qu'ils ont fait fortune on ne sait pas trop où et qu'ils sont plus riches que nous tous réunis. Quand ils ont su que notre association existait, ils ont accouru et on a tout de suite compris que c'étaient d'incroyables pique-assiettes, à s'empiffrer sans vergogne, pomper le vin des autres sans jamais rien offrir, à part cette ridicule boîte de sardines que personne ne touche et qu'ils rembarquent en partant. On les a surnommés « les radins-sardines » et on se demande s'ils vont s'incruster longtemps. Moi je suis persuadée que ce sont de grands malades ! »

Là, j'ai aussitôt repensé à ce Français qu'on avait connu autrefois en Turquie, un avare comme on en croise peu de ce niveau, même si, hélas, l'espèce n'est pas en voie de disparition. Il s'appelait Édouard, était célibataire et travaillait à l'Université d'Ankara avec mon mari, tous deux coopérants.

À la fin d'un pique-nique de premier contact pour les nouveaux arrivants, il nous avait un peu amusés en récupérant l'os du gigot que je comptais offrir à Nana, ma chienne de l'époque. Il restait encore assez de viande pour qu'il s'en fasse une soupe, avait-il insisté sans lâcher son os. Après tout pourquoi pas ! Il devait aimer les bouillons gras, on a souri, on n'a rien vu venir.

Peu après, il est arrivé chez nous à midi, soupirant que c'était triste de se retrouver seul à l'étranger, surtout pour les repas, puis s'extasiant sur les bonnes odeurs qui venaient de ma cuisine, quelle chance d'avoir chez soi une femme cordon bleu.

Moi, sans doute flattée, et bonne poire, je lui ai dit de rester. Il a torché toutes les gamelles. Deux jours après, il a récidivé. Au bout d'un mois, à l'heure de passer à table, mon mari lui a dit que, désolés, nous étions invités. C'était faux, bien sûr, mais on en avait marre. L'a-t-il compris ? Il a alors débarqué, selon la même technique, chez un couple de copains qui a tenu à peine plus longtemps que nous. Puis chez d'autres, collègues, voisins. Qui commençaient à en avoir plus qu'assez et ne savaient comment se débarrasser du cher Édouard.

Une stagiaire de l'ambassade, chez qui il s'était incrusté, l'a nourri un certain temps avant de faire une overdose brutale, le jour où il lui a réclamé le prix du pain qu'elle lui avait dit de prendre en passant devant la boulangerie. Elle l'a traité de sangsue, grippe-sou de merde, parasite, il profitait de tout le monde, une honte. Et elle l'a sommé de nous inviter, oui, ceux qu'il avait pigeonnés, elle avait les noms, au moins pour un apéritif ! Elle connaissait un bistrot pas loin. Sinon elle se chargeait de le démolir auprès du conseiller culturel et il pourrait faire une croix sur la carrière à l'étranger, grassement payée, dont il rêvait ! Il a accepté.

Nous voilà donc au dernier étage d'un hôtel chic, salle panoramique, serveurs impeccables, bouteilles étincelant derrière le bar comme des tuyaux d'orgue. En fait de bistrot, la dernière victime d'Édouard a vu grand, les tarifs doivent être en rapport avec le décor ! Et nous, les neuf autres, on frétille, bien remontés, décidés à se goberger aux frais du radin, pour une fois ! Édouard arrive en retard, mais il passe commande avec panache, il faut que le petit personnel sache qui régale. On s'est donné le mot : choisir les boissons les plus chères, même si on préfère une simple bière, rien que pour l'obliger enfin à casquer ! Et avec les cocktails, on exige des pistaches, du fromage, des olives, des biscuits, on devient féroces.

Puis, comme le temps passe et qu'Édouard sirote sans demander l'addition, un des copains finit par le faire à sa place et la lui tend.

Édouard la lit en souriant, hoche la tête, met la main dans la poche de son veston, puis dans sa sacoche, puis dans ses autres poches, avant de déclarer le plus naturellement du monde qu'il a oublié son porte-monnaie. On se regarde sans moufter, on pose chacun un billet sur la table et on s'en va. On est tous dans un état de fureur incrédule qui nous fait haleter. Malgré nos demandes éhontées, mais compréhensibles, Édouard ne remboursera évidemment personne, n'ayant par principe jamais un sou sur lui.

Mais on a eu notre revanche et on en a ri longtemps, tellement la ladrerie d'Édouard nous avait donné des envies de sang. On s'est creusé la cervelle, on a préparé le terrain, tissé notre toile, une vraie conspiration. Il faut dire qu'après le coup de l'apéritif, l'écornifleur a continué à taper tout le monde, comme si sortir un centime lui déchirait les entrailles.

Mon amie de la vigne avait, pour les « radins-sardines », trouvé les mots : Édouard était un grand malade ! Qui ôtait malheureusement l'envie de le soigner et rendait méchant. Et, à chaque nouveau fait d'armes, on était en même temps exaspérés et sidérés. Édouard était bardé de diplômes, on pouvait penser que ce n'était donc pas un imbécile ! Alors ? Il ne se rendait pas compte qu'il dépassait les bornes ? Qu'il déclenchait chez tout le monde des pulsions qui ne faisaient honneur à personne ? On ne comprenait pas, mais on en devenait excédé. On bouillait.

Puis l'un de nous a eu une idée. Simple, cruelle, mais jouissive.

On a donc commencé par faire courir une rumeur, comme quoi l'ambassadeur invitait tour à tour les nouveaux coopérants à dîner, dans l'intimité. C'était pure invention, un ambassadeur n'étant pas nommé pour ça. Mais on était jeunes, Édouard pas plus que nous ne connaissait les usages et il a gobé notre scénario. D'autant mieux qu'on inventait des menus gastronomiques, des vins sublimes, ressassant avec emphase nos soirées diplomatiques, raffinées, oui, mais surtout copieuses.

Édouard déglutissait en nous écoutant. Il a vite demandé qui avait déjà eu cet honneur. On a répondu les uns après les autres, comme convenu, que nous, hein, c'était fait, oui, oui, tous. Son tour viendrait bientôt, forcément, qu'il ne s'inquiète pas ! Et on l'a laissé mariner sans oublier de prolonger le récit d'agapes faramineuses et distinguées. Tout le monde, au courant de la farce, en faisait des tonnes, rivalisant de gastronomie inventive. Le nez d'Édouard s'allongeait, on voyait bien qu'il piaffait de recevoir son carton.

Quand on l'a senti mûr, on est passé au dernier acte. On a fait imprimer en ville un joli bristol, en-tête de la République Française, petit drapeau tricolore, à lui adresser, avec son nom en gras, le conviant au souper qu'il attendait ardemment, tel soir, telle heure. Tout de suite il a affiché sa joie, exhibant son invitation, avant de s'inquiéter. Comment fallait-il s'habiller ? Faire livrer des fleurs ? Avec un bel ensemble, n'hésitant devant rien, on lui a dit que c'était smoking obligatoire, sans oublier une gerbe de roses pour Madame.

Le soir du raout, on était une quinzaine planqués dans nos voitures à attendre devant le portail de l'ambassade. À l'heure dite, on a vu arriver Édouard au pas de charge, bridé dans son habit de location, son bouquet à la main. Il a sonné plusieurs fois, le portier est venu parlementer avec lui, et on a eu la joie mauvaise de le voir repartir lentement, courbé, bras ballants, laissant ses roses inutiles balayer le trottoir. Avant d'aller fêter ça tous ensemble dans une taverne à raki.

Le lendemain on lui a demandé avec gourmandise : « Alors, c'était comment ? » Il nous a répondu qu'il avait bien fait de jeûner la veille, sinon il n'aurait pas pu profiter aussi pleinement de ce somptueux festin au champagne.

SCOOPS TOUJOURS

C'était en août 2017.

Comme nous étions nombreux à la maison cet été-là et que personne ne craignait la chaleur, nous avons beaucoup vécu dehors. Pas de soirée télé, on avait mieux à faire. D'abord parce qu'un coup d'œil sur les programmes aurait donné envie de fuir même sous une pluie battante. Ensuite parce que, justement, il ne pleuvait pas, bien au contraire, et que, à l'heure où les grands fauves vont boire, on attaquait l'apéro sur la terrasse avec prolongations de plancha-salade-rosé. Jusqu'à la minute divine où on allait au dodo, marre de piquer du nez sous la lune, assez bu, assez mangé, assez discuté, bonne nuit, à demain.

Soirées banales d'un été français où chacun expose en sirotant sa théorie infaillible pour sauver la planète, diminuer le chômage, faire baisser le prix du pinard et des clopes.

Et puis tout le monde est reparti dans l'tourbillon d'la vie.

Le surlendemain, après quelques machines draps-serviettes, après évacuations bouteilles-poubelles, après rangements indispensables pour reprendre une vie normale jusqu'aux prochains arrivages, on s'est calés sur le canapé et mon mari a mis les infos. On voulait quand même savoir comment allaient Le Caire, Damas, Bagdad, entre autres.

On a eu vingt minutes sur un bébé royal anglais, dix minutes sur la grippe du pape, cinq minutes sur la façon de préserver les enfants et les vieux du coup de chaud. Je donne le scoop : sauf si on veut s'en débarrasser, il faut éviter de les abandonner en plein cagnard, sans arrêt les mouiller et leur donner à boire.

Puis dix minutes sur les autoroutes engorgées. Là encore, révélation : excepté pour les amateurs de bouchons, il vaut mieux partir en vacances en octobre.

Plus un documentaire de deux minutes sur un très joli canal je ne sais plus où, qui a l'immense mérite d'avoir été creusé sous une succession de tunnels. La vue est sans surprises, mais on navigue presque toujours à l'ombre. L'eau est vert poireau, les éclusiers chantent en patois local leur bonheur d'être éclusiers, les bistrotiers des quais font fortune grâce aux touristes allemands qui adorent la bière du coin.

Pour finir, un pot-pourri de trois minutes : quelques « people » sont montés sur les planches à Avignon, un couple a été massacré au couteau dans son lit, nos ministres bossent à Paris malgré la canicule, attention aux cambriolages en milieu rural, Michelle Obama laisse pousser sa frange. Zappe toujours, voilà les infos !

À part bien sûr, les chaînes spécialisées, mais on était fatigués, on a juste regardé les derniers attentats, vite fait, bonne nuit les petits. On n'est pas accros aux écrans.

Pourtant, à notre retour en France, on avait été fascinés par la télé. C'était tellement nouveau pour nous ! Quand on était en terre étrangère, on avait montré beaucoup de bonne volonté en nous installant devant notre poste pour suivre, en langue locale ou en anglais, les discours du président, les sagas du glorieux passé de la nation, le folklore ou l'artisanat local, les infos mondiales soigneusement caviardées, résignés à ce que l'électricité soit de toute façon coupée en plein suspense.

On avait même eu quelques bons moments. Je me souviens, en Égypte, d'une Élisabeth Taylor, doublée en arabe dans *Cléopâtre,* murmurant «Allah, Allah!» à l'apparition de Richard Burton entre deux sphinx de carton-pâte... Ou, en Grèce, d'une erreur de bobines qui nous a permis de commencer par la fin *La Planète des Singes*... Ou, en Inde, de *Les bronzés font du ski,* pourtant sous-titré en français, mais tellement censuré qu'on n'y comprenait plus rien, c'est dire...

Mais revenus dans notre patrie, quel bonheur, sur notre canapé soldé, de feuilleter Télérama, émerveillés devant tant de choix, dans notre langue, s'il vous plaît! Tant de films, tant de reportages qu'on n'avait pas pu voir, tant de séries, tant de concerts! Rattrapage oblige, on a essayé tout ce que les programmes proposaient, on s'est abonnés à des chaînes, des «bouquets», on savait que ça faisait beaucoup, mais on était en manque. D'ailleurs, au début, on n'en revenait pas de pouvoir se farcir un navet bien de chez nous ou un documentaire sur les grenouilles de l'étang de Berre. On n'était pas difficiles, bon public. Puis on s'est calmés.

J'avais déjà commencé à ne plus pouvoir supporter la pub, au point de refuser de regarder un film sur une chaîne où je savais qu'il serait interrompu au moins deux fois. Par des voitures qui foncent vers Mars, des banques philanthropiques, des croquettes dont les chiens aboient les bienfaits. Mais on n'échappe pas à la pub, que je me suis mise à observer d'un autre œil et j'ai beaucoup appris.

Je ne savais pas que trois femmes sur dix souffrent, en France, de fuites urinaires et doivent leur confort retrouvé à une petite protection qui transforme le pipi en gelée bleue ! Je ne savais pas combien les hémorroïdes, maux de gorge, remontées gastriques, varices, obésité, empoisonnent le quotidien du pays. Et j'ai découvert que chaque mal a son remède spécifique ! Crèmes lubrifiantes pour l'anus, aérosols aussi efficaces que des pompiers pour éteindre angines ou brûlures d'estomac, cothurnes de contention dégonflant les veines sitôt enfilées !

Pour les tas de graisse, les énormes, les en surpoids, les gros quoi, c'est moins immédiat, mais les photos avant-après montrent combien certains organismes ont mis au point une stratégie de délestage, spectaculaire, mais onéreuse. Faut juste s'inscrire, on donne l'argent du beurre, sans avoir droit au beurre, forcément, régime oblige, pour fondre plus vite que la banquise.

J'ai aussi noté que la constipation semble faire des ravages et un des clips sur le sujet m'a laissée songeuse. On y voit une dame qui a l'air bien malheureuse, le teint jaune, voûtée, se tenant le ventre, grimaçant. Elle avoue qu'elle souffre de rétention intestinale et avale un comprimé. Noir, musique. On est déjà le matin, la dame en pyjama ouvre un rideau, sans doute celui des toilettes, parce qu'elle n'a pas besoin de le dire, on comprend qu'elle s'est nuitamment soulagée d'un grand poids. C'est une autre femme, les joues roses, toute gaie, prête pour le bonheur. Délivrée.

Une voix off précise que la purge existe en deux versions. Pilule, à effet retardé, ou canule, à n'utiliser que près d'un lieu d'aisances, vu sa fulgurance. Puis la bande-son accélère soudain, au point, qu'on ne comprend absolument rien sinon les derniers mots : « avis du pharmacien ». La voix off aurait-elle poussé la conscience professionnelle jusqu'à tester le médoc et serait en train de cavaler d'urgence vers un WC ? Ou plutôt, comme les tarifs publicitaires sont exorbitants et qu'il faut dire le maximum en un minimum de temps pour limiter les frais, serait-ce la démonstration que le ridicule tue, même en évitant l'occlusion intestinale ? Je m'interroge. L'important c'est que je n'ai pas de problème de santé et que je m'instruis au cas où.

Plus grave, il m'est arrivé encore récemment de me demander si on nous prenait pour des cons. Là, je ne parle pas de pub, mais d'info. Comme l'an dernier, le soir où la météo a prévu de la neige. On nous balade de longues minutes de la Bretagne au Pas-De-Calais pour rencontrer des journalistes. Plantés au milieu de nulle part, déguisés en esquimaux, à peine audibles sous l'écharpe et le masque, ils disent tous qu'il fait froid et qu'on attend la neige.

Il n'y a pas encore le moindre flocon, mais attention, on va peut-être avoir cinq centimètres de poudreuse, dans pas longtemps ! En février ? Inouï, que j'ironise dans mon for intérieur. Mais pas de panique, on veille sur nous. Quelques conseils : faut pas sortir à poil, monter les radiateurs, manger du roboratif, plutôt reporter toute excursion, sauf pour aller chercher son pain. Et surtout ne pas avoir peur, on veille sur nous. Plein de gymnases ont été aménagés pour éventuellement accueillir « des naufragés de la route », personne ne sera « pris en otage » par le blizzard, on veille sur nous, gouverner c'est prévoir.

Je le répète, passé notre premier emballement de novices en télé française, on n'est plus du tout accros aux écrans. On se contente de leur demander le service minimum.

On rit parfois, on s'indigne souvent, on pique des colères, on se pose toujours la même question : vissée à la télé et aux portables, nourrie à la sauce bluettes et fake news, quelle société est en train de naître ?

DRÔLES DE BÊTES

En juillet 2014, un couple d'amis est venu passer quelques jours chez nous. Nous connaissons Marc de longue date. Divorcé depuis quelques années, il vient de se remarier avec une Éthiopienne, prénommée Tsaï, rencontrée à Londres, qu'il veut nous présenter. Elle commence à apprendre le français, mais on lui parle en anglais, c'est plus simple.

Quand j'étais face à mes étudiants étrangers, c'était mon boulot d'écouter l'incompréhensible, rectifier une prononciation, corriger de fabuleuses âneries, expliquer une tournure, et j'aimais ça. J'ai adoré être prof. Mais il y a un temps pour tout et je n'ai plus envie d'entendre ma langue défigurée par un débutant qui cherche ses mots sans les trouver. Alors, désolée, je parle anglais avec Tsaï ! D'autant plus désolée que la belle est d'une curiosité insatiable et me demande de lui traduire tout ce qui se dit autour d'elle. Épuisant.

Nous allons au marché du village. En descendant la rue principale, j'ai eu un aperçu de l'effet que produit Tsaï sur les gens que nous croisons. Les dames font la grimace et les messieurs se redressent. Je ne voudrais pas être désobligeante envers mes chers concitoyens, mais il faut dire que Tsaï tranche sur la population locale.

L'ethnie peul à laquelle elle appartient est connue pour la grande beauté de ses femmes et Tsaï, taille haute et mince, port de tête royal, traits fins, grands yeux, marche comme on danse. J'ajoute qu'elle s'habille en vert fluo, rose pétard, jaune safran, un festival éclatant sur sa peau noire. Effet garanti : une princesse venue d'ailleurs chamboule mon bled.

Nous voilà chez le boucher. Silence à notre entrée. Tsaï veut acheter un canard pour cuisiner un plat de chez elle. Elle me dit qu'il lui faut les pattes et la tête pour le bouillon, ce que je précise au commis. Il a les yeux vrillés sur les seins pointus de Tsaï et n'a absolument rien entendu. Je répète. Il se balance sur place, dodeline, ricane. Je le savais un peu niais, mais là ! Son regard glisse sur les longues jambes moulées dans un corsaire turquoise, remonte vers le décolleté. Lentement, j'articule que nous désirons un canard intégral. Le commis fonce dans l'arrière-boutique chercher le patron qui arrive au trot. Je connais bien Monsieur Albert qui me sert toujours de bons morceaux et m'appelle par mon prénom. Un bon boucher, un homme aimable, désireux de satisfaire le client.

Mais il semble qu'aujourd'hui il soit lui aussi devenu subitement sourd puisqu'il ne réagit pas quand, pour la énième fois, je détaille ce que nous désirons. Immobile, comme tétanisé, sans quitter Tsaï des yeux, il fait des bulles avec sa bouche et finit par me demander d'une voix mourante : « Dites-moi, Hélène, c'est-y que cette dame serait pas d'ici ? » Aussitôt ma copine me murmure en anglais de traduire, et elle claironne ce qu'elle a dû apprendre par cœur : « Je suis d'Addis-Abeba et j'aime beaucoup la France. »

Monsieur Albert écarquille ses petits yeux bleu clair et chevrote que c'est trop mignon. (Plus tard il me demandera de lui préciser d'où venait cette belle femme un peu bronzée, il a mal entendu le nom de son patelin). Mais ce jour-là, non seulement il a trouvé huit pattes et quatre têtes de canard dont ses clients n'avaient pas voulu, mais il a offert du pâté de foie, des boudins et des tripes à celle qui l'avait touché en plein cœur.

Nous continuons nos achats. À la boulangerie, on tombe sur Virginie, une écologiste militante, végétarienne, protectrice des animaux, qui prend la parole à chaque manifestation publique pour reprocher à la mairie sa gestion des poubelles, son projet d'éoliennes, les élevages scandaleux qu'on tolère sur la commune, l'éclairage de la place, le budget exorbitant accordé au désherbage. Elle n'a pas toujours tort, mais a tendance à crier dès qu'elle s'énerve et elle s'énerve facilement.

Je fais les présentations et Virginie nous dit qu'elle veut nous montrer quelque chose. On la suit. Elle habite dans une drôle de maison, entièrement construite en matériaux de récupération, plus ou moins harmonieux, mais c'est au moins du recyclage vertueux, chauffée au solaire, récupération d'eau de pluie, toilettes sèches. Pas question que Virginie rigole quand il s'agit de la planète. J'essaie de trouver les mots pour traduire certains éléments à Tsaï qui ne comprend pas toujours.

Dans la cuisine, Virginie nous fait asseoir, nous sert une drôle de tisane bleue, disparaît dans la pièce à côté, d'où elle revient avec une caisse en bois. On se penche dessus sans trop bien voir ce qui s'agite au fond, mais Virginie y plonge la main pour en ressortir un minuscule hérisson avec un bout de ruban rose planté dans les piquants.

« J'en ai ramassé quatre sur la route. Les deux mères s'étaient fait écraser, les pauvres. J'ai trouvé des biberons de poupée à la supérette, la pharmacienne m'a indiqué un lait adapté, ils tètent bien, ils ont déjà grossi. Mais ils bougent tout le temps, ils se roulent dessus, se mélangent, et au début, je savais pas qui avait été nourri. Alors j'ai inventé un système. Dès qu'une de mes bestioles a fini sa ration, je lui colle un sparadrap sur les piquants, ça tient bien, et hop, chacun son tour, au moins je sais où j'en suis ! Génial, non ? Le gros problème, en fait, c'est l'odeur. Allez-y, sentez ! C'est terrible ce qu'ils puent, non ? Et là, pas d'autres solutions que de changer leur litière trois fois par jour. Ce qui empêche les relents de pipi-caca, mais l'espèce, même propre, a une forte odeur de fumier, rien à faire, j'ai pas de solution ! » Là aussi je me suis décarcassée pour traduire et je n'oublierai pas le regard triste et ahuri de Tsaï penchée sur le dernier bébé hérisson en train de téter.

Sur le chemin du retour, elle m'a dit que, oui, elle avait compris combien la dame était gentille avec les bêtes, elle s'en occupait bien, elle avait de bonnes idées. Mais elle comparait avec chez elle ! Dans les villages et les banlieues d'Afrique, beaucoup d'enfants pauvres manquent même de lait ! Ces hérissons avaient une chance inouïe d'être français !

Une semaine a passé. Marc et Tsaï ont presque bouclé leurs valises, on les emmène demain matin à Bergerac où ils ont un avion direct pour Londres. Je viens de leur servir un dernier apéro ici quand le couvreur débarque. Il doit remplacer des tuiles de faîtage que la dernière folie du vent a fait tomber, on l'attend depuis six mois, il est surbooké, le voilà enfin, bienvenue, quelle bonne surprise !

Sans mauvais esprit, j'avais déjà remarqué qu'il arrive, quand il arrive… toujours pile à l'heure des bouteilles et ne refuse jamais un pastis, suivi de quelques autres, parce qu'une fois assis, notre artiste oublie ses chantiers et ne compte plus ses heures, étant de nature assoiffée et bavarde. Mais là, de nouveau, le charme de Tsaï opère. Le monsieur, devenu muet, oublie de boire et jette à la belle de luisants regards indirects.

Marc lui pose des questions sur son travail, il ne répond pas. Je lui demande comment va son petit-fils nouveau-né, il ne répond pas. Mon mari lui précise que nous voulons aussi changer la gouttière, il ne répond pas. C'est au mot « devis » qu'il réagit, secouant la tête comme s'il sortait d'un rêve. Je ne l'ai jamais vu à ce point rouge et ébouriffé. Tsaï se lève pour aller chercher des glaçons à la cuisine, il se lève aussi, fait deux pas derrière elle, se rassied en haussant les épaules, respire un grand coup. Et retrouve l'usage de la parole pour nous annoncer qu'il va nous en raconter une bonne.

Quelques semaines auparavant, on avait assisté à un étrange phénomène. Un vol de corbeaux avait soudain caché le ciel sur toute la commune, des milliers de corbeaux, gros et gras, qui s'étaient abattus sur les semailles et avaient commencé à dévorer les futures récoltes. On n'avait jamais vu ça ! Et culottés, les oiseaux ! Comme dans le film d'Hitchcock ! Agressifs, attaquant en piqué ceux qui voulaient les faire dégager, becs et griffes en avant, avec des cris de guerre. Et puis, au bout de trois jours, sans qu'on sache pourquoi, ils avaient quitté les lieux. C'est après un bref rappel des faits que notre couvreur a débuté son récit.

« Mon père qui est simple agriculteur a cru devenir fou quand il a vu ces affreux se goinfrer avec ce qu'il avait semé. Il allait perdre une année de revenus à ce petit jeu ! Et vivre de quoi ? À cause de ces charognards de merde, passez-moi l'expression ! Le répétez à personne, mais on a trouvé moyen, on est rusés, nous autres paysans. Au fond de la grange, on a encore quelques bidons d'un produit contre les taupes, les loirs, les rats, les rapaces, les serpents. Selon la quantité, ça endort ou ça tue les nuisibles. C'est interdit aujourd'hui, paraît que c'est du poison. Mon père en a aspergé tout le long de son orge, là où il y avait le plus de corbeaux et le lendemain matin, je l'ai aidé à déblayer. Y en avait de crevés et d'autres, juste endormis qu'on a fini de tuer. Et deux jours après, plus de bestioles ! Parties ! Sauf qu'en faisant le tour des champs, pour voir si tout était normal, mon père a trouvé trois pigeons dans le fossé. Des pigeons à lui, qu'il élève dans une vieille tour et qu'il vend au marché, tout plumés, vidés, bien arrangés. Là, il se dit merde, trois de foutus pour la clientèle ! Il les ramasse, rentre à la maison, les met dans le frigo, en pensant les préparer plus tard pour les servir le dimanche, que ma sœur et ses gamins viennent à midi. Vous allez me dire si les pigeons étaient morts, c'est qu'ils avaient bouffé du poison et fallait pas les manger, c'est ça que vous pensez ? »

On opine timidement, sans commentaire. Bien sûr, Tsaï, à qui il a adressé des œillades toutes les deux phrases, n'a rien compris ! Et personne n'a eu le temps de traduire. Il continue.

« On sait, nous, que ce produit est pas dangereux. Pour l'homme, je veux dire. À condition que la viande sente pas la merde, on le sait. Mais c'est pas le problème, attendez la suite ! Le samedi, ma mère se pense qu'il faut préparer les pigeons pour le repas de famille du dimanche. Elle ouvre son frigo et là… elle a eu une de ces frousses… Fla, fla, fla, les trois pigeons s'envolent dans la cuisine ! La fenêtre est ouverte, ils en profitent pour rentrer chez eux, à la vieille tour ! Ils étaient juste un peu sonnés par le produit, ils avaient pas dû en prendre beaucoup, le froid les a réveillés et voilà ! Mon père a quand même pas voulu les vendre au marché, on les a mangés plus tard, ils étaient fameux, personne a été malade, même les gosses. Vous voyez bien que c'est pas dangereux pour nous, ces trucs, c'est fait pour les bêtes ! Qu'est-ce qu'elle en pense la dame en rose, là ? »

J'ai répondu que la dame en question ne parlait pas français, qu'on lui raconterait. Et qu'on allait passer à table, il y avait un avion à prendre demain dès l'aube. N'oubliez pas que vous devez nous préparer notre devis, cher ami, on l'attend !

Quand Tsaï a su l'histoire, elle a dit qu'en Éthiopie il y avait souvent des coupures d'électricité, à jamais savoir si les frigos fonctionnaient normalement. Alors, les pigeons, on les aurait tués et mangés tout de suite, pour ne pas risquer de les laisser pourrir et de perdre la viande. On n'a pas les moyens d'en acheter tous les jours, là-bas.

BODRUM

En septembre de cette année 2017, ça nous a pris comme une fringale. Il fallait qu'on fasse un tour à Bodrum, au sud-ouest de la Turquie, où nous avons des amis parmi les plus chers et des souvenirs joyeux. Au moment de partir, j'en ai le cœur qui sonne. Vingt ans que je n'ai pas revu cet endroit... On est revenus plusieurs fois à Istanbul, à Ankara, à Izmir, jamais à Bodrum. Je sais qu'il faut se méfier des mensonges du bon vieux temps. Je le sais, mais je m'en fous. Tout a sans doute changé au bord de la mer Égée ? Et alors ? Mon histoire d'amour avec la Turquie ne finira pas, quoi qu'il arrive.

À Istanbul, on a récupéré notre voiture de location en sortant de l'avion, et on est partis vers le sud. But : longer pendant une semaine la mer de Marmara puis la côte égéenne avant de paresser à Bodrum où on nous attend en piaffant.

Comment est-ce que j'avais pu oublier la très grande beauté, chacune à sa manière, des deux mers que nous avons suivies ? La Marmara fardée en rose et vert, qui s'offre au ciel presque immobile, fausse endormie… Et l'Égée dansante, traversée de flèches de soleil, frétillante, coquine, prête à tout... Les villages qui se suivent, les plages, les bateaux, les fleurs. Et les gens, les gens surtout, d'une gentillesse souriante, jamais servile. Oui, je sais, j'adore ce pays, je ne suis pas objective. C'est vrai.

Même si je reconnais que j'ai vu les foulards de plus en plus couvrants, les gabardines pour dames de plus en plus longues et tristes, la même trombine menaçante sur des télés de plus en plus grosses, des affiches, des écrans omniprésents. Et des minarets en construction partout. Dans une kermesse villageoise où on s'était arrêtés, j'ai entendu les discours des officiels qui scandaient trois mots : Dieu, Patrie, Erdogan, dans des micros assourdissants. C'est vrai aussi.

D'ailleurs dès notre arrivée à Bodrum, la litanie a commencé. Tous nos amis turcs ont déploré une inflation qui les oblige à se serrer la ceinture, ne plus voyager, ainsi qu'une tendance générale à la paranoïa : chut ! méfiance ! « IL » a des espions partout et on sait comment ça finit. Alors on se tait. Et on n'en peut plus. C'est hélas vrai.

Et puis il y a eu un de ces dîners interminables et délicieux où le raki coule sans modération, où on chante en claquant des doigts, où on rit comme des ânes qui braient. Et l'amie Meltem, un peu pompette, qui regarde les planètes dans son téléphone, alors que la vraie lune au-dessus de nous brille comme une médaille, et qui me dit soudain bien en face : « Tu vois, Hélène, mon application pour repérer Mars ou Saturne, elle amuse les gosses, mais c'est de l'enfumage. Marrant, OK, mais personne n'est assez con pour confondre une image sur un smartphone et le vrai beau ciel ! T'as compris de quoi je parle ? »

Je persiste à adorer ce pays, c'est vrai.

Tous ceux qui ont connu Bodrum autrefois et y sont revenus récemment m'avaient prévenue. Les vieilles maisons blanches ont été rasées, toute la commune s'est couverte d'hôtels prétentieux, le petit port au pied du château est devenu une énorme marina pour snobinards friqués, il n'y a plus de pêcheurs à Halicarnasse, rien que des discothèques hurlant dès la tombée du jour, des merdes made in China dans des boutiques à touche-touche. Et des milliers de touristes à moitié à poil qui scandalisent les quelques rats de mosquée entêtés à rester ici. J'allais avoir le choc de ma vie, pas bien malin d'y retourner, mieux valait garder les souvenirs sépia d'un monde disparu.

Ils avaient tort. Même s'ils disaient la vérité.

5000 habitants en 1970, aujourd'hui 150 000, on n'a pas les chiffres en été. O.K. ? Alors, oui, Bodrum a changé !

Mais il suffit de traverser la baie. Et on retrouve intacts le long de la presqu'île les villages d'autrefois, les petites pensions avec leurs chaises bleues au bord de la plage, le sable brillant sous les vagues. Une dame à sa fenêtre secoue un tapis rouge, deux vieux jouent au trictrac sous un tilleul en sirotant leur thé. Il vient des odeurs de grillade, de sucre, d'oignon frit, sur un air lointain de luth. Un mulet aux oreilles frissonnantes regarde la mer. Des chats comme morts dorment en plein soleil sur tous les escaliers. Ce soir ce sera poulpe en salade, fromage blanc, raki, avec guitare ou piano. C'est le Bodrum d'avant. Je m'y sens autant chez moi qu'en Périgord. C'est le même bonheur, avec des couleurs, des odeurs, des saveurs, des musiques différentes.

Et puis... on rentre à regret au Bodrum d'aujourd'hui. Et voilà que le crépuscule floute les vilains lotissements qui ont grignoté les collines où on ne distingue plus que les pointes des palmiers au-dessus des bougainvillées en fleurs. Les flonflons des boîtes de nuit n'ont pas encore redémarré. Le bateau ralentit en silence. Le vent de nuit étend lentement sur la mer une brume violette d'où émergent soudain les remparts et la tour du château. On accoste, stupéfait d'avoir entraperçu l'éternelle beauté des lieux.

Bodrum a changé, oui, mais vaut toujours le voyage.

FILLON

Et puis, après cet intermède égéen, tout rempli de douceur et de joie, dès notre retour, qu'est-ce que je découvre ? Pendant notre absence, l'ami Fillon a continué sa prestation avec de nouveaux soupçons d'escroquerie. Même ses enfants, à peine majeurs, auraient été embauchés, comme attachés de je ne sais trop quoi, par un certain Le Bon, copain de la famille.

Je ne suis pas si mauvaise pour me faire une idée des gens sur leur mine et ces deux-là, je ne les sentais pas. Pas bonnes, leurs têtes, rien qu'à les regarder, j'entendais siffler le serpent de Kipling : « Ferme les yeux ! Fais-moi confiance ! » J'avais tort ? Hélas non, mais je ne suis pas satisfaite. Je croyais, enfin j'avais essayé de me persuader que la corruption et le népotisme magouilleur étaient l'apanage de certains des pays où nous avions vécu, pas vraiment démocratiques, parfois franchement républiques bananières. J'étais naïve au point de penser : pas de ça chez nous ? Non ! Mais, je le répète, ce n'est pas satisfaisant.

D'autant moins qu'à l'époque, Monsieur Fillon n'était pas encore allé proposer son carnet d'adresses aux Russes, qui, à l'époque n'avaient pas encore envahi l'Ukraine.

En tout cas, les rumeurs de « l'affaire Fillon » ont des échos jusqu'ici. À preuve.

Je suis venue à pied au village et j'attends que ma voiture soit prête quand une 4L très fatiguée arrive chez le garagiste. Ses pare-chocs ont disparu, la rouille a attaqué le bas de caisse, elle lâche une pétarade fumante avant d'aller s'échouer contre une pile de pneus. En descend un pépé maigre, casquette de travers, bottes crottées, nez rouge vif, qui flanque un coup de talon dans la portière en crachant par terre.

« L'a encore pas voulu freiner, cette garce. À veut m'tuer, c'est sûr, mais a m'aura pas avant que j'voie le Fillon en taule ! »

Silence dans le garage. Surtout pas se fourvoyer politique !

Le brave enchaîne : « Moi, les emplois furtifs, connais pas ! Je vais sur les quatre-vingt-huit ans, mais j'travaille. Toujours dans le canard, et j'parle pas du journal ! Non, j'élève des gris, je les gave, je les abats, j'ai un de ces foies gras que tout le monde en veut pour les fêtes. C'est juste que j'y vois plus très bien. Alors j'ai ficelé une louche au bout d'une canne à pêche, comme ça je donne à bouffer à mes bestioles de loin et je risque pas de tomber dans la mare ! Mais allez surtout pas donner mon idée au Fillon... Serait capable de s'en servir pour appâter les juges ! »

J'ai écouté, ravie, la fine analyse parce que je suis accro au feuilleton. La réalité dépasse les meilleurs scénarios, aujourd'hui plus qu'hier, et moins que demain. Là, maintenant, faut sauver le soldat Fillon, parce qu'il est le seul à pouvoir rendre à la France honneur et dignité, c'est évident. Alors... si on est d'accord, faut se mettre au boulot, et d'abord vite évacuer les « boules puantes », ça urge, et ce n'est pas un emploi fictif, pardon, furtif !

Je me demande juste combien ça paie, brut ou net.

J'avais des doutes depuis le début de l'affaire et maintenant je suis de ceux qui ne privilégient pas l'hypothèse selon laquelle Pénélope F. a bon dos et qu'on lui fait porter le chapeau ! Elle n'aurait jamais signé le moindre contrat de travail ? Elle n'était au courant de rien et tout cet argent qu'elle a gagné, c'était à l'insu de son plein gré ? Un complot ?

Et je repense aux réactions de mes étudiants quand on travaillait sur l'Odyssée.

Ils n'aimaient pas Pénélope, je parle de la vraie, celle d'Homère. Ils la trouvaient nunuche, pour rester polis, et pas crédible. Comment avait-elle pu attendre tant d'années à trimer sur son ouvrage de dames, un coup je fais, un coup je défais, sans que personne ne remarque ses manigances dans l'ombre du palais ? Ou bien elle était très manuelle, ou elle croyait vraiment dur comme fer à la victoire de son Ulysse, ou elle avait des compensations cachées, pas de détails, passons... en tout cas d'une discrétion de violette,... voilà ce que ragotaient mes élèves sur cette belle personne !

C'est vrai qu'on peut gamberger avec les grands classiques, ils sont inépuisables. Sans doute parce que leur démesure sidère les naïfs comme les intellos et les embarque, ravis, dans d'invraisemblables histoires. Quel culot ! Mais quel talent ! (Se souvenir du Minotaure.)

Dommage qu'on ne puisse pas demander à Homère son avis sur l'affaire qui nous occupe ! Et d'imaginer comment elle pourrait finir...

Parce que ce serait bien triste de découvrir que Monsieur Fillon, dont j'aime tout, les sourcils, les propos cul-bénit, la négation des droits des femmes et des homos, Monsieur Fillon donc, a utilisé sa Pénélope pour arrondir ses fins de mois, déjà confortables ? La sainte femme aurait pu être abusée, payée (grassement) à ne rien faire ? Non ! Impensable ! C'est de la calomnie ! Une machination ! Que des menteries ! Faut se pourvoir en justice, confondre les traîtres, rétablir la vérité, rien que la vérité, avec l'aide de Dieu !

Mais, comme le dit si bien un proverbe bulgare : « Si on raconte que ta sœur est une pute, va donc prouver que t'as pas de sœur ! »

VOUS AVEZ DIT BIZARRE

A part le pépé aux canards, je ne sais pas si l'affaire Fillon a vraiment passionné mes villageois. C'était peut-être un peu trop loin de leur monde, dans les palais de Paris, et ce que j'ai pu entendre se résume à peu près ainsi : « Les politiques ? Tous pourris, s'en foutent plein les poches, jamais condamnés alors que nous, si on oublie de déclarer trois sous, on nous loupe pas, et pan sur la carafe ! »

Le plus inquiétant pour notre belle démocratie, c'est que le coup de gueule se termine en général par l'engagement solennel à ne plus voter. Abstention ! Peuvent aller se rhabiller, tous les escrocs qui se présentent ! Tous des dégueulasses, pas un qui mérite qu'on se déplace pour lui donner un bulletin ! D'ailleurs on s'en fout de qui sera élu, rien ne changera, ce sera toujours les mêmes magouilles. Abstention.

Ce que je sais, c'est qu'un étrange fait divers a fait ici plus d'effet que la cuisine politicienne, au point de frapper la commune de sidération. Pour le coup, ça se passait tout près, c'était du concret, on avait plus ou moins croisé la victime, c'était dur à croire, on se sentait comme directement impliqué.

Il y a quatre ans, une dame s'est tuée sur la départementale près de chez nous.

C'est triste, mais ce sont des choses qui arrivent. Elle était du coin, mais je ne la connaissais pas. Je me souviens juste qu'après l'accident, les langues allaient bon train à la boulangerie, ce qui permettait d'attendre sa baguette ou son baba au rhum avec d'autant plus de plaisir pervers que tout le monde trouvait l'histoire pas claire. Bizarre. Plus que bizarre.

Ce qu'on savait, du moins ce qui se disait, c'est qu'à trois heures du matin, cette dame avait été réveillée par un appel de sa fille, en panne sur une petite route pas loin. Elle était donc partie la chercher, prenant juste le temps d'enfiler une gabardine sur sa chemise de nuit. Et à sept kilomètres de chez elle, sa voiture était venue de plein fouet percuter un véhicule en sens inverse.

D'où venaient les infos ? Parce que tout le monde avait l'air d'être mieux informé que le voisin et on donnait des détails en payant son pain. Elle était morte sur le coup, heureusement pour elle, oui, le docteur l'avait confirmé. Le conducteur en face roulait doucement, il tenait parfaitement sa droite, il n'avait pas bu, c'était elle qui s'était comme jetée sur lui, si, si, les gendarmes l'avaient assez répété, ce monsieur n'était aucunement en tort.

En plus, comme son bras droit salement cassé le gênait, il avait mis un certain temps à s'extirper de sa voiture et il cherchait à comprendre ce qui venait d'arriver quand il a vu, dans les phares, la dame glisser lentement du tas de ferraille où elle venait de mourir. Il a été très choqué, demandez donc au chef des pompiers ! On le plaint, cet homme, on n'aimerait pas être à sa place, ah non ! Il n'est pas responsable, mais il a quand même tué quelqu'un, si on peut dire. Et les yeux brillaient à l'idée du cadavre émergeant des tôles.

Mais la dame, pourquoi avait-elle coupé la route pour aller s'encastrer sous le capot du type en face ? Est-ce qu'elle aurait fait un malaise, une crise cardiaque ? Peut-être qu'elle était déjà morte sur son tableau de bord et que la voiture a continué toute seule sur sa lancée ! Était-elle suicidaire ? Dépressive ? Malade ? Droguée ? Ou saoule comme une grive, tout bêtement ? La famille est restée bouche cousue jusqu'à ce jour, on ne saura jamais. Et ce mystère a, bien sûr, excité l'imagination des commères du bourg.

Avant de passer à autre chose.

Et puis, il y a huit mois, presque trois ans après le drame, il y a eu un terrible accident dans une petite ville à côté. Une grosse berline a loupé le seul virage de la grand-rue pour finir dans le mur d'une maison. Le compteur, dit-on, était bloqué à 120 dans une zone limitée à 50. Le conducteur est mort.

Ce qui est intéressant, c'est que le bâtiment sur lequel la voiture folle s'est écrasée est précisément la maison de la dame dont j'ai parlé plus haut. Elle y habitait au moment de l'étrange collision qui l'a tuée, à quelques kilomètres de là, fin 2017.

Et ce qui laisse tout le monde muet, pour le moment, c'est que l'homme au volant, qui est mort en percutant le mur avec une incroyable violence, était celui-là même qui conduisait la voiture contre laquelle la dame est venue mourir, il y a presque quatre ans, ça ne s'invente pas, ça ne pourrait pas s'inventer.

Je dis bizarre.

Et on peut se douter qu'on en a beaucoup causé jusqu'à ce qu'une autre triste histoire vienne alimenter de nouveaux commentaires.

Tout le monde connaissait Josette. Elle vendait de merveilleux légumes sur les marchés et il fallait réserver ses chapons au moment des fêtes. La soixantaine gaillarde, elle habitait seule à cinq cents mètres du village une maison isolée, aux murs dévorés par une glycine folle. Sur l'escalier devant, trois chiens noirs et plein de chats de toutes les couleurs dormaient ensemble et dans le pré derrière, deux grands ânes remuaient sans arrêt les oreilles et la queue. L'endroit était coquet, bêtes et plantes bien toilettées, et la dame toujours de bonne humeur.

Qu'est-ce qui s'est passé ce jour-là ? Une tragédie domestique. Josette est tombée dans sa cuisine. Impossible de se traîner jusqu'au téléphone, et, bien sûr, personne dans la maison ni aux alentours. Quand, au bout de deux heures, un voisin est passé par là et a appelé les secours, l'artère fémorale, coincée par la position du corps, avait cessé d'irriguer une jambe qu'il a fallu couper à mi-cuisse. Sinon gangrène et cimetière. On est tous frappés par cette terrible amputation. On se répète tous que si Josette avait porté une alarme ou si elle avait gardé son portable en poche, elle aurait pu... etc. Si, si, si, avec des si...

Elle se déplace aujourd'hui avec une légère claudication, ne tarit pas d'éloges sur le chirurgien qui lui a posé une si merveilleuse prothèse qu'elle préfère quand même habiller en jean, elle qui n'avait jamais porté de pantalon. Elle trouve que ça la rajeunit et, comme avant, fredonne toujours un petit air pimpant.

VOILES

Autre thème des conversations qui animent la place les jours de marché : le voile. Il n'y a pas la moindre bourka dans le canton, c'est vrai, mais à Périgueux, à Limoges, à Brive, on en croise à tous les coins de rue, suffit d'aller s'y balader ! Et ceux qui ont de la famille en région parisienne, demandez-leur, affreux, affreux !

Moi, comme j'ai passé une partie de ma vie en terres musulmanes, comme le sujet m'intéresse, dès qu'il est question de ce qu'on appelle « la polémique du voile », je prends : presse écrite, forums, débats, tout. Et je peux dire que j'en ai lu, des analyses pointues, et entendu, du beau linge, grands spécialistes de l'Islam, du monde arabe, des banlieues, du terrorisme. Sociologues, ethnologues, pédagogues, juristes. Des hommes et des femmes. Chacun a une opinion bien arrêtée sur le sujet, des arguments affûtés, des chiffres, des statistiques.

Voici une journaliste qui clame sa conviction sur un plateau télé : il faut interdire le voile en France, sans concessions. C'est un asservissement forcé des dames, intolérable dans notre démocratie, contraire à nos valeurs. C'est par là que tout commence, elle a des preuves, tout un dossier. Et qu'on ne vienne pas l'accuser de confondre foi et salafisme !

L'écrivain qui lui succède, athée d'origine maghrébine, tout aussi persuasif, a des certitudes opposées : une loi qui obligerait à ne pas se couvrir la tête serait, au mieux, contournée par de savants foulards à l'iranienne, imposés par les mâles ou revendiqués par les dames craignant des représailles. Au pire ce genre de décret ne changerait pas grand-chose, empêchant seulement de ne pas disparaître totalement sous les plis d'un camouflage rendant impossible toute identification.

Ils ont tous deux évoqué l'histoire de ce morceau de tissu, porté comme cache-poussière bien avant le Coran qui ne l'impose pas comme signe religieux. Mais ils ont aussi admis que la loi coranique n'est pas vraiment pour l'égalité des sexes, que nos « quartiers » sont quand même de plus en plus envahis par des silhouettes très couvertes. Et surtout, que l'islamisme, au-delà des questions vestimentaires, est une force politique dont on ne mesure pas la puissance. Avec l'échec de la déradicalisation, les reptations du djihad, les attentats. Alors, le voile ? Solution A : interdiction totale. Solution B : éducation et libre arbitre. Ce n'est pas simple.

Je viens de voir sur un magazine une pub pour les lignes aériennes Emirates. La photo montre un jeune couple, genre mannequins européens, en balade dans un bazar oriental, tout sourire. Lui est en T-shirt griffé, bon. Mais elle, elle porte un petit haut très dénudé, bretelles fines et dentelle, la moitié des lolos à l'air.

Avec une expérience de plus de vingt ans dans ces endroits que j'adore, je me permets de signaler à la pauvrette qu'elle n'a pas bien choisi son costume si elle veut profiter du voyage sans mettre le feu au souk. Emirates est une compagnie sérieuse et renommée, mais faire croire qu'on peut se promener comme ça, direct de l'avion à la médina, c'est faux et dangereux.

Une de mes voisines, Périgourdine bonne vivante, sans aucun préjugé de race ni de religion, s'interroge : « Moi je peux manger halal, kasher, et pourquoi pas végétarien une ou deux fois par an, du moment que c'est bon. Je me pose jamais la question de savoir si un type est juif, musulman ou bouddhiste du moment qu'on peut rigoler avec. Et je me fiche pas mal que certaines musulmanes portent ces torchons qui les font transpirer et qu'elles rajustent toutes les deux minutes. C'est pas pratique, pas joli, tant pis pour elles. Mais ce qui me sidère, c'est qu'elles sont venues vivre ici et acceptent que leurs maris se baladent en short et se baignent dans des piscines qu'ils interdisent à leurs femmes et à leurs filles. Moi qui aime m'aérer le corps, tu me ferais pas aller dans un pays où les dames pour sortir doivent s'emballer sous des kilos de tissu ! Mais, à part les lessivées du cerveau ou les masochistes, y a pas beaucoup de candidates au voyage dans ce sens-là, je crois ? »

Ma copine n'a pas tort, mais ça ne résout rien.

Il suffit que je ressorte des photos de classe. Au début de ma carrière, dans les pays musulmans où j'étais alors en poste, mes étudiantes, mêlées aux garçons, fixent l'objectif cheveux au vent, maquillées et rieuses, petit haut à manches courtes sur jean ou jupette, ou robe fleurie. Au fil du temps, les clichés les montrent de plus en plus couvertes, et la mode des trucs sur la tête se répand. Dernièrement je suis tombée sur un reportage qui m'a attristée. On est en Turquie, à la fac d'Izmir, là même où j'ai enseigné il n'y a pas si longtemps. Le groupe interviewé est exclusivement féminin. Tout le monde, y compris la prof, porte foulard, tunique large, dans les gris ou les beiges, personne ne sourit.

Par ailleurs, le lendemain des attentats de janvier 2015, un type de mon village que je ne connaissais pas a dû être embarqué en hôpital psychiatrique. Il avait sorti son fusil de chasse et tirait sur les arbres en hurlant qu'il allait descendre les terroristes embusqués dans son jardin qui le menaçaient de « lui faire Charlie ». Accouru au son du canon, son voisin a appelé les secours et on a maîtrisé le pauvre diable qui venait de disjoncter grave. Comme quoi, même dans nos douces campagnes, les massacres parisiens ont pu faire une victime collatérale !

Moi, quand j'ai éteint la télé après les dernières images des tueries, j'étais dans le même état de sidération que le jour où je regardais en boucle les tours de New York s'effondrer. Peut-être encore plus catastrophée. Parce que je savais par expérience, pour avoir vécu ce qui a suivi le 11 septembre, que les conséquences seraient terribles. Les barbares étaient de retour et on n'avait pas fini de payer le prix de leurs crimes, on paierait tous. Les ruines de Manhattan à peine éteintes, le Moyen-Orient avait sombré. J'étais sur place et j'avais vu l'agonie programmée de toute cette partie du monde. Et maintenant, pour venger les morts, ceux de Charlie et les autres, sûr que les représailles allaient repartir bon train ! On ne se contenterait pas d'ergoter courtoisement à la télé sur les porteuses de voiles plus ou moins assumés. La suite m'a donné malheureusement raison. Et on n'en a pas fini, je le crains !

D'autre part, je me demande quand même si, en passant en boucle les horreurs quotidiennes, les médias ne jouent pas un rôle pervers. Moi qui suis une femme « normale », ça me soulève le cœur, je fuis ce genre d'images.

Je n'ai pas pu regarder longtemps ce qui vient d'ensanglanter Bagdad, une fois de plus. Environ cent morts. Le double de blessés. Un des journalistes a précisé que le camion piégé avait tué aussi plusieurs des vaillants petits ânes et chevaux qui tiraient leurs charrettes sur ce marché de l'épouvante qu'on n'en finit pas de nettoyer. J'en avais la nausée. Des gros plans sur bêtes et gens écharpés par la bombe, je ne supporte plus.

Mais, pour beaucoup, ces atrocités, à force d'être diffusées, finissent par sembler banales. Et tant que ça se passe là-bas, loin, on se contente de s'indigner un instant : « Encore ! »

Quant aux radicaux de tout poil, sanguinaires dingues, en plus de s'en délecter, ils n'y puiseraient pas des fois quelques bonnes recettes pour un attentat efficace ? Ou simplement l'idée de faire sauter un « patrimoine de l'humanité » ? Les tarés de la terre ont commencé chez eux, Palmyre, Nimrud, Hatra, Bamyan, et tant d'autres merveilles dynamitées. C'étaient des œuvres d'avant l'Hégire, avec des statues, des visages, c'était « haram », péché, sacrilège suprême. À rayer de la carte. Comme les sites « haram » ne manquent pas à travers le monde, à qui le tour ? Venise, Amsterdam, les musées Picasso, les châteaux de la Loire ? Les décervelés de tout bord ne manquent ni d'imagination ni de talent. Ils n'ont pas besoin qu'on leur montre les succès de leurs frères d'armes !

On était au Pakistan en 2002. Une grande boulangerie d'Islamabad, la capitale, exposait en vitrine un gâteau d'un genre inédit. Un mètre de large sur un mètre de haut. Les mitrons avaient réussi à sculpter en pâte briochée deux tours avec un avion encastré dedans, le tout vraiment très réaliste, avec des pralines brillantes pour figurer les fenêtres et les hublots. Une pancarte en anglais précisait que ce n'était à vendre ni en entier ni en morceaux, juste à regarder en souvenir d'un jour glorieux. Et dire que le mot « Islam » a la même racine que « salam » qui veut dire « paix » !

Il y a encore autre chose qui me pose question. Quand le terroriste de Strasbourg a été descendu, j'ai bien sûr été soulagée. Je souhaitais qu'on l'attrape, comme tout le monde, surtout les Strasbourgeois, à se dire que ce nuisible rôdait dans leur ville. Et je comprends qu'on soit reconnaissant envers ceux qui ont fait le boulot, plus que risqué.

Mais là aussi j'ai quelques interrogations. Je ne sais pas trop quoi penser des images retransmises par tous les médias : applaudissements, cris de joie de la foule devant le cadavre, bravos aux exécuteurs, standing ovation pour ces héros, faites du bruit pour les artistes ! J'en arrive à me demander si notre société n'est pas en train de confondre la remise des oscars avec, tout de même, la mort d'un homme en direct.

D'habitude moi j'applaudis au théâtre si je me suis bien amusée, ou aux anniversaires quand on souffle les bougies en chantant, ou après une plaisanterie un peu grasse. Dans des moments de joie simple, quoi.

ELECTIONS

Mais la voix du peuple, voix de Dieu, porte parfois au pouvoir des nuisibles d'un autre ordre, moins clairement déclarés que les terroristes, qui se révèlent in fine aussi redoutables.

Donald Trump a quitté (provisoirement) la scène au moment où j'écris, mais il ne faudrait pas oublier ses prestations. En 2017, alors qu'il se présentait aux présidentielles, j'en arrivais à souhaiter que Madame Clinton soit élue, certainement pas par amour pour elle, mais par rejet du Donald. Tout en me demandant comment elle pourrait gouverner face à la moitié d'un pays qui la déteste, non sans quelques bonnes raisons ! Mais je ne pouvais pas supporter l'idée de voir Trump à la Maison-Blanche. Pourquoi ?

Dominique Eddé, journaliste libanaise, a écrit dans *L'Orient Le Jour,* à Beyrouth, le 10 avril 2020, ce texte génial qui a rendu lumineuse mon aversion pour le monsieur. Extraits à savourer !

« Sa carrure à nuque engoncée l'oblige à hausser le menton pour s'inventer un cou. Il porte son corps comme un privilège et comme un poids. Cette ambivalence se lit à la débandade de son sourire. Il est toujours très content de lui, jamais content tout court. On dirait qu'il en veut à quelqu'un de lui gâcher son plaisir…

On ne peut pas dire de lui qu'il est un phénomène de la nature. Il est un phénomène de recyclage. Tout ce qu'il n'a ni vu, ni appris, ni connu, la masse d'ignorance qui l'habite est recyclée en une formidable provision d'énergie…

Sa voix s'adresse au monde entier en n'ayant consulté que lui-même. Elle sécurise ceux qui ne savent pas quoi faire de la paix. Elle leur sert de berceuse. »

J'ai retrouvé dans *Les Caractères* de La Bruyère, écrit en 1688, de quoi conclure ce talentueux portrait par la touche finale de *L'égoïste* : « Il embarrasse tout le monde, ne se contraint pour personne, ne plaint personne, ne pleure point la mort des autres, n'appréhende que la sienne, qu'il rachèterait volontiers de l'extension du genre humain. »

Le soir des élections, bien avant les résultats, j'ai eu la certitude intime, profonde, que ce serait Trump. Bingo ! Inquiétude. Rage. Tristesse pour les copains américains. Ricanements aussi : voyons voir maintenant comment les sondeurs vont nous expliquer leur remarquable plantage, comment le Donald va rattraper ses si jolies déclarations sur les latinos, les musulmans, les dames en général et cette salope d'Hillary en particulier, comment les folles promesses de la campagne ne seront pas tenues. On connaît la suite. Non sans saluer au passage les ahurissantes déclarations de ceux de nos politiciens qui ont rivalisé pour démontrer chaque jour avec brio que le ridicule ne tue pas et baisser leurs culottes devant le nouveau roi.

Plus récemment, ma chère Turquie vient de me faire plaisir : Erdogan a perdu les municipales à Istanbul, Ankara et plein d'autres grandes villes. Je n'ai pas les chiffres exacts, mais l'échec du « sultan » est confirmé. Pas écrasant, semble-t-il, mais acté. Bien sûr, il y a encore près d'un Turc sur deux qui a voté pour lui, mais un peu plus de l'autre moitié du pays, exaspéré, ne veut plus de lui et tente de le faire savoir.

Le discours commencerait-il à lasser? S'être présenté comme un euro-libéral et ne même plus cacher un nationalisme d'autocrate, ça aurait fini par dégoûter un peu trop les républicains (sans parler des kémalistes), et les jeunes classes moyennes, qui voient des choses sur Internet? Ce n'est plus possible ! Monter les Turcs contre les Kurdes, les laïcs contre les croyants, diviser pour régner, ça ne marcherait plus ? Et les prisons pleines de gens qui ne plaisent pas au sultan, Ankara qui a choisi de ne pas changer d'heure, marquant son décalage avec l'Europe, et réglant ses pendules sur celles des « grandes démocraties » pétrolières du golfe, sans oublier Chypre qui n'a pas le même horaire au nord et au sud ? Et la chute vertigineuse du pouvoir d'achat de toute une population qui assiste impuissante aux extravagantes munificences de son maître, ça va tenir longtemps ?

Je connais le palais que le président s'est fait construire sur les hauteurs d'Ankara. Une bâtisse de mille et une chambres, dit-on, prétentieuse, hideuse, dégoulinante de marbre et de dorures, commandée par un parvenu qui confond grandeur et grandiloquence, et à qui ses architectes n'ont pu qu'offrir une caricature lamentable des merveilleux sérails ottomans et de Versailles. Passons sur la facture !!!

En plus de ce gâchis, même si c'est très subjectif, ce qui me ravive l'urticaire, c'est Madame, avec ses foulards assortis à ses gants de bigote et son air d'avoir avalé un lokoum de travers. Elle est tout de même la première dame d'une république dont la constitution est encore laïque, malgré les manœuvres de son président d'époux. En plus elle s'appelle Eminé, prénom qui pourrait correspondre à ce qu'on fait en français de plus chichiteux, genre Marie-Chantal, Maximilienne ou Anne-Bérangère. Non, je ne suis pas copine avec le couple Erdogan. J'ai vécu longtemps là-bas, j'aime trop ce pays !

Chez nous, les municipales et les régionales approchent et les candidats sortent du bois. On rentre d'un marché près de chez nous, fleurs et légumes de toutes les couleurs, foies gras variés, tabliers de mamie, bérets de papi, charentaises pour l'hôpital, slips en dentelle coquine, matériel agricole, gâteaux frais et croissants chauds. Dans les allées, ce que je continue à appeler le FN fait campagne avec ce merveilleux argument : on a essayé la droite, on a essayé la gauche, les deux ont foiré, regardez l'état de la France, pourquoi pas nous essayer nous ?

J'ai dit à la militante : « Vous avez raison, pour un bon suicide, si les comprimés vous ont seulement fichu la gueule de bois, si le pistolet s'est enrayé, faut sauter du 13ème étage, ça porte bonheur. » Elle s'est contentée du sourire compatissant qu'on adresse aux débiles profonds.

J'ai peur, oui peur, qu'on ait oublié le débat télévisé de 2017. Marine Le Pen déchaînée, ricanant, grimaçant, embrouillée, incapable de répondre aux questions ni d'expliquer clairement son programme, sans parler de sa grossièreté et de ses mensonges, dénoncés par toute la presse le lendemain matin. Chapeau à Macron (dont je n'ai jamais rêvé même la nuit) de ne pas avoir pété un câble face à elle ! Honnêtement, à part ses fans inconditionnels, qui peut imaginer cette femme à la tête du pays ? On n'a pas évacué le Fillon pour avoir ça ! Ou le Zemmour !

À moins que les peuples n'aient que ce qu'ils méritent ? Voir plus haut Trump et Erdogan !

Plus cocasse, il y a l'impasse dans laquelle se retrouve le musée Allard Pierson d'Amsterdam. Il abrite une exposition baptisée *La Crimée*, où on peut admirer une collection d'objets scythes du VIIème siècle, exceptionnels, dont beaucoup sont en or. Un bel exemple de coopération culturelle entre deux pays. Oui, mais, quand l'expo se terminera, à qui la Hollande va-t-elle rendre les œuvres ? Aux musées de Crimée qui les ont prêtées du temps où ils étaient ukrainiens, avant d'être annexés par la Russie ? Ou à Kiev qui en réclame la restitution comme appartenant au patrimoine ukrainien, justement ? J'ai pensé à l'époque que Poutine allait régler ça, mais, aujourd'hui, évidemment, il a d'autres chats à fouetter ou plutôt d'autres bombes à lancer.

DÉMÉNAGEMENTS

Juste avant le premier confinement, on a aidé des amis un peu plus âgés que nous à déménager pour s'installer dans un logement plus petit et de plain-pied. Ils avaient au fil des ans empilé un beau fatras dans la grande maison qu'ils venaient de vendre, mais au moment de la quitter, ils n'arrivaient pas à se séparer de quoi que ce soit, déballant les cartons à peine fermés, sauvant de la benne un guéridon ou une pendule cassés qu'ils emportaient comme le saint graal, au bord des larmes au moment d'évacuer une poubelle. C'était long, inefficace, énervant. On est rentrés épuisés.

Inquiets, aussi ! Parce qu'on a reconnu honnêtement qu'on avait fait aussi fort que nos copains, question capharnaüm. On en a conclu que trois décisions s'imposent. Elles me concernent en premier lieu puisque c'est moi la plus accro depuis que mon mari, victime d'une overdose de balades chineuses, trouve toujours un prétexte pour se défiler, me laissant seule partir en expédition, ce qui n'est pas raisonnable.

Résolutions.

Un : il faut que je cesse de fréquenter les brocantes, des fois qu'une petite commode me ferait de l'œil, ou un samovar, ou un lampadaire. Plus la place, plus du tout. Basta.

Deux : je dois organiser un vide-grenier-cave-grange et liquider la moitié de mon bazar. Je n'en tirerais pas des millions, mais au moins ça donnerait de l'air.

Trois : parmi nos connaissances, je m'engage à emmener le plus de clients possible chez nos amis antiquaires, brocanteurs, ferrailleurs, ces professions méritent de vivre. Sans compter le plaisir sadique de voir d'autres que moi transformer peu à peu leur maison en foutoir de garde-meubles ou cabinet des curiosités !

Entre ce qu'on a ramené de partout et ce qu'on a acheté sur place, force est d'agir, mais le tri sera déchirant, j'en ai des frissons à l'avance. Je me connais.

Encore récemment, je suis rentrée d'un marché campagnard en caressant le vase bleu qui m'avait fait de l'œil sur son présentoir. Il est petit, enfin pas trop gros, on le casera... Mais je m'étais approchée du stand vide-maison pour voir. Juste pour voir. Et j'ai craqué.

Je dois même avouer qu'à côté du si mignon vase, il y avait une chaise Napoléon III, attendrissante, pas chère, à laquelle je regrette encore d'avoir dit non. Qui l'adoptera ? Qui lui donnera la place qu'elle mérite ? Pauvre petite chose abandonnée ! Elle aurait pu se faire discrète dans un coin chez moi et je serais venue lui parler de temps en temps ! Le problème est que je parle facilement aux objets, surtout les anciens, même écorniflés, même en débandade pas toujours récupérable, mais si chargés de leur histoire qu'ils se font un plaisir de me la raconter et qu'on ne peut plus se quitter. « C'est ça, l'amour, ça se pose sur une rose ou sur une merde », dit un proverbe turc que j'adore, tout en reconnaissant que mon lien passionnel avec les vieilles choses multiplie, à force, les nids à poussière.

Un ami anglais m'a avoué poliment qu'il adorait ma maison, mais qu'il n'osait pas trop bouger de peur de casser quelque chose, avant d'ajouter : « Tu nous ressembles. Tu as vraiment une passion très britannique pour... comment vous dites ? les anticailleries ? les rossignols ? les merdouilles ? » My God ! Mon intérieur ferait penser à ceux des Anglais chez qui je suis allée, style cosy surchargé fanfreluches ? Pas du tout ! Chez moi, la déco est kitsch, insolite, parfois déconcertante, mais pas du tout british. Inclassable. Et puis j'aime personnellement chacun de mes encombrants. J'aime tout, encore heureux !

Mais il faut que je pense à l'avenir. Je ne peux quand même pas laisser à mes enfants une baraque dans cet état. Pour le moment ils se contentent de ricaner que leur mère est une vraie collectionneuse, mais quand il faudra affronter le bordel, ils se diront que leur mère était une vraie emmerdeuse. Non, à ce stade-là, un héritage tourne au cadeau empoisonné. Oui, je vais prendre des mesures. Juré !

En attendant, j'ai accepté d'accompagner Martine, une amie antiquaire, qui a été appelée pour vider une maison, mise en vente suite à la mort du propriétaire. La grosse bâtisse, habitée depuis des générations par une riche famille d'exploitants agricoles, doit recéler des bidules authentiques, ou bizarres, de ces objets relégués qui ont servi autrefois à la maison ou dans les champs et qui ont des choses à me raconter. Comme on peut le voir, mes fermes desseins ont été balayés par la perspective d'aller fouiner. À la recherche de la minaudière perdue, à la poursuite d'un abat-jour vert.

Après avoir aidé les héritiers à embarquer ce qu'ils voulaient garder, on s'est attaquées, Martine et moi, aux placards et armoires. Il y avait pas mal à récupérer pour mon amie qui avait acheté le droit de vidage et vendrait ce qu'elle emporterait, meubles, ustensiles et bibelots, dans son magasin. Il y avait aussi beaucoup à jeter, vaisselle ébréchée, linge irrécupérable et on faisait des tas avant une virée à la déchetterie.

J'ai eu tout de même un coup de blues devant les photos de famille entassées en vrac sur une table, manifestement bonnes à balancer, une dizaine d'albums à dessus de cuir rouge, pleins de parties de campagne, de mariages, de bébés, quelques militaires décorés, quelques enterrements avec curés en surplis et gerbes montées, des clichés noir et blanc à bords dentelés. J'ai failli tout ramasser tellement j'étais triste de jeter toutes ces vies, mais je me suis ressaisie. Ce n'était pas la mienne, de vie, après tout !

Mais j'en ai voulu à ceux qui abandonnaient ce passé, les descendants de ceux des photos, ces deux pleins de soupe qui nous avaient à peine remerciées du coup de main que nous leur avions donné sans rechigner pour descendre quelques cartons et nettoyer cette maison qu'ils voulaient vendre en urgence, sans états d'âme. Gougnafiers !

Voilà que Martine m'appelle. Dans un tiroir de commode, elle est tombée sur un lot de sacs en plastique. Longs et étroits, d'un joli mauve argenté, pas mal pour emballer certains objets fragiles dans son magasin avant de fignoler un paquet-cadeau, je partage son idée.

Elle n'a pas profité de sa trouvaille.

Dès le lendemain, alors qu'elle glissait dans un des sacs le soliflore qu'elle venait de vendre, sa cliente a hurlé : « Non ! C'est pour offrir ! Vous n'allez pas mettre mon vase là-dedans, tout de même ! » Avant d'expliquer, scandalisée, que c'était une poche à crottes de chien, un modèle qu'on peut se procurer à des distributeurs en ville, et ainsi ne pas laisser nos toutous souiller trottoirs et jardins publics, tout le monde le sait !

Évidemment, dans nos campagnes, nos bêtes n'ont pas besoin de ça ! Ma Lili Rose est assez bien élevée pour aller faire caca loin de la maison, le roquet de Martine aussi. Mais on est tombées d'accord : il faut garder ces si jolis sacs et les utiliser seulement pour des acheteurs ruraux qui ne savent pas à quoi ils servent dans les métropoles.

PANNES

Combien de fois n'ai-je pas entendu : « Un malheur n'arrive jamais seul, c'est la loi des séries ». Clichés ? Balivernes ? À voir !

D'abord l'ordinateur..

C'est vrai qu'on l'avait depuis longtemps et qu'on avait perdu la brochure. Un pauvre vieillard sans papiers, en somme. Mais pas sans ressources. Et mauvais caractère. Il n'arrêtait pas de râler, faire la gueule, tout en se permettant de corriger, sans aucun sens littéraire, chaque phrase que j'écrivais, de prendre des libertés, sans aucun talent esthétique, avec ma mise en page ou le choix d'un adjectif. Un très mauvais « nègre ». Imprévisible et malveillant. Je coupais, collais, il recoupait sans recoller, infernal.

Et puis ce matin-là, alors que je m'entêtais à retaper en boucle un paragraphe de mon dernier best-seller, voilà-t'y-pas que la souris pète un câble et se met à courir d'un bout à l'autre de l'écran comme si elle avait une meute de chats aux trousses. Sale bête ! Suffit pas de lui cogner dessus et de lui souffler dans le cul, a dit plus élégamment que moi notre électronicien, suffit pas de juste remplacer la fofolle par une moins cabocharde, c'est toute la machine qui est dans le coma. Elle a fait son temps et elle est devenue perverse, elle rechutera aussi souvent qu'on lui remplacera un boulon, a déclaré cet homme honnête. Il nous a tant de fois gratuitement dépannés qu'on a suivi son conseil, remplacer la vieille zouille par une neuve. Faut investir.

Ensuite le frigo.

On a vu qu'il allait mal quand il s'est oublié dans la cuisine, une belle flaque. Et puis il s'est mis à sentir l'aïeule qui se néglige et on a alors compris qu'on ne pouvait plus lui confier quoi que ce soit sans risquer l'intoxication.

Je venais d'apprendre avec ravissement qu'en Corée du Sud, la nouvelle mode est de dialoguer avec ses appareils ménagers et je me suis dit que j'allais tenter le coup avec mon frigo. Qu'est-ce que je risquais ? Puis j'ai hésité en me souvenant de notre voiture parlante, il y a plus de vingt ans, expérience à vrai dire décevante.

Peu de temps après son arrivée chez nous, son hayon a refusé de se fermer. Il faut dire que j'avais un peu forcé pour enfourner une commode dans le coffre, mais comme je n'avais que cinq kilomètres à faire, j'ai démarré. Cette bourrique de bagnole s'est aussitôt mise à me répéter d'une voix de nez : « Coffre arrière mal fermé ! » Je lui ai répondu que je le savais et que c'était elle qui avait intérêt à la fermer, sa p... de g... ! Pourtant, en général, j'évite les grossièretés, j'aime la douceur de notre belle langue, dans les limites de la patience. Or cette voiture était d'une grande susceptibilité, donnant des ordres pour le motif selon moi le plus anodin, portière mal claquée, frein à main pas serré, veilleuses oubliées, fin d'autonomie de carburant. Et la bavarde ne se taisait que longtemps après qu'on lui avait obéi. C'était horripilant, surtout que chaque phrase était suivie d'un soupir de canard assassiné.

Peut-être que nous étions tombés sur une voiture malgracieuse et je me suis dit qu'il valait mieux oublier cet ancien échec et essayer de nouer un dialogue avec mon frigo. Les Coréens semblent coutumiers du fait et ils ne sont pas arriérés, que je sache ! J'ai donc ouvert la partie congélateur, encore secouée de spasmes malodorants, et lui ai intimé, façon Balladur : « Je te demande de ne pas t'arrêter ! » Mais il était déjà trop tard.

J'ai donc consulté avant d'acheter un nouveau frigo. Et j'ai failli tomber de surprise en découvrant ceci : une marque que je ne nommerai pas propose un modèle bien utile pour les juifs pratiquants. Il y a un petit bouton décoré d'une bougie qui permet de couper l'éclairage à l'intérieur sans arrêter le moteur, ça continue à faire du froid, mais dans le noir. C'est pour les jours de shabbat, afin de respecter l'interdiction d'être en contact avec le feu, la lumière électrique en l'occurrence, et rester pur de tout péché.

J'étais au courant de ce problème. Quand j'étais étudiante à Paris, ma voisine, juive séfarade, m'a appelée en urgence un soir de shabbat, justement. Elle avait laissé passer l'heure, oubliant d'éteindre télé et lampadaires et m'a demandé de le faire à sa place. Puisque j'étais goy, je ne risquais pas d'être damnée ! Donc un frigo à alarme talmudique présente un réel intérêt. Il évite, par étourderie, de laisser l'électricité contaminer une maison. Surtout qu'on n'est pas certain d'avoir toujours sous la main un mécréant qui puisse venir appuyer sur un interrupteur.

Et je me suis mise à réfléchir. Pourquoi cette marque si attentionnée pour une religion n'a-t-elle rien prévu pour les autres ? Destiné aux musulmans, un petit bouton qui clignoterait dès qu'on glisserait au frais un truc non halal, une sorte de détecteur de cochon, par exemple ! Ou pour les catholiques fervents, une sirène qui couinerait à chaque fois qu'on viendrait se goinfrer pendant le carême ! Ou, indispensable pour les dames coquines, mais déjà chargées d'enfants, bien en vue sur le freezer, un gros bouton avec un dessin de préservatif qui les préviendrait en périodes d'ovulation ou de rut ? Nous, on a choisi un frigo ordinaire, laïque.

Pour finir la liste de nos ennuis, moi qui ricanais, je le répète, incrédule et rationnelle, quand on disait « Un malheur n'arrive jamais seul » ou « C'est la loi des séries », je me demande si ces vieilles superstitions n'auraient pas un fond de vérité parce qu'après l'ordi et le frigo, en seulement une semaine, on a accumulé du lourd.

1– Arnaque sur la carte bleue de mon mari, ni volée, ni perdue, personne ne peut expliquer comment les virtuoses d'Internet ont pu s'en servir pour acheter des billets d'avion, de train et autres babioles dans quatre pays. L'affaire est réglée par la banque, mais on aimerait que les plaisantins soient coincés.

2– Geyser et inondation dans les toilettes de l'étage, c'est fou ce que peut cracher un tout petit tuyau qui décide de péter précisément derrière le conduit de cheminée, là où on n'a pas accès.

3– Tondeuse et tronçonneuse en rupture de lames au même moment, à croire que ces deux carnes se sont donné le mot pour nous empêcher de nettoyer le jardin avant la grosse fête avec les amis.

Bon, il y a pire ! Et si je compte bien, on est bons, excellents même puisqu'on a dépassé « Jamais deux sans trois » avec cinq emmerdes à la queue leu leu. Mais je pense aux sept plaies d'Égypte, aux douze travaux d'Hercule et je croise les doigts.

IRAK

Un dimanche de mai 2018 ENSOLLEILLÉ. Oui, le mot existe et la chose aussi.

Dès le dessert englouti, les copains sont allés s'empoigner à la pétanque. En pleine forme, malgré ce qui a été bu et mangé. D'un commun bon sens, on a tous une stratégie simple et efficace : commencer les agapes mollo, accélérer sans en avoir l'air, boire une goutte d'eau après chaque verre pour diluer les liqueurs et surtout danser après chaque plat pour faire descendre les graisses. Cette technique, dite « du gueuleton sournois », est à recommander. Et on a même pu finir l'après-midi à admirer la belle tenue de mes parterres. Au moins je ne me suis pas enrhumée pour rien à désherber : la bataille est provisoirement gagnée sur les pissenlits, pourpiers, ronces et autres malfaisants. Une journée calme, tiède, début délicieux de printemps.

Et au petit matin, sans transition, les saints de glace ! Mais si j'ai le moral en berne, ce n'est pas à cause du déluge ni de ce froid soudain.

J'ai seulement regardé la télé. L'Irak est de nouveau à l'honneur. Des dizaines de morts, des centaines d'estropiés. Une nouvelle fois l'horreur. Plusieurs voitures piégées ont sauté en plein Bagdad, au milieu du joli marché où, pendant quatre ans, mon copain Ibrahim me gardait les premières fraises, les truffes du désert, les petites asperges vertes, avec en prime, offertes têtes en bas, quelques anémones rouges, les bien nommées « gouttes de sang » en arabe dialectal.

Dans les premiers mois de l'année 2012, c'est déjà loin, on a enterré plus de sept cents victimes, dont beaucoup de gosses, un record. À l'époque, j'étais en train de finir mon bouquin sur Bagdad et je suivais les infos pour ne pas écrire de bêtises, vérifier les chiffres exacts, faire le point de la situation. Et j'avais, après chaque hécatombe, la naïveté d'espérer que c'était, si j'ose dire, le bouquet final. Il y aurait des négociations, des accords, on trouverait un terrain d'entente, on arrêterait le massacre. Je le souhaitais tellement !

Eh bien non ! En 2021, c'est tous les jours que l'Irak continue à saigner. Les amis de là-bas, dont je n'ai plus de nouvelles, auront subi, s'ils sont encore vivants, plus de quarante ans de tueries depuis 1980 : d'abord le conflit avec l'Iran, puis les guerres du Golfe, puis l'embargo, les pénuries, la famine, puis les luttes féroces entre chiites et sunnites. Quarante ans. Plus de deux millions de morts. Et ça continue.

Ce pays, je l'ai aimé. J'y ai pourtant vécu des moments difficiles. Pour la première fois de ma vie, j'y ai vu des morts dans la rue, déchiquetés par les bombes, par exemple, ou des morceaux d'enfants décorant les arbres autour d'une maternelle prise pour cible, ça ne s'oublie pas. Mais les gens qui couraient se mettre à l'abri dès que les sirènes hululaient étaient ceux avec qui on avait passé une soirée à danser, partagé un dîner dans un jardin au bord du Tigre, arpenté les antiques chaussées de Babylone. Ces gens-là ne demandaient qu'une chose, la paix. Et dès qu'il y avait un arrêt des explosions, la plus petite accalmie, ils étaient les premiers à en profiter, rameutant famille, voisins, étrangers. À ouvrir leurs maisons, à offrir tout ce qu'ils avaient, à rire, faire semblant de reprendre espoir. En maudissant ce qui n'allait pas manquer de leur retomber dessus.

Des trêves il y en a eu. Plein ! De courte durée. Avant une reprise enragée, comme si on voulait rattraper le temps perdu à ne pas s'entretuer. Comme aujourd'hui. Mais la paix, la vraie, pas demain la veille pour les Irakiens. Ce pays n'existe plus.

Je veux dire d'une existence ordinaire, comme celle que je mène ici, à peu près comme tout le monde. En ce qui me concerne, pas de funérailles en série, pas de terreurs, pas de suées, pas de tremblements si un semi-remorque rétrograde en pétaradant sur la route au fond de mon jardin. Il n'y a pas encore de camions piégés dans le coin. Mon cœur bat normalement quand je marche dans la rue, je n'ai pas de valise prête, pas de réserves d'essence pour la voiture, je ne pense jamais à fuir, je n'ai pas peur de m'endormir. Je trouve dans les rayons d'alimentation tout ce qui me plaît à manger et à boire, abondance, variété, jamais de pénurie. Banal ? Vraiment ? Ici, oui.

Mais là-bas, attention ! Les reportages sur l'Irak, je ne peux plus les regarder. Un peu à l'ouest, ce n'est pas mal non plus, ma belle Syrie aussi est saccagée. Et au nord ma Turquie chérie tourne mal. Ces terres si aimables sont en train de sombrer. Cet Orient solaire et généreux s'enfonce dans la précarité, la violence et l'obscurité. À pleurer.

Quel gâchis ! Le vieil Arménien qui chantait si joliment « Emmenez-moi au bout de la terre ! » aurait dû me donner sa recette pour que je croie encore que « la misère serait moins pénible au soleil ». Et je me mords la langue pour ne rien dire quand on se plaint, ici, autour de moi, du changement d'heure, ou de la cantine scolaire, ou du goût des tomates en hiver, qui rendent la vie infernale.

Mon père m'avait autrefois emmenée voir, dans un village au milieu des monts du Limousin, un monument aux morts qui n'a ni inscription revancharde, ni soldat de bronze montant à l'assaut, ni trophée d'obus ou autre méchant jouet. Juste en grosses lettres de granit : PLUS JAMAIS LA GUERRE. Il paraît que c'est un cas rarissime, sinon unique. D'ailleurs on vient le contempler, le photographier, c'est devenu une sorte de curiosité. Une utopie ?

Oui ! À voir au quotidien les horreurs ukrainiennes, dernières en date, mais on peut toujours espérer pire, on peut dire que c'est une utopie !

VINS NOIRS

Assez parlé de Bagdad et autres tragédies ! Retrouvons un peu de légèreté !

Depuis quelques années, chaque été à Limoges, une grande fête met à l'honneur à la fois le pinard et le roman policier, d'où le nom de la manifestation : *Vins Noirs*. La place du marché et les rues attenantes accueillent libraires et cavistes, le quartier historique reprend vie. On aime bien y aller. On y retrouve des amis, auteurs de polars, amateurs de bonnes bouteilles, souvent les deux.

En 2018, même l'ombre était chaude, pas un souffle d'air pour brasser l'étuve limousine, fréquente en juillet-août, qui étonne toujours les visiteurs. La région a en effet la réputation d'être rude, voire inhospitalière, peut-être à cause des hivers d'antan, figés dans les romans locaux sous une neige épaisse, grands bois noirs fouettés par la bise, étangs d'encre gelée, chaumières misérables écrasées par des ciels plombés, pauvres gueux grelottant dans le givre et la boue d'octobre à avril. Mais cette poésie de l'indigence enneigée est aujourd'hui franchement obsolète.

Parce que, dans le coin, c'est comme partout, hivers mous, déluges, bourrasques. Plus de flocons, plus de verglas, plus de fenêtres étincelantes de cristaux. Une fausse saison. Et sans transition, des canicules à tomber raide. Mais les touristes restent ébaubis d'avoir ici chaud en été. La littérature régionale ne les y a pas préparés et ils ne s'attendaient pas à ce pur ciel violet ni à ce sirocco africain. Cette province, un peu montagnarde, vaguement située entre Lyon et Bordeaux, ne correspond pas à ce qu'ils avaient en tête. On se croirait dans le sud ! Même les austères façades de granit prennent des reflets dorés dans le soleil ! Les touristes n'en reviennent pas ! Au point de ne plus comprendre le verbe « limoger » !

Il faisait donc sans surprise quarante à l'ombre en juillet 2018 et on a à peine trempé les lèvres dans les verres de vin qu'on nous invitait à déguster sur la place où les promeneurs réclamaient plutôt de l'eau fraîche… Après avoir acheté quelques bouteilles pour faire honneur aux vendeurs un peu dépités, notre groupe nous charge, une amie et moi, de retenir pour huit au bistrot le plus proche.

Il n'y a personne en terrasse. Comme les tables sont au soleil, on en tire deux sous le seul parasol ouvert et on s'avance vers le comptoir à l'intérieur. Toujours personne. On appelle. Un garçon ébouriffé, gilet et bermuda douteux, espadrilles à touffes, se plante devant nous. On explique qu'on voudrait déjeuner, on est huit, on a déjà arrangé deux tables à l'ombre.

Notre serveur jette un œil vers ce qu'on lui montre, hurle deux fois, court au bout de la terrasse, trépigne, revient sur nous. « Qui c'est qu'a touché à mes tables ? Qui ? Vous, hein ? De quel droit ? Pourquoi vous avez touché à mes tables, hein ? Vous êtes folles ou quoi ? C'était arrangé comme il faut ! C'est interdit de toucher à mes tables ! » On s'excuse. On voulait être à l'ombre, il n'y avait personne, on a juste déplacé les tables pour attendre nos amis, on n'a rien cassé, rien fait de mal, on est désolées, pardon.

« Voyez-moi ça ! Ces dames voulaient être à l'ombre, alors elles déménagent mon bistrot ! Mais des places à l'ombre y en a plein. Dedans. Vous les voyez pas, au fond à droite ? » Et il nous pousse, sans douceur, allez, du balai, vers l'arrière-salle lugubre.

Je murmure entre mes dents : « Qu'il est mignon, ce con ! On s'casse ? », mais mon amie est en train de lui faire du charme en expliquant avec humbles sourires et force virgules, qu'on aimerait, si c'est possible, être à l'ombre, oui, mais dehors, si on ne dérange pas. J'admire sa diplomatie puisqu'il n'y a pas d'autre boui-boui à l'horizon et que l'idée d'arpenter des trottoirs brûlants à la recherche d'un bistrotier aimable rend lâche. Et nous voilà menées tambour battant vers les tables de la discorde.

Une dame peroxydée, maquillée sans discernement, la patronne sans doute, traverse la terrasse sans répondre à nos courbettes. Elle se gratte les cheveux et fait des bruits de pets avec la bouche.

Le serveur de charme se plante devant nous et aboie : « Alors, on leur sert quoi, en attendant leurs potes ? »

Et là, pourquoi diable est-ce que je ricane : « Vous voyez, on n'a rien déplacé ce coup-ci. On ne vous dérange plus. On est sages. Vous êtes content ? »

Il ne comprend pas mon humour, pourtant légendaire ? Il a vu dans mon œil un agacement, une ironie ?

Il pose son plateau sur la table : « Les gens comme vous, ça mérite pas qu'on leur serve même à boire ! Et pour ma terrasse, j'ai de conseils à recevoir de personne ! Feriez mieux de pas m'asticoter ! »

Là on est parties, accompagnées de moulinets de torchon et de sifflements. On nous a même crié de loin : « Deux de perdues, dix de retrouvées. »

Jamais je n'avais été traitée de cette manière et je n'ai toujours pas d'explication. Ce n'est pas la première fois que je déplace une table ou des chaises, sans jamais déclencher la guerre ! Non, on est tombées sur un maniaque ! Ou un que la chaleur rend fou ! Parce que, si le climat limousin traîne, comme je l'ai dit, une réputation un peu hostile, les habitants sont connus pour être serviables et accueillants. Ce qui est souvent le cas dans des coins rustiques ou déshérités où on donne le peu qu'on a.

« Ce sont pas les plus riches qui sont les plus donnants », disent d'ailleurs mes amis Gaby, Maurice et les autres désargentés de mon village. Et qu'on se souvienne de *L'Auvergnat* de Brassens, ses quatre bouts de pain et la fraternité de sa cheminée.

Il y a une éternité, alors qu'on était étudiants, mon mari et moi, on s'est retrouvés au fin fond de la Grèce avec seulement quelques drachmes en poche, un dimanche, banques fermées. D'ailleurs, il n'y avait pas de banque dans ce trou perdu, bien loin des circuits touristiques. Il n'y avait rien, à vrai dire, si ce n'est une plage étincelante au bout d'une rue cabossée.

On crevait de soif. On s'est garés devant une table bancale, installée sur une ruine de trottoir en compagnie de deux chaises à moitié désossées. Et clouée sur le mur de la masure, une pancarte où on avait autrefois peint ce qui ressemblait à un pilon de poulet appuyé bizarrement contre une bouteille de soda. C'était donc, peut-être, un restaurant ? Pas cinq étoiles, non, mais on devait pouvoir y trouver un truc à boire. On a klaxonné.

Un gros monsieur moustachu, un peu dépenaillé, un pied nu, l'autre recroquevillé sur une vieille tong, est apparu, tout sourire. On lui a montré notre menue monnaie en réclamant seulement du thé. Il nous a fait asseoir en tenant les dossiers des sièges qui tremblaient comme feuilles au vent mauvais et menaçaient de s'écrouler.

Et on a vu arriver des olives, du fromage, du miel, du pain grillé, des tomates, des poissons frits, une théière fumante. On a dit non, impossible, on est fauchés, on a juste assez pour le thé, en alignant nos trois sous sur la table.

Le monsieur les a repoussés, s'est mis à rire, la main sur le cœur. C'était cadeau.

Je suis sûre que l'affreux qui nous a virées de son bistrot relève de la psychiatrie. Les gens normaux, Limougeauds ou Grecs, ont le sens de l'hospitalité ! Et du commerce.

COLÈRE ACTE I

Quelques semaines après ce mémorable « Vins Noirs », les lombaires se sont mises à me titiller et les radios ont montré qu'apparemment j'avais des ennuis de symétrie vertébrale. Ce qui me fait forcer sur des voûtes plantaires trop creusées. Je peux, au moins dans un premier temps, me réjouir de ne pas avoir les pieds plats, mais il faut me commander des semelles orthopédiques sinon c'est tout mon dos qui va trinquer.

Rendez-vous dans une officine spécialisée.

L'accueil y est chaleureux, la patronne dégouline de gentillesse. Elle me commente le dérèglement climatique pendant que mes petons trempent dans l'encre pour prendre les empreintes. En mesurant le degré de dégradation de mes talons, elle murmure que la politique actuelle, elle aussi, est bancale, ça va nous mener dans le mur. Puis elle note tous mes téléphones. Dans trois, quatre jours maximum, on vous rappelle, chère madame, ça devrait être prêt pour une dernière mise au point. On se quitte copines comme cochonnes.

Vingt jours après, ne voyant rien venir et souffrant un peu, surtout d'impatience, c'est moi qui appelle : alors, on en est où ? Et là, je tombe sur une stagiaire bégayante qui m'annonce qu'elle n'est pas au courant. Elle va se renseigner. La réponse tombe : la commande n'a jamais été passée. « Merde, qu'elle dit, je comprends pas, mais on a bouffé la commission. Bon. Chère Aline Talon, c'est bien votre nom ? je fais le nécessaire, ça devrait pas tarder ».

J'ai tenu à rectifier mon état civil et à répéter distinctement mon numéro de sécu pour éviter d'autres bourdes.

C'était il y a plus d'une semaine. Pendant laquelle nous avons eu des réclamations EDF, des demandes d'impôts déjà réglés, toute une paperasse contradictoire. À chaque fois, c'est : « on comprend pas, tenez pas compte du dernier courrier, ptêt ben qu'on s'a trompés, désolés. » C'est énervant.

Récemment, sur Internet, mon mari a acheté pour notre petite-fille un billet de train. On ne pouvait pas l'imprimer, on devait le retirer à une borne dans la gare de départ, avec la carte bancaire ayant servi à l'achat, et un code. Mais pas de borne dans cette petite gare de campagne ! Par miracle il y a encore un guichet avec une dame derrière qui confirme qu'on ne peut pas imprimer chez soi un billet SNCF et qui nous en délivre un, en utilisant la précieuse carte bancaire.

Remarquant alors le frais visage de notre petite-fille, la dame suppose qu'elle a moins de 26 ans et peut profiter d'un tarif réduit. Mon mari dit qu'il avait bien coché l'âge de la voyageuse, mais qu'Internet n'avait proposé aucune réduction. La dame dit que c'est comme ça sur Internet. Mon mari demande alors s'il est possible de bénéficier de ce billet

« enfant » puisque la réduction est tout de même de moitié. Bien sûr ! Mais il a fallu annuler le premier billet, en retenant au passage 10 % de son montant, et en délivrer un nouveau, sur présentation des papiers de la petite. Il était temps, le train avait déjà sifflé deux fois.

On peut en conclure que les voyages forment en effet la jeunesse à se munir d'un Papi avec carte de crédit et sens des opportunités. En ajoutant que le code fourni par le site n'a servi absolument à rien. En demandant à la SNCF ce qu'elle espère nous faire aimer le plus : ses trains ou ses fantaisies informatiques ?

J'ai été confrontée, dans des pays dits « en voie de développement » à des situations ubuesques, mais là, merde, où va ma belle France ? D'autant plus que j'ai encore une raison navrante de me mettre en pétard.

On a reçu plein d'enfants l'été dernier. Leurs parents sont des amis que je croyais pétris de bon sens et je m'attendais à trouver tout le monde épanoui dans la félicité d'une paisible vie de famille. Que nenni, j'en suis tombée de cul !

Cette marmaille-là a pris le pouvoir et c'est l'enfer. Du matin au soir. On mange ce qu'on veut, quand on veut, on se couche quand on le décide, on laisse un incroyable foutoir partout, on ne vous répond jamais, rien à part un écran ne suscite le moindre intérêt. Et ces enfants-rois, excités, fatigués, ne sont jamais contents. Les pères et mères ? Laminés, anéantis. S'ils tentent parfois de reprendre mollement le combat, tilt, game over.

Comme personne n'est heureux, tout le monde se retrouve chez les psys. Mais il semblerait que tous les thérapeutes ne soient pas des flèches au vu du résultat. Selon le mot d'un de nos ministres, les gamins ont viré « ensauvagés » et leurs géniteurs sont à leur merci, empêtrés dans une situation qu'ils ne maîtrisent plus. Ils ne disent jamais NON, accordent sans délai ce qui est exigé, n'imposent rien, n'interdisent rien. Mais rien ne va plus !

Et puis, quand, à la télé, j'ai vu un Américain de 17 ans tuer en riant deux manifestants, des magasins saccagés après un match de foot, des violences insensées contre un inconscient qui s'était avisé de regarder un inconnu, des chevaux mutilés ou éventrés, je me suis dit que, oui, on y est, aujourd'hui tout est permis, no limit, pas de barrières.

Y aurait-il un lien entre la barbarie, l'absurdité qui accompagne nombre de démarches et le fait de ne jamais dire simplement NON ? Non à un gosse, non à l'inacceptable ? Je ne sais pas. Je ne suis pas psy. Ce qui ne m'empêche pas de déplorer que le « politiquement correct » rendrait impossible, aujourd'hui, le tournage d'un film comme *Rabbi Jacob*, pour ne citer que cet exemple !

Mais il existe encore des parents vigilants et réactifs comme en témoigne cette information glanée dans le journal régional. Une mère horrifiée y narre la terrible épreuve infligée à sa fille de huit ans.

Au goûter de son école catholique, cette enfant a trouvé une fève « incroyablement porno » dans la galette des Rois. La famille porte plainte. Enfer et damnation, qui a pu commettre le sacrilège ? Enquête. L'équipe de rugby locale avait commandé cette fève originale et rigolote, mais le pâtissier s'est trompé. Il a présenté des excuses. On a conseillé aux parents de retirer leur plainte. Par charité chrétienne ? Pardonner à celui qui vous a offensé ? Non. Ils ont fini par admettre que leur gamine, à cet âge innocent, n'avait sans doute pas identifié l'arme du crime ! L'article ne dit pas si la troisième mi-temps des sportifs iconoclastes a été perturbée par la découverte dans la frangipane de la petite Sainte Vierge destinée au couvent des oiseaux...

Revenons à mes pieds, points de départ de mes coups de sang.

Je croyais qu'une fois mon genou réparé (une vraie réussite, je le répète !) je serais tranquille. Mais voilà-t'y pas qu'en plus de mes voûtes plantaires trop hautes, je m'offre, encore presque indécelable, un hallux valgus...

Le mot peut enchanter, il sonne comme une variété de l'hibiscus syriacus qui fleurit bleu sous ma fenêtre. Mais ça n'a rien à voir. C'est un « oignon » qui se fera un plaisir d'éclore sur mon gros orteil gauche si on ne l'éradique pas tant qu'il est encore en bouton. Pas de quoi paniquer, c'est une petite intervention en ambulatoire, je rentre le soir même. Et si j'ai un coup de blues à la porte du bloc opératoire, je penserai à mon ami Gaby qui en a aux deux pieds et les appelle, avec pour une fois, une tentative de bien marquer le pluriel, ses « YEUX-de-perdrix ».

Pendant l'opération, sous anesthésie locale, le chirurgien a eu l'idée saugrenue de me dire que j'avais de jolis pieds. Comme je trouve mes mains sans réelle beauté, j'ai envie, au prochain grand dîner où je serai invitée, de mettre mes pieds sur la table. Ce serait ma revanche. On doit mettre en valeur ce qu'on a de mieux.

VIRUS

On est au printemps 2020.

Je reste sidérée par ce qui est arrivé au monde, cette effarante tempête de virus, ces villes calfeutrées, ce drôle de bal masqué dans les rues et les magasins, et la certitude que je ne suis plus ni tout à fait une autre, ni tout à fait la même. Surtout au niveau des désirs : pas de convoitises, plutôt envie de rester en stand-by, au minimum. Ce n'est pas de la peur, juste une attente. Je ne suis hélas pas la seule à le penser, on aura du mal à s'en sortir.

Et puis il y a eu les incertitudes concernant mes enfants de l'étranger. Pourront rentrer ? Ne rentreront pas ? Finalement vont arriver pour l'été, ouf !

Et puis il y a eu l'arrivée des autres chéris de France et je me suis mise aux fourneaux, pas du 5 étoiles, mais ça m'a bien occupée.

Et puis j'ai fourré un talon au fond du trou creusé dans l'herbe par ma Lili Rose, excellente chienne jardinière... et mon tendon d'Achille n'a pas supporté. Radios, hôpitaux, bobo !

Et puis ça va.

Pourtant, sans être vraiment sous l'emprise du « syndrome de la cabane», qui, je viens de l'apprendre, consiste à apprécier le confinement et ne plus vouloir mettre le nez dehors, j'avoue ne pas traîner pour faire les courses. Et regagner au plus vite ma hutte protectrice et confortable, jogging large, charentaises molles, sans masque.

Bien sûr on a revu nos enfants, quelques-uns de nos amis, ceux qui ne sont pas trop loin, et retrouvé un semblant de vie sociale, si on peut dire, parce que c'est en tout petit comité, chez l'un ou l'autre, sur fond de tracteurs pétaradants et vaches tendrement mugissantes. On est tous des rats des champs, mais on aime tous certains jeux de société : apéritifs, gueuletons, soirées sous les tilleuls où on refait le monde en imaginant comme il sera meilleur, après une si bonne leçon.

Et certains silences entre deux fous-rires me font penser à Bagdad pendant les guerres que nous y avons vécues. On ironisait sur tout et n'importe quoi, on trinquait à la santé du diable, en attendant un cessez-le-feu auquel on ne croyait pas, la douce nuit s'avançait, demain on irait choisir un tapis dans les souks, allez, santé, espoir, prospérité ! Demain serait un jour nouveau, hein ?

Et là, boum ! La bombe explosait pas loin, peut-être sur les souks, justement, c'était reparti. Il fallait vivre avec. Comme aujourd'hui.

On n'est pas encore en phase dépressive. Non ! Je crois que le soleil n'y est pas étranger. Et puis nos travaux pharaoniques au jardin avancent et c'est gratifiant.

Mais je ne sais pas quand on pourra de nouveau se retrouver en joyeuse bande pour une grosse fête. Ni quand je pourrai faire admirer le massif central, ainsi nommé, sans majuscules, parce que ma collection de rosiers forme en été une montagne de fleurs en plein centre de la pelouse. Pour le moment, je m'acharne sur le mur de pierres sèches derrière la maison, arrachage de ronces parasites, grattage, bichonnage des dalles, c'est une activité salvatrice qui m'occupe les mains et l'esprit. Et le dos quand je m'arrête. Et quel bonheur que ça se voie quand on a bien bossé ! Je plains de tout mon cœur ceux qui n'ont pas de jardin.

Il y a pourtant autre chose qui cloche. Moi qui lis comme je respire, voilà que je n'arrive pas à suivre une page. Aucune concentration. Ma tête est ailleurs. Où ? Je ne sais pas ! En tout cas d'une ligne à l'autre je décroche. Comme si mon attention se dérobait ! Pareil pour l'écriture. Impossible d'aligner un paragraphe. Comme si mon imagination était en berne ! On peut certes y trouver quelques avantages en ces temps de grands fantasmes noirs, c'est vrai. Mais, tout de même, est-ce que je ne débuterais pas un gâtisme précoce ?

À moins que ce soit la colère. Parce que je ne décolère pas. Pourquoi ? En vrac :

1 -L'état des hôpitaux relève du pur scandale.

2- La 2, chaîne publique, donne l'antenne pendant plus d'une heure à Fillon.

3- Des grévistes se permettent de traiter des non-grévistes de, je cite, « pédés, lécheurs de bites, enculés de merde ».

4- Comme la saloperie semble venue de Wu Han, on insulte des Chinois à Paris en ce moment, avant de téléphoner aux urgences pour savoir si on peut ouvrir sans risque un paquet Amazon venu de Chine.

5- On appelle « accord de paix israélo-palestinien » un truc mijoté par Trump et Netanyahou sans inviter l'autorité palestinienne, c'était prévisible que ça dégénère grave récemment.

6- On manque cruellement de boulangers, électriciens, serveurs, mécanos, etc..., alors que notre ministre de l'Éducation est un fan des métiers manuels.

7- On autorise encore l'installation de nouvelles porcheries industrielles alors qu'on nous répète que l'avenir passera par le bio ou ne passera pas.

8- J'arrête.

Mieux vaut arrêter, mes indignations sont banales et désordonnées. Mais au fond de ma campagne, je ne peux pas m'empêcher de courir aux infos. Et d'avoir parfois une bonne surprise. Par exemple j'ai beaucoup aimé les manifestants algériens qui, face aux canons à eau des forces de sécurité, ont réclamé du shampoing !!! Comme il n'y a aucun bilan précis sur d'éventuels morts ou blessés, est-ce qu'on peut penser que l'humour, ce jour-là, a permis d'éviter le pire ? Inch Allah... mais on n'est sûr de rien.

Dernier coup de gueule, quand même, avant de me calmer.

Il y a quelques semaines, pendant un « déconfinement », nos derniers invités s'apprêtaient à partir quand on a vu passer, entre les barreaux de la grille d'entrée, un chaton. Il a couru vers nous, familier, câlin. Un peu affamé, mais apparemment en bonne santé. Tout blanc avec les oreilles rousses, il ne ressemblait pas à ceux de nos voisins. D'où sortait-il ?

Nos amis ont tout de suite trouvé l'explication : il avait sans doute été jeté d'une voiture sur la route en bas. C'est courant de se débarrasser d'un animal au moment de partir en vacances. Les moins cruels choisissent un chemin menant à une maison, espérant qu'il y sera recueilli, soulageant peut-être ainsi leur conscience avant de filer vers la plage, coquillages et crustacés. Gandhi a dit qu'on reconnaît le niveau d'évolution d'un peuple à la manière dont il traite ses animaux !

On a téléphoné partout, personne aux alentours n'avait perdu de chat. Nous, on ne pouvait pas le garder pour deux raisons. D'abord, avec un chat, on s'engage pour vingt ans et on a fait nos comptes. Ensuite Lili Rose a montré une inquiétante dextérité en coinçant le minou entre ses pattes comme un sandwich, prête à le gober.

Heureusement nos copains, cœurs tendres, charmés par le pauvre abandonné, ont décidé de l'adopter et l'ont emmené en banlieue parisienne, maison avec jardin. Et en constatant que c'était en fait une chatte, ils l'ont baptisée Foufoune.

COLÈRE ACTE II

Septembre 2020.

Je ne dois pas être la seule à me poster à une fenêtre pour vérifier qu'il pleut encore un peu ! Après l'été qu'on a passé, moi qui aime tant le soleil, je ne le supportais plus.

Je lui en voulais pour ses levers arrogants, jour après jour, pour les arbres en train de mourir de soif, pour les vaches et les chevaux en détresse sur des près transformés en paillassons, pour les corvées d'arrosage qui n'arrivaient à sauver ni les tomates ni les roses. Et devant ma télé, j'avais peine à regarder les nouvelles, la Terre en train de cramer, de l'Amazonie au Sahel. Sans oublier la banquise flagada.

Je fais des efforts, je trie, je ne gaspille pas, je désherbe à la main, je mange des choses simples produites près de chez moi. Je crois être correcte. Mais chaque fois que je rentre du supermarché, où je suis bien obligée d'aller de temps en temps, comme tout le monde, je suis furax.

La dernière fois qu'on a eu envie d'une choucroute pour deux, ma rogne a éclaté devant la quantité de plastique à dépiauter, puis à balancer bien sûr.

J'ai tout ressorti de la poubelle pour voir, ça n'en finissait pas, je n'y croyais pas. Mais vérification faite, c'est instructif ! Quatre francforts : un papier, un sac nylon. Deux tranches de petit salé cuit : un papier, un nylon. Une saucisse de Morteau : un papier, un nylon. Un jambonneau : un papier, un nylon. Trois parts (on les mangera sans peine) de délicieux chou mariné : encore un nylon autour de la barquette ! Et une dernière grosse poche pour y réunir le festin ! J'avais suggéré qu'on aurait pu s'en contenter, sans emmaillotages individuels, ça ferait moins d'emballage, non ? Ce n'est pas nous qu'on décide, y a des codes, m'avait souri la charcutière. Bon.

Même scénario à la poissonnerie. Un beau morceau de morue pour ma recette portugaise : un sac scellé, un nylon. Quelques palourdes : un sac scellé, un nylon. Une poignée de bulots : un sac scellé, un nylon. Le tout dans un troisième nylon bleu océan. C'est utile, tout ce plastique ? Parce que ça en fait, tout de même ! Posez la question à la direction, m'a répondu le chef de rayon, tronche de vieux loup de mer bougon, retour de tempête. En ajoutant que c'est pour pas que ça coule partout. Bon.

Pas besoin de lunettes ni de balance, si je compare ce que je vais jeter et ce que je vais manger, y a pas photo. Je veux bien qu'on nous bassine avec le tri, je veux bien aligner mes trois containers et mon bac à compost, c'est chiant, mais nécessaire. Mais le jour de la choucroute et du poisson, la colère me titillait jusqu'à ce que je voie, épinglée sur mon filet de morue, une petite étiquette qui me fait piquer un fou rire lugubre : « pêche durable et bien gérée ».

Et là, encore, j'avais acheté en vrac ! Mais tout le monde a pu remarquer que, depuis quelque temps déjà, aux rayons alimentation, presque tout est emballé sous blisters, même trois pommes ou un bifteck, sur un coussin coquet de polystyrène pour bien présenter le produit.

Un ami qui a étudié le marketing m'a donné une info intéressante que j'ai pu vérifier. Les paquets tout prêts, de viande en particulier, contiennent presque toujours un nombre impair de saucisses ou escalopes. Parce qu'une famille type compte un nombre pair de personnes et qu'il faut compter deux merguez, par exemple, pour chaque convive. Ce qui oblige à acheter deux paquets impairs pour avoir un nombre pair de pièces. Pas mal, le calcul ! Et tant pis si le continent de plastique qui dérive à travers les océans gonfle chaque jour comme un vilain ballon !

Ceux qui s'en foutent et disent : « Après moi le déluge ! » se trompent lourdement. D'après les grands experts, l'eau, justement, ne va pas tarder à manquer. Avant le pétrole, ce pétrole qui sert à fabriquer les barquettes multiples, variées et superfétatoires qui coûtent aussi cher que ce qu'elles emballent et font déborder nos poubelles à chaque retour de courses.

Oui, mais… Et les fabricants de nylon ? Les emplois dans le secteur ? Les habitudes d'achat pratique qu'on peut jeter dans son caddie ?

J'ai vu à New York les sacs en papier Kraft. De New Delhi j'ai ramené plusieurs cabas cousus dans de vieux tissus. En Afrique tout le monde prend un panier pour aller faire ses courses.

Et moi, et moi, et moi, je me retrouve à saliver devant trois boudins blancs couchés comme des gourmettes dans un double écrin de cellophane. Je craque et ils me restent en travers de l'estomac parce que je culpabilise !

ICONES

Mauvaise nouvelle, depuis que le covid est reparti à la hausse, notre ami François nous inquiète.

Il est de nature anxieuse, un peu hypocondriaque, un peu allergique, l'esprit toujours en alerte, on le sait, et on peut comprendre ses craintes vu la situation. Comme on sait aussi qu'il fait autorité en matière d'archéologie assyrienne, apparemment à l'échelle mondiale. C'est assez pointu et François est un des meilleurs dans ce domaine : voyages, fouilles, publications, conférences, reportages télé, c'est à lui qu'on fait appel. Donc pas un imbécile ni un analphabète. Un vrai savant. Et aussi la bonté en personne, généreux, tolérant, drôle, un amour.

Et voilà qu'il a soudain affirmé l'autre jour que cette pandémie, c'est sans doute le début de la fin du monde. Il ne l'a pas inventé, il a entendu et lu des analystes compétents, il le croit. Ce n'est pas une bonne nouvelle, mais comment en douter ! On s'est tous regardés, navrés qu'une si belle personne, de tête et de cœur, en arrive à adhérer à ce genre de rumeurs. Et histoire de rassurer François, tout le monde en a rajouté en se moquant de ces élucubrations, récurrentes en périodes de crise comme celle que nous vivons.

Attention ! Il s'agit d'un virus, François, on va en venir à bout comme on l'a fait pour la peste, la polio, la variole et autres saloperies. Qu'est-ce qui t'arrive ? Ne te mets pas à croire toutes les absurdités qui circulent en ce moment ! Comme on attend tous de comprendre et de savoir, n'importe qui nous raconte n'importe quoi, tout et son contraire, surtout les grands analystes compétents, comme tu dis ! Attention ! Ou c'est politique, ou c'est pour du fric, ou c'est un pétage de plomb, ces extrapolations ! Et ceux qui les font circuler, que des magouilleurs, des escrocs ou des dingues ! Réagis, François, tu es un scientifique, pas du genre à leur emboîter le pas ! Il faut raison garder, raison. Les eschatologues, les voyants, les prémonitions, les hécatombes annoncées, les morts-vivants, du balai ! C'est un virus, juste un virus, très méchant, ça oui, mais un virus ! Qu'on va tuer, si on se bat tous, si on se vaccine, et surtout pas question de se laisser prendre dans un scénario catastrophe et baisser les bras, non ? Et si on doit vivre avec cette saloperie, on se revaccinera ! On est cartésiens, nous autres Français !

Tout en écoutant mes braves faire l'éloge de la raison pure, je repensais aux étranges aventures que j'ai vécues à Sofia, il y a quelques années.

En Bulgarie, où on a vécu trois ans, on côtoie ses chers disparus, simplement, sans chichis et on vous dit naturellement : « Hier soir, j'ai laissé une assiette de bortsch sur la table pour ma grand-mère, elle adore le bortsch, elle a tout mangé pendant la nuit », non sans préciser que la babouchka est morte depuis vingt ans. Ce genre d'histoire me ravit pour deux raisons. D'abord c'est tout mignon, cette attention gourmande pour une mamie disparue, à la fois abolition de l'absence et tendre thérapie à base de réminiscences et de gâteries anciennes. Et à condition de ne pas sombrer dans l'hallucination, je ne vois pas à qui ça pourrait porter préjudice. Sauf si le gourmand qui a nuitamment lampé la bonne soupe à la betterave s'est fait bêtement prendre sur le fait. Ensuite, étant d'origine russe, je suis familière de ces dérapages irrationnels, c'est vrai, mais tellement bienfaisants, l'âme slave dans toute sa romanesque démesure.

À Sofia, donc, du temps de notre jeunesse folle, nous sortions souvent avec un couple, Evguéni et Irina. On se faisait des restos de saucisses aux choux et aux navets, on éclusait de la vodka et de la rakiya, redoutable alcool de prune surtout bon pour tuer les vers, on allait danser dans des caves enfumées, c'était chouette, on s'amusait bien.

Un matin, Evguéni est parti au nord, dans les Balkans, pour ses affaires. Il vendait du matériel électrique, prises, câbles et autres zinzins. On l'a retrouvé mort dans un ravin, sa voiture avait dévalé la pente et son enterrement est un de mes pires souvenirs. Il neigeait à tort et à travers, le corbillard dérapait dans la gadoue, Irina et ses filles faisaient malaise sur malaise. Et comme le cercueil était ouvert, on a pu constater que le croque-mort n'avait pas réussi à vraiment rafistoler notre pauvre Evguéni, défiguré par son saut de l'ange sur les rochers de la montagne. Un cauchemar.

L'enquête a prouvé qu'un groupe de Gitans en partance, charrettes et troupeaux, avait traversé la route au moment où Evguéni franchissait le col verglacé. Il aurait voulu éviter un grand cheval échappé de la caravane, mais il se l'est pris de plein fouet. On a retrouvé la bête morte au fond du ravin, à côté de la Skoda en charpie d'où il a fallu extirper notre ami, à jamais guéri du tango et des soirées arrosées

Irina s'est enfermée chez elle pendant quarante jours, c'est la coutume, le temps de la décomposition des corps, m'a-t-on expliqué, prière de ne pas déranger. Le quarante et unième jour, je l'ai appelée. Elle m'a juste dit de venir vite, elle m'attendait.

Je l'ai trouvée agenouillée par terre, entourée de paperasses, en train d'essayer de démêler la succession de son mari. Les filles étaient à l'école, ça n'allait pas fort, surtout qu'elles refusaient de pleurer. Je l'ai aidée à trier quelques documents, bulletins de salaire, assurances, factures, tout le tintouin de la mort, puis Irina a dit qu'elle en avait marre. Elle est partie dans la cuisine chercher le samovar et, comme d'habitude, le thé m'a donné envie de faire pipi.

Je vais aux toilettes. Et au détour du couloir, je me fige.

Je suis allée souvent au musée des icônes de la place Nevski. Toutes sont des portraits du Christ, de la Vierge ou des Saints, statiques et auréolés, sur fond de bois laqué. Or la très belle icône qui me fait face dans le couloir d'Irina représente, elle, un grand cheval noir qui se cabre sur un aplat d'or éblouissant. Je suis sûre qu'elle n'était pas là « avant ». Je connais assez la maison, je l'aurais remarquée tout de même !

Un cheval. Je n'ai pas souvenir d'avoir vu une seule icône qui en représente un, ou alors esquissé tout petit dans un coin, à côté d'un dragon ou d'un oiseau perché, en motifs accessoires, mais jamais peint de cette façon, occupant seul tout le tableau, en plein élan, naseaux fumants, avec comme un défi dans le grand œil écarquillé. Un cheval... et je pense à celui qui a tué Evguéni. Je demande d'une petite voix : « Irina, d'où vient cette icône ? Tu ne l'avais pas ! »

Irina soupire : « On l'a trouvée dans les débris de la voiture. Le pope d'un petit village a dit qu'Evgueni la lui avait achetée le matin même, une heure avant l'accident. Il devait savoir ce qui l'attendait, mais il a fait une petite erreur : le cheval qui l'a tué était blanc, lui, tout blanc, alors que celui de l'icône… tu as vu ? »

C'est tout. Et ce n'est pas fini.

On est toujours à Sofia. Evguéni est mort depuis deux mois, Irina ronge le chagrin de son absence, les filles pleurent enfin. On fait ce qu'on peut pour les faire sourire, on y arrive parfois, pas souvent. Il neige avec obstination.

Ce matin-là, je suis seule au volant place Cristal. L'embouteillage est réjouissant, les flocons gros comme des soucoupes, ça glisse. Attention à ne pas emplafonner la voiture devant ni à se faire tamponner plein cul. Anticiper, surtout pas freiner sec, doucement, pas de panique.

Mais soudain, malgré ma concentration pour éviter un carambolage, mon œil fait tilt et mon cœur s'arrête. Sur le trottoir de gauche, devant la maison de Pologne, Evguéni marche à pas coulés.

Je flanque un coup de patin qui me fait faire deux mètres en chasse-neige, la bagnole à droite m'engueule. Le temps de lui retourner ses amabilités par la vitre ouverte et je fixe à nouveau l'incroyable silhouette.

Impossible de me tromper, la haute taille, la carrure, le loden bleu marine un peu froissé, la chapka de renard roux, les bottes molles, c'est Evguéni, mon ami mort, qui se balade place Cristal. Il est de trois quarts dos, c'est vrai, mais qui d'autre sait danser comme lui sur un trottoir gelé sans peur de se casser la figure ?

Je n'ai rien bu, pas pris de médicaments, ma nuit fut bonne et mon déjeuner léger, je n'ai pas de problèmes de vue. Mais je sais que c'est Evguéni. D'ailleurs, il se retourne : c'est lui ! Il lisse sa moustache (c'était un tic chez lui, se lisser la moustache) ses yeux se posent droit sur moi, comme s'il savait que j'étais là, coincée en plein milieu d'un bouchon d'heure de pointe et il me sourit longuement, à moi seule, avant de disparaître dans une ruelle.

J'ouvre ma portière, essaie de courir, les klaxons se déchaînent, je remonte à ma place, je cale. Huées, bras d'honneur, la neige énerve, c'est connu. Je repars.

J'arrive enfin à l'Institut Français. Ma collègue Yonka me regarde longuement : « Qu'est-ce qui se passe ? Tu as une tête de tortue ! » Et je lui déballe ce que je viens de voir, tout. Lui demandant de me rassurer, c'était un sosie, bien sûr, ou de m'indiquer un médecin compétent si elle pense que j'ai perdu la bouboule.

Mais Yonka me prend doucement la main : « Tu n'as pas besoin de psy ! Vous, les gens de l'Ouest, vous avez un credo : la raison ! La raison logique, ça vous rassure ! La vie, la mort, la réalité, c'est net et vous vous y tenez ! Nous, à l'Est, on pense que ce n'est pas si tranché. Et que de temps en temps, il peut y avoir des interférences, un contact, par exemple, avec ceux qu'on a aimés et perdus. Oh, ça ne va pas loin, juste comme ce que tu as vu. Evguéni t'aimait bien, il est venu te faire un petit signe gentil, du style coucou, t'inquiète pas, moi ça va. Et il est reparti. C'est tout à fait courant, il suffit de capter, pas de quoi avoir peur ! D'ailleurs, on est plusieurs de ses copains à avoir vu Evguéni, dont moi, pas plus tard qu'hier, à la poste centrale, où j'allais retirer un paquet. Sa vieille Skoda jaune, tu te rappelles, il l'appelait sa Skodillac, était mal garée. Il est arrivé en courant, a sauté dedans et a dégagé la place. Il avait l'air pressé. Il m'a juste adressé un salut de la main, pas de sourire, mais il me connaissait moins que toi, c'est normal. Qu'est-ce qui te gêne ? L'icône du cheval qu'on a trouvée près de lui le jour où un cheval l'a tué ? Il faut accepter ces choses simples. »

J'ai du mal.

Et ce n'est pas fini.

On est toujours à Sofia. Une amie bulgare, Nora, professeur de français, m'a invitée à prendre le thé, avec blini, poisson fumé et, bien sûr, rakiya, le terrible alcool de prune national.

Une de ses copines est assise dans le salon. Présentations : elle s'appelle Marina, elle arrive de Moscou, elle est sculpteur, elle ne connaît du français que « voulez-vous faire l'amour avec moi ? » Elle parlera le russe, que je baragouine, et quand je ne comprendrai pas, Nora traduira en français.

On commence par des considérations sur la vie en général, nos enfants, nos animaux, nos goûts et dégoûts. Marina me demande si je me plais à Sofia. Et sans doute parce que la mort d'Evguéni est récente, voilà que je parle de l'icône au cheval et de la place Cristal, en insistant sur ce que je considère comme des coïncidences troublantes, sans doute, mais de simples coïncidences.

Nora hausse les épaules. Marina se met à rire, fouille dans son sac, en sort un livre qu'elle me tend. C'est la Bible en russe.

« Hélène, tu es bien française ! Tu as une explication logique pour tout et tu te moques un peu de nous autres, pauvres Slaves crédules... Mais regarde quand même au chapitre huit de l'Apocalypse, lis le deuxième paragraphe ! »

C'est ce que je fais.

Traduction vérifiée dans plusieurs éditions françaises : « Le troisième ange sonna de la trompette et il tomba du ciel un grand astre brûlant comme une torche qui explosa sur les fleuves et les fontaines. Cet astre s'appelle Absinthe. Il changea les eaux en absinthe et beaucoup de gens moururent à cause de ces eaux amères au goût d'absinthe. »

Évidemment, dans notre langue, ça ne donne rien. L'absinthe n'est jamais qu'une plante dont on a tiré l'alcool qui tue les pauvres gens dans *L'Assommoir* de Zola, par exemple.

Seulement voilà : en russe, absinthe se dit... Tchernobyl. C'est terrible de lire le mot de sinistre mémoire ! Mais ça ne marche qu'en russe. Et en ukrainien, je crois.

Oui, on est loin du rationalisme français ! Pourtant, un de nos représentants, dont personne ne nie la grande intelligence, quoi qu'on pense de sa politique, a cédé à l'appel de la magie. François Mitterrand, c'est de lui qu'il s'agit, est-il jamais passé pour un candide, un naïf, prêt à gober même le plus subtil enfumage ? Non ! Mais tout le sérail parisien sait qu'après l'annonce de son cancer, le président faisait régulièrement de petits voyages en Bulgarie, justement, pour y consulter une guérisseuse de la Mer Noire, réputée pour ses manipulations, ses incantations et ses philtres !

Le miracle n'a pas eu lieu, on le sait. Et on reste perplexe à se représenter cet homme, calculateur redoutable, pour ne pas dire machiavélique, ayant recours aux pratiques occultes d'une magicienne bulgare. Qu'on se souvienne alors de ses dernières déclarations publiques : « Je crois aux forces de l'esprit. »

De toute façon, je ne pense pas qu'il faille aborder le sujet avec notre François à nous. Il admirait le François de l'Élysée et ce n'est pas l'épisode de la sorcière qui le fera changer d'opinion. Non ! Le problème en ces temps cruels c'est qu'une saloperie de virus inspire les gourous de tout poil qui entraînent les plus sensés dans leurs dérives.

Et attention ! Il n'y a pas plus fascinant que l'irrationnel ! Moi-même à Sofia, j'ai bien failli être ébranlée dans mes convictions cartésiennes, c'est dire. Je suis sûre que l'ami François a un coup de blues et que, comme moi, il va réagir avant de dérailler.

CHIENS DE GUERRE

Je me rends soudain compte que je parle souvent de ma chienne Lili Rose et qu'elle tient une place importante, pour ne pas dire essentielle, dans ma vie. Surtout parce que les enfants sont loin, peut-être ? Et qu'on est devenus un peu gâteux avec notre bête… Oui, mais pas que.

Mon père chassait et dans mon enfance j'ai toujours croisé des chiens à la maison.

Je me souviens, entre autres, de deux beagles, nommés Tino et Rossi à cause de leurs vocalises, d'un setter débordant d'énergie dont la queue cinglante a balayé plusieurs précieux bibelots, d'un cocker noir qui trempait ses oreilles dans sa soupe et puait, d'un grand corniaud amateur de fraises au vin.

Plus tard, j'ai toujours eu des chiens, j'ai une vraie passion pour eux, surtout les gros à bonne tête. Connaissant leur espérance de vie, je savais que j'avais de fortes chances de les enterrer, mais leur mort a été chaque fois un terrible déchirement, suivi d'une forme de dépression. J'ai conscience que c'est sans doute ridicule, excessif, qu'il y a d'autres motifs de pleurer quand on sait comment va le monde, oui j'en ai conscience. Ce qui n'empêche rien. Et puis Lili Rose, comme les autres qui me manquent encore aujourd'hui, n'est pas n'importe qui, je tiens à le préciser.

Dès notre arrivée en Turquie, pour notre premier poste à Ankara, mon mari à l'Université et moi au lycée français, on a tout de suite remarqué au bord des routes les chiens gardiens de moutons, énormes (les mâles atteignent 70 kilos), robe sable, queue enroulée sur le dos, masque noir, œil d'or maquillé de khôl, splendides et terrifiants.

Renseignements pris, la race est une des plus anciennes du monde. Alexandre Le Grand en avait une meute dans ses armées, c'étaient ses chiens de guerre, dressés à attaquer et égorger les fantassins ennemis. On nous a expliqué qu'aujourd'hui, ce sont de remarquables tueurs de loups, précieux pour les bergers. Mais les combats chiens contre loups sont redoutables et on essaie d'épargner le pire aux chiens en leur coupant les oreilles, pour éviter qu'elles soient arrachées, et en protégeant leur gorge par un collier de fer à pointes. On en a vu souvent ainsi harnachés et visiblement prêts à en découdre.

D'ailleurs leur éducation vise à les rendre féroces : le chiot sitôt sevré est placé au fond d'un puits sec et son maître lui jette sa viande d'en haut tout en lui parlant. L'animal ne connaît donc du monde que cette voix qui, on peut dire, le nourrit, et à qui, seule, il obéira à sa sortie du trou.

Ce matin-là, on était partis d'Ankara à trois voitures, des copains turcs, anglais, allemands, avec un casse-croûte somptueux, chacun ayant préparé pour un régiment, honneur oblige, c'est comme ça un pique-nique international. Le coin choisi était « le kilomètre 100 », une charmante forêt de pins au milieu d'un plateau entouré de monts enneigés sur la route d'Istanbul.

On venait d'installer par terre la nappe à carreaux et de sortir mon camembert ramené de France, le pain d'épices bavarois, la dinde froide britannique et les brochettes d'agneau, (mon boucher est le meilleur du pays, disait Kemal), quand un bruit de sonnailles m'a fait tourner la tête : un troupeau de brebis avançait sous le ciel bleu foncé. J'ai installé mon fromage sur une assiette et mon amie Fatma s'est mise à sa sauce au yaourt. Les autres, assez loin, s'affairaient dans les coffres des voitures.

C'est alors que je l'ai vu. Sans faire aucun bruit, un chien, le plus gros chien du monde, courait vers nous. J'ai pris le bras de Fatma, elle a suivi mon regard, s'est figée. Le molosse se hâtait lentement, si je peux dire, l'air sûr de son fait, droit sur nous, muettes de terreur, soudées au sol. Il n'était plus qu'à une quinzaine de mètres et je distinguais les muscles puissants, le poil dressé, la gueule sanguine. Il galopait avec un balancement de tout le corps, une force sereine, terrible. Incapable de bouger, je broyais le poignet de Fatma, mon cœur battait, mes oreilles brûlantes sonnaient. Les copains avaient enfin vu puisqu'un petit malin a crié : « N'ayez pas peur ! Ne bougez pas ! »

Du coin de l'œil, j'ai fait l'inventaire de ce qu'on pouvait lancer au monstre, toutes les bonnes choses de France et d'ailleurs, et d'abord mon camembert chéri, allez, hop, à sacrifier, le temps qu'on puisse courir aux voitures. Il avait ralenti et marchait droit sur nous maintenant. Je voyais avec une étrange acuité la toison beige un peu laineuse, les quatre gants clairs des pattes, le mufle noir sur les crocs blancs comme de l'ail pelé. Il dégageait une énergie incroyable, le poitrail large et profond, les jarrets solides. Et ces longs yeux orange, sauvages, impérieux ! On n'avait aucune chance ! Fatma a gémi : « Mon Dieu ! » et je me suis rendu compte que je tremblais.

Puis tout est allé très vite. Il s'est arrêté à deux mètres de nous, sa queue est retombée, il a basculé sur le flanc, puis carrément sur le dos, battant l'air des quatre fers et se tortillant comme un chiot. Fatma et moi étions toujours prêtes à mourir, pétrifiées. Il a alors poussé une sorte de jappement tendre, tournant la tête vers nous. Le fauve de cauchemar, le démon sorti de l'enfer faisait sa soumission et quêtait les caresses !

Courageusement, le reste de la troupe est alors venu voir et même toucher le phénomène qui s'est révélé câlin, adorable. Le berger enfin arrivé a expliqué que ce n'était pas une méchante bête, il l'avait juste entraîné contre les loups, personne ne risquait rien, mais il avait eu peur que nous ayons peur. Quelle idée !

On a partagé le pique-nique avec eux, le maître et le chien, et les moutons broutaient autour de nous. Le berger a dit en riant qu'il l'avait élevé comme son enfant, dans sa cabane, pas dans un puits, et il lui parlait pendant les nuits glacées d'Anatolie, ça lui tenait rudement compagnie. Et puis il lui devait la vie.

Un soir un voleur de moutons s'apprêtait à l'assommer avec une pierre quand le chien a bondi. L'agresseur est mort en une minute, la gorge ouverte. Il était recherché par la police, bon débarras. « Faut pas qu'on me touche, c'est tout, a dit le berger. Et pas qu'on s'approche trop de moi. Sinon il attaque. Mais il prévient d'abord en ronflant comme un avion. C'est une vraie personne, ça défend ce que ça aime. S'il crève avant moi, je pleurerai autant que pour mon père. »

Quand le berger a pris congé, on l'a salué cordialement, mais de loin, sans contact, sans lui tendre même la main, sous le regard vigilant de son chien de guerre.

Peu après, grâce à un ami vétérinaire, on a adopté notre premier Kangal, c'est le nom turc de cette race, connue en France sous le nom de berger d'Anatolie. Elle s'appelait Nana et nous a accompagnés en Afrique, passant ses vacances avec nous en Périgord, jusqu'à ses dix-sept ans, âge remarquable pour cette grande race, et preuve peut-être qu'on avait bien veillé sur elle.

Après Nana, il y a eu Nono et Nanette, ainsi baptisés à cause de l'opérette et aussi parce que c'est facile pour leur donner des ordres. Et puis on n'aime pas les noms sonores et grandiloquents qui ridiculisent certains chiens. Je me rappelle une minuscule Jack Russel, pas plus de trois kilos, promenée dans le parc des Buttes Chaumont, à Paris, qui pleurnichait quand sa maîtresse lui demandait de ralentir : « Néfertiti, doucement ! » Pauvre petite bête, elle devait détester que son nom soit plus long qu'elle et elle accélérait !

Notre quatrième Kangal, fille de Nanette, Titiz, (la capricieuse, l'emmerdeuse, en turc) était d'une beauté stupéfiante, adorablement gentille, parfaitement idiote. Comme elle pesait près de soixante kilos, il fallait juste ne pas être sur sa trajectoire quand elle fonçait sur un merle, elle n'aurait pas eu l'idée de nous éviter, on l'a compris en un seul impact.

Tous ces chéris dorment sous un gros chêne, dans mon jardin. Je ne pleure plus, bien sûr, en passant près de leurs tombes : le temps, notre pire ennemi, mais notre meilleur ami, comme a si bien dit je ne sais plus quel sage, a fait son office. Mais je pense souvent à mes chiens. Surtout quand, avec le vent de septembre, au-dessus de l'herbe brûlée par l'été, se lève une odeur de steppe.

Et quand je repense à Nono, des années après, je m'étonne encore qu'il n'ait tué personne. D'un caractère paisible pour ne pas dire pantouflard, il avait cependant un grave défaut : il refusait catégoriquement d'être contrarié. Par exemple, pas question de l'expulser de sous une table, ni de passer l'aspirateur près de lui, ni de le faire rentrer le soir une minute plus tôt qu'il ne l'avait décidé. Sinon, grondements d'avion, exactement comme l'avait expliqué le berger de Turquie, remontée de babines, exhibition de mâchoires étincelantes, menaçantes vibrations de queue. Il ne voulait pas qu'on le force en quoi que ce soit, plusieurs dresseurs y ont renoncé, mortifiés d'avoir échoué, mais avouant qu'ils avaient craint le pire. Après tout, prudence est mère de sûreté.

C'est un de mes fils qui a trouvé la solution pour obtenir ce qu'on voulait de Nono, un simple sésame : « Un OS, tu veux un OS ? » et notre têtu arrivait au galop. Nous avons donc conclu un accord avec le boucher qui nous a réservé le meilleur de ses carcasses et tout s'est toujours bien passé avec nos visiteurs.

Sauf quand le propriétaire du champ voisin approchait. Nono le reniflait de loin, pas étonnant puisque ce crasseux empestait la sueur et la gnôle. Et dès que le bonhomme était en vue, le chien devenait fou, bavant, hurlant, griffant la terre avant de se jeter contre la clôture derrière laquelle son ennemi le provoquait d'une voix mauvaise : « Qu'est-ce que c'est ce clébard ? Gros comme tu es, tu dois bouffer, toi ! Et même pas bon pour la chasse ! De quel bled ils t'ont ramené, tes patrons ? T'es pas d'ici, jamais vu cette race, tu ressembles à rien, le bâtard, et tu n'es pas aimable. Tu voudrais bien m'attaquer, saleté ? Tu ne peux pas, c'est fermé, pas la peine de gueuler, tu ne me fais pas peur ! Te foutrais bien un coup de pétard si j'osais ! » Nono ne comprenait pas les insultes dont il était l'objet, évidemment, mais il devait sentir l'hostilité du vilain et là, il fallait aller chercher dans le frigo le fémur de veau qui lui ferait instantanément retrouver calme et dignité.

Mais si on ne lui parlait pas mal, si on allait dans son sens, il n'y avait pas plus doux, plus charmeur. J'ai une photo assez amusante. Nono s'était pris d'amitié pour une amie de ma mère, une certaine Catherine, douce vieillarde de trente-cinq kilos, exactement la moitié du poids de mon chien. Quand elle arrivait, Nono lui faisait la fête et comme elle lui disait des mots bleus, il ne la lâchait plus. Un jour, alors qu'elle était sur le canapé et lui caressait le crâne, il est doucement monté sur ses genoux. Sur la photo, on voit une sorte d'ours blanc qui sourit à l'objectif et derrière son dos, émerge la tête minuscule de Catherine qui ne sourit pas, elle, tout occupée à ne pas mourir étouffée. La scène a duré dix secondes, Nono a délicatement libéré sa copine après lui avoir léché la figure, comme s'il comprenait que son affection était écrasante !

Quand Titiz est subitement morte, bien trop tôt, je suis bien sûr tombée dans ma petite déprime et nos enfants, malheureux de mon malheur nous ont offert une bouvière bernoise, Lili Bleue, que nous avons dû faire piquer pour éviter que sa leucémie ne lui fasse subir une longue agonie. Elle n'avait pas cinq ans et je sais maintenant que ses congénères sont très souvent emportés jeunes par des cancers. Comment expliquer cette malédiction ? Notre vétérinaire soupçonne des manipulations génétiques pour rendre sans doute la race plus esthétique et plus câline, mais rien n'est sûr. Ce qui est sûr, c'est qu'ils sont très beaux et très tendres, ces pauvres amours !

Bref, toujours pour me consoler de la perte de Lili Bleue, les enfants sont arrivés avec, dans un carton enrubanné, une Kangal de deux mois dont le regard brumeux m'a immédiatement séduite. C'était l'année des O et l'éleveur avait inscrit « Orphée » sur le pedigree. On ne peut pas lui reprocher ses lacunes en mythologie, tant de gens prennent encore Le Pirée pour un homme ! Mais l'Orphée de légende était de sexe masculin, justement, un immense musicien dont les chants et la lyre ont séduit les dieux des Enfers qui lui ont, un instant, rendu sa belle Eurydice. C'était donc un double sacrilège que d'appeler « Orphée » une petite femelle qui aboyait faux. On a décidé de la rebaptiser Lili Rose, Lili en mémoire de l'autre, et Rose à cause de la couleur de son bedon.

Mon fils, en me la donnant, m'avait prévenue : « C'est une vraie chiotte, féminin de chiot si on veut, mais aussi une emmerdeuse patentée ! On n'a pas beaucoup dormi depuis qu'elle est chez nous, elle prend la nuit pour le jour, elle veut sa baballe, puis des bisous, puis sortir au jardin vers minuit. Et le jour, elle fait bêtise sur bêtise. Elle promet. » J'ai pensé qu'il était triste de s'en séparer et disait du mal d'elle pour que je la lui rende, peut-être. L'amour est aveugle, c'est connu.

Le premier soir, on a tenu bon, la laissant dans la cuisine malgré ses cris déchirants de bébé abandonné. Il fallait qu'elle s'habitue, non ? Mon mari s'est tout de même levé deux fois et moi trois pour aller écouter derrière la porte si les sanglots se calmaient. Le lendemain, elle n'a pas bougé une oreille quand on lui a dit bonjour. Et alors qu'étonnamment elle n'avait lâché aucune saleté sur le carrelage, elle s'est levée de sa corbeille et a fait pipi et caca en nous regardant bien en face. « Tu vas voir, coquine ! » lui a dit mon mari en levant la main. Saisie de pitié, (elle est juste sevrée, on l'a enlevée à sa mère, elle n'a que deux mois, c'est normal qu'elle ait des fuites), j'ai failli intervenir, mais la claque, en touchant les fesses arrondies de Lili Rose, s'est transformée en une caresse qui m'a rappelé d'agréables souvenirs conjugaux. On commençait bien.

Quelques jours après, des amis sont venus voir à quoi ressemblait la merveille et Lili Rose les a accueillis avec des gracieusetés qui nous ont rendus vaguement jaloux.

Soudain ma copine m'appelle : « Ta chienne colle. Je viens de la caresser, elle colle vraiment. » Je réponds que cette race est très affectueuse, au point justement d'en être collante. « Je parle au sens propre, me précise-t-on. Son poil est gluant et elle sent drôle. »

Je réalise que Lili Rose est luisante, comme gominée, mais avant que j'aie pu investiguer, elle s'enfuit. Droit vers la plancha d'où la graisse des magrets a coulé sur l'herbe dans laquelle ma chienne se roule en couinant de bonheur. On a lavé dans la baignoire, au shampoing doux, la petite cochonne qui est aussitôt retournée à son plaisir. Au troisième coup, on a shampouiné le gazon.

Lili Rose a vite grandi en force, pas en sagesse, et ses ravages nous ont étonnés.

Si on était là, tout allait bien, mais il arrivait qu'on quitte les lieux, forcément. À chaque retour, on pouvait constater que la chérie n'avait pas perdu son temps. Quelques exemples ? Le joli coussin que je lui avais cousu : éventré, tout le bourrage éparpillé en flocons. La vingtaine de narcisses que je venais de planter : déterrés, les bulbes, racines en l'air. Le gros coquillage irisé, souvenir d'anciennes plongées au Kenya, qui mettait une note originale dans une potée de bégonias : déchiqueté, massacré. On a fini par sévir et, comme Lili Rose, entrée en puberté, devenait un peu moins inventive, moins fofolle, les choses se sont arrangées. Avec quelques rechutes impromptues. Au point qu'on a voulu comprendre.

Ce matin-là, comme si on allait au marché, on est montés dans la voiture qu'on a laissée en bas du chemin et on est revenus à pas feutrés se planquer derrière la haie pour observation.

On est partis depuis à peine trois minutes et il y a déjà du mal de fait. La corde à linge a été arrachée, le laurier-rose qu'on s'apprêtait à planter est haché menu ainsi que son pot en plastique, la brouette pleine de terreau est renversée. Toute d'insouciance et de beauté, Lili Rose survole le jardin à grands bonds de ballerine, s'arrêtant soudain pour creuser le gravier des allées, avant de lancer un cri sauvage et repartir au trot vers un rosier, lui arrachant au passage une fleur qu'elle emporte en travers de ses dents comme un danseur de flamenco. Ces dégâts, c'est pour nous faire payer notre absence, se venger ? Aurait-elle une fêlure psychiatrique ? Ou une simple névrose d'adolescente ? En tout cas, elle ne semble pas triste ! Loin de là ! Elle jubile, au contraire, et son œil fureteur cherche alentour l'opportunité d'une nouvelle connerie.

On se montre, on l'appelle. Elle se fige un instant, l'air stupéfait qu'on soit déjà de retour, ce n'est pas de jeu. Mon mari furibard marche sur elle, ramasse une branche. Moulinets de Viking, vociférations de père Fouettard. Elle aurait pu fuir et là, tintin pour lui donner une bonne leçon, elle est capable de nous esquiver jusqu'à ce qu'on renonce. Mais non. Elle se couche, nez dans les pattes, oreilles en berne, sa belle queue déroulée, tout le corps aplati d'humilité. Elle avoue ? Elle regrette ? Le bâton lui tombe sur les reins, plusieurs fois, elle frémit à peine, sans une plainte. On la traîne devant ses méfaits, on la sermonne. Elle file dans la grange. Elle n'en ressortira qu'à la nuit. Et c'est moi qui suis embêtée parce que j'aime quand on est copines. Mais je me garderai de faire le premier pas.

Ce que j'ai oublié de signaler, c'est que ce jour-là, nous avions en pension la chienne bouvière de notre fils aîné, la douce Elma. Elle a assisté à la scène de loin, et s'est bien abstenue de toute intervention. C'est seulement quand la coupable s'est enfuie qu'Elma est venue vers nous. Elle était décoiffée, avec de drôles de brindilles dans la crinière, les pattes et le museau terreux. Elle avait participé aux démolitions, elle était complice, sûr ! Tout l'accusait. Je l'ai fixée sévèrement, mais elle a su plaider non coupable. Appuyée contre moi, truffe frémissante, donnant la papatte sans que je le lui demande, regard mouillé, babines contrites, elle débordait de grâces putassières, pour accaparer ma tendresse pendant que l'autre boudait au fond de la grange. Quelle comédienne ! Quel art de nier l'évidence ! Elma n'est pas de la race des chiennes de guerre, elle, mais elle pourrait se rendre utile dans les services de renseignements comme espionne, agent double, moucharde : à jouer l'innocence avec un tel talent, elle serait insoupçonnable.

RÉDEMPTION

C'est toujours sympa de parler de chiens ou de chats, c'est touchant, rigolo. D'ailleurs les réseaux sociaux sont pleins de vidéos animalières. C'est trop mignon ! On sourit, on s'attendrit, on en oublie les sujets vraiment graves

Oui, mais, depuis un certain temps, on se demande sérieusement si on a bien voté et ce n'est pas à la gloire de celui qu'on a élu, pas vraiment ! La confiance n'en finit pas de dégringoler, non sans quelques bonnes raisons, et nous, de déçus on devient furax. Promesses oubliées, népotisme, magouilles, ministres sans charisme, ras-le-bol, on espérait mieux. Tout en reconnaissant, quand même, que la période est rude : après les gilets jaunes, les banlieues en feu, quelques beaux attentats, un virus déchaîné, voilà qu'une guerre à trois heures d'ici finit de nous ruiner l'économie. Pays en capilotade, climat d'insurrection ! Pas évident pour le jeune prince qui nous gouverne. Mais j'ai quelques idées à lui soumettre au cas fort improbable où il serait pris de court.

Souvenons-nous.

En 2015, quand François Hollande a rendu hommage aux victimes du marché casher, j'ai eu comme une révélation. Au plus bas dans l'opinion avant la tuerie, il a soudain affiché la carrure qu'on n'attendait plus. C'était dans la grande salle d'une synagogue. Peut-être que l'éclairage tremblant des hauts candélabres y était pour quelque chose. Peut-être que la kippa lui affinait le profil. Peut-être que les cameramen ont su zoomer sur son regard ardent. En tout cas, il était à la hauteur de ces terribles instants. À l'époque, je m'étais dit : « Hélas, c'est une tragédie qui lui donne cette dignité nouvelle, mais il assure ». Et ça a payé pour lui. Un massacre, un costume de circonstance, une posture mise en valeur dans les médias, et le peuple marche. Suffit de peu, je n'ose pas le dire.

Réfléchissons.

Si on veut aujourd'hui que la machine politique ne s'effondre pas comme un soufflé raté, si on veut que la cote du Grand Chef soit boostée pour qu'il puisse gouverner en attendant de nouvelles élections, et on n'a pas aujourd'hui d'autre choix, il faut agir. Sans faire de morts, évidemment !

Allez, creusons-nous la tête !

Imaginons que des gens qui veulent seulement éviter l'anarchie, sans croire vraiment en notre Président, on est d'accord, mitonnent quelques bombinettes bien ciblées, sans faire de victimes, je le répète. Imaginons qu'ils rameutent les meilleurs journalistes pour un bon reportage au JT, ça pourrait fonctionner.

Proposons.

Par exemple, à l'heure où il n'y a personne dedans, une belle explosion dans une des pagodes de Paris et le Grand Chef enfilerait une tunique de bonze (en espérant l'effet kippa de Hollande), pour venir constater les dégâts, se prosterner devant les vénérables statues et compatir avec la communauté bouddhiste. 5 points dans les sondages.

Par exemple, jets de peinture sur la façade de la fondation Vuitton, pétards dans sa merveilleuse voûte de verre et il arriverait sanglé dans un costard de la marque, pour prendre la défense des mécènes de l'art moderne et condamner les tagueurs imbéciles. 6 points.

Par exemple, après dynamitage d'une usine à viande, lâcher de porcelets dans la campagne bretonne et il débarquerait en bottes de péquenot et bonnet rouge pour assurer aux adversaires du jambon bio combien il les soutient. 8 points

Par exemple, grenades et fumigènes dans les vestiaires du PSG, ballons crevés, joggings lacérés, Rolex éclatées. Il se pointerait à petites foulées, maillot et écharpe aux saintes couleurs et il dirait son indignation, les sponsors méritent le respect, on n'a pas le droit de cracher dans la soupe. 20 points.

Il faut juste la tenue adéquate, une figure de circonstance et de belles images à la télé. Plus besoin de carnage. Même provisoire, une renaissance présidentielle, dans la joie et la bonne humeur, c'est assez simple finalement !

Sauf que la décapitation d'un prof ôte à tous l'envie de rire.

Un détail de taille, tout de même ! On a eu par le passé fâcheusement tendance à confondre nazi et Allemand... Alors si les attentats continuent comme j'en ai peur, pas mal de gens pourraient bien prendre tous les musulmans pour des sauvages et décider de laver le sang de leurs martyrs. Et là, ça craint ! Gare l'escalade, les pulsions haineuses et vengeresses, les pogroms, les exécutions sommaires !

Ce constat n'est pas original, c'est une évidence : à barbarie, barbarie et demie. Mais les égorgeurs s'en fichent, apparemment. En moins d'une semaine, on s'en souvient, Nice, la Turquie et l'Allemagne, puis d'autres Qu'est-ce que je disais, déjà, que ça pèterait ailleurs ? J'aimerais tellement avoir écrit une bêtise, avoir joué les Cassandre, m'être trompée !

MISÈRES

Après ces fines analyses politiques et ces prédictions de café du commerce, je viens d'apprendre que Pierre, un ami médecin qui habite sur la commune, a été récemment le témoin d'un événement hélas tout ce qu'il y a de concret.

Appelé au milieu de la nuit dans une ferme en pleine cambrousse, il a eu bien du mal à y arriver. Son GPS l'avait mené jusqu'à une espèce de dépotoir où sa torche électrique lui a fait découvrir, sur une montagne de gravats, un amoncellement d'engins agricoles, frigos, machines à laver, poutrelles, tous hors d'âge, dévorés de rouille, entre lesquels il a dû se faufiler, se prenant les pieds dans des lianes sournoises et tombant plusieurs fois avant d'atteindre une porte éclairée par une ampoule vacillante.

Dans la cuisine un homme, la cinquantaine, torse nu, le front sanguinolent, l'a accueilli en lui criant d'aller se faire foutre, avec précisions sur la manière de procéder, et jurant de lui faire avaler sa seringue s'il tentait de le vacciner contre le covid.

Notre ami n'est pas un toubib débutant. Il a longtemps exercé à l'autre bout du monde, rafistolant des blessés dans des hôpitaux de fortune en pleine mitraille, crapahutant sous le soleil pour évacuer des gosses déshydratés, des demoiselles violées, des vieillards couverts de pustules. Il a vu des détresses que je n'aime pas l'entendre raconter. Mais, c'est sûr, il est blindé. Ce n'est donc pas l'insulte du fermier qui l'a démonté, il en a essuyé de pires, autrement menaçantes, sans compter les coups qu'il a plus ou moins esquivés. Il ne se laisse pas facilement impressionner.

Pourtant il nous a avoué qu'il avait été sidéré par l'état des lieux. Il n'aurait pas imaginé, en France, un tel bordel ni surtout une telle saleté. Comme si la pièce avait été mise à sac puis laissée en l'état depuis des lustres, meubles de traviole, tiroirs en débandade, vaisselle couverte de mouches en vrac dans l'évier, sol gluant, colonies d'araignées aux angles du plafond, vitres baveuses. Et l'odeur de la crasse, la bonne vieille crasse incrustée qui se colle à vous et ne vous lâche plus.

Pour finir de l'ébaubir, une femme est entrée. Jeune, en robe longue pas très nette, violemment maquillée, les ongles noirs sous le vernis écaillé, elle s'est avancée vers lui après avoir jeté sur les épaules du fermier ce qui ressemblait à un T-shirt graisseux.

« Vous voyez ce connard ? Il a essayé de se pendre à la grosse poutre, là, mais vous devinerez pas avec quoi ! De la ficelle à rôti ! Il a fait plusieurs tours, mais ça a pété, bien sûr, il est tombé sur la table où il s'est à moitié assommé, et je vous ai téléphoné. De la ficelle à rôti ! Comme si on n'avait pas de cordes ici ! Tout ce cirque parce que je lui ai dit que j'allais le larguer illico. J'en ai marre d'un type qui peut même plus me sauter à cause des relances de la banque.

Il est dans le rouge plus que rouge, il a pas idée de comment s'en sortir, il dort plus. Se lave même plus. Alors la baise, bonjour ! »

Pierre a désinfecté la plaie, recousu le cuir chevelu entamé, donné un calmant, promis de revenir le lendemain. Au moment où il allait partir, la dame lui a pris le bras : « Vous êtes toubib, non ? Alors, dites à ce merdeux d'enfiler son lainage, il va se choper un rhume ! » Et comme l'homme commençait à s'habiller, elle s'est jetée sur lui en criant : « Tu vois pas que tu mets ton pull à l'envers, toutes les coutures dehors ! Tu sais pas que ça porte malheur ? »

Le jour suivant, il n'y a pas eu besoin de docteur. Après avoir chassé sa copine et mis le feu au taudis, le type s'était tiré une balle en pleine tête. Pierrot, pourtant habitué à la misère, a accusé le coup. Et comme toujours après un drame, il a reparlé de ses séjours à Calcutta. Il y a travaillé plusieurs années de suite comme bénévole dans un centre hospitalier où il croyait avoir entrevu le pire.

La maison, créée par Mère Theresa, accueille les plus déshérités de la province, parmi lesquels de très jeunes femmes, souvent originaires du Bengale, au nord du pays. Mariées à treize ans, elles ont enchaîné cinq, six enfants, ou plus, en ont vu mourir plusieurs. Les maternités à répétition et le manque de soins les laissent vite vieillies et abimées. Les maris en prennent alors une autre aux mamelles plus fermes et mettent la moche dans le train pour Calcutta.

Il faut imaginer ces femmes, qu'on a séparées de leurs gosses, débarquant seules dans l'énorme gare. Illettrées, elles ne savent pas où elles sont, parlent un patois incertain, n'ont personne à qui s'adresser et surtout ne comprennent pas ce qui leur arrive. Heureusement il y a les locomotives sous lesquelles on peut se jeter, la mer où on peut se noyer, plein de bouts de ferraille qu'on peut s'enfoncer dans le cœur. Parfois la prostitution pour celles que la colère pousse encore à survivre.

En Inde, ce que j'ai pu voir au Rajasthan m'a d'abord éblouie.

Les forteresses rouges, les villages aux murs peints de tigres et d'éléphants, les îles blanches sur les lacs noirs, quelles splendeurs ! Et les saris, les turbans, les aigrettes, quelle explosion de couleurs ! Un enchantement. Photos sublimes assurées. Pas besoin d'être un artiste, suffit de mitrailler à tout va. Même derrière les murs des palais, marbre, or, pierreries, où des squelettes d'enfants mendient en exhibant leurs moignons, même sur les trottoirs des palaces de New Delhi, où, dans la poussière et le vacarme, dorment et meurent de gracieux fantômes, l'Inde est incroyablement photogénique. Avec, pour moi, un infini sentiment de stupeur et d'impuissance.

Ce sont d'ailleurs les mots qu'a employés l'ami Pierrot après avoir appris le suicide enfin réussi de l'homme à la ficelle de rôti. Il était accablé.

Je l'ai déridé en lui rappelant qu'avant mon séjour en Inde, il m'avait prescrit tout un lot de médicaments anti-diarrhée. C'était, selon lui, le fléau qui me guettait dès mon arrivée, tout le monde devrait le savoir. Comme j'ai adoré les currys divers et variés qu'on m'a partout servis, j'en ai dévoré à tous les repas, sur du riz, des platées de riz. D'où constipation carabinée et difficultés à trouver en pharmacie quelque chose qui ressemble à une purge !!! Chacun sa misère.

TERRASSE

On est début 2022.

Le virus est de retour. Il n'était pas très loin, juste embusqué à attendre son heure parce qu'il est malin, ce virus ! Il avait bien compris que les masques allaient tomber, les embrassades recommencer, les meetings se déployer, pour que les élections aient lieu sans que le pays entier tourne dingue si on ne lui lâchait pas la bride. On a donc donné de l'air au populo, avec permission d'une bamboche salvatrice, comme avant, à à à la queue leu leu, y a du pain, y a du beurre et du saucisson, tralalalalère. Oui. Résultat : voilà qu'il reprend du poil, la sale bête, et que les grands experts déroulent des chiffres inquiétants, avant de nous promettre que ça va bien se passer, pas de reconfinement dans l'immédiat.

Sans compter qu'on a un autre fer au feu : l'Ukraine, qui se fait massacrer. Sauvagement. Au point qu'on reste collés devant les infos, sidérés, incrédules, le cœur déchiré. Ce n'était pas prévu, cette attaque, pas imaginable ici et maintenant. Pas pour de vrai. Et vlan ! Cauchemar à la télé.

Je n'ai connu qu'une guerre, c'était en Irak, il y a plus de trente ans. Je n'ai jamais oublié, mais je croyais m'en être remise. Et voilà que les images de l'Ukraine en font remonter d'autres, de très loin, là-bas. À peu près les mêmes ! Des morceaux d'enfants dans les arbres autour d'une école explosée par un missile, la mère d'un soldat mort se fracassant le crâne contre un mur à l'arrivée du cercueil de son fils, des entrepôts frigorifiques transformés en morgues après une grande victoire. Je revois nos fuites dans le désert quand la radio annonçait une attaque sur Bagdad, ma panique dès que mes enfants disparaissaient de mon champ visuel. Les sirènes, les incendies, le silence après la bombe, la poussière, l'odeur ferreuse du sang, l'attente, la douleur, la colère. Et j'ai bien peur de deviner ce qui guette les pauvres diables de Kiev : aujourd'hui des morts inutiles, demain un champ de ruines, les pénuries, la corruption. Et le malheur pour longtemps. Parce que, quarante ans après, l'Irak ne s'est toujours pas relevé, c'est un pays qui n'existe plus. Un pays de gravats, comme la Libye, la Syrie, l'Afghanistan, entre autres.

On fait ce qu'on peut, plein de bénévoles se remuent pour envoyer des camions de nouilles et de savons, on applaudit les petits réfugiés, tout mignons sous leurs bonnets à pompons, quand ils arrivent à l'école dans un village français. Pour combien de temps ? Je ne sais pas.

J'ai beau zapper d'un grand stratège à l'autre, ils ne savent pas.

Ils se plantent parfois : « On est ici à la frontière entre l'Ukraine et la Turquie, » (sic). Ils vaticinent gentiment aussi : « L'important c'est de réarmer le mental des assiégés, » (re-sic) ». Ils réinventent l'eau tiède : « La solution serait de pouvoir entrer dans la tête de Poutine, » (re-re-sic). En attendant, dans les faubourgs fumants d'Odessa, zoom sur le regard perdu d'un vieux monsieur qui serre en tremblant son chat contre lui.

Pas marrant, non ?

Mais c'est que je n'ai pas que des histoires marrantes à raconter, moi ! Est-ce que c'est ma faute si le monde va comme il va ? Parce qu'on atteint des sommets en ce moment, c'est vrai, et qu'on a du mal à trouver une raison d'espérer.

Ce sont les conclusions, pas vraiment originales ni enthousiasmantes, auxquelles nous sommes arrivés, avec nos amis turcs, Sélim et sa femme Firouzé, venus de Paris nous rendre une visite très désirée. Pendant les deux ans de la pandémie, on ne s'était pas revus, alors que chaque année, depuis des décennies, on se retrouvait tantôt chez nous, tantôt chez eux. On attendait donc leur venue en frétillant. On choisit ses amis, dit-on, et ces deux-là nous manquaient.

On les a baladés, châteaux, grottes, restaurants, retrouvant nos anciens plaisirs simples, et avant de repartir pour la capitale, ils nous ont demandé de les emmener à Limoges où ils voulaient acheter de la porcelaine. Ce jour-là, on les a donc cornaqués dans diverses boutiques où ils se sont un peu ruinés, enchantés de profiter des soldes et promos. Après avoir calé leurs ravissantes assiettes, soupières et autres ramequins dans le coffre de notre voiture, on s'est échoués sur une terrasse au soleil. Épuisés. Moi, j'en avais ma dose des services à poisson, à gâteau, des tasses à thé, à café, des compotiers, des saladiers. Firouzé avait mal aux pieds. Nos hommes crevaient de soif. On a pompé sans respirer nos verres glacés puis, calés dans nos chaises de bistrot, on s'est remis à dévider le triste chapelet de nos inquiétudes, virus, guerres, pétrole, gaz, inflation. On parlait français.

Soudain Sélim a soupiré que l'actualité avait de quoi miner les plus optimistes et qu'il était temps de parler d'autre chose. Et il a souri en nous suggérant de regarder autour de nous. Il sait qu'on parle turc, mon mari et moi, et il a ajouté, en turc, qu'il trouvait la demoiselle de la table à côté assez jolie. Séduisante, même. Firouzé a enchaîné sur le grand blond à gauche, il avait aussi du charme et elle n'irait pas coucher à l'écurie si elle le trouvait dans son lit. J'ai jeté un œil vers le type et j'ai dit que je lui mettais huit sur dix. Sélim nous a félicitées, sa femme et moi, pour notre bon goût. On a ri et on a continué à noter les gens.

D'abord gentiment. Avec des commentaires sur les habits, les coiffures, les gestes. On relookait une dame, on retaillait une barbe, on corrigeait une intonation ou une mimique. On souriait. Ce n'était qu'un jeu sans méchanceté, on se moquait de nos voisins dans une langue que personne ne pouvait comprendre, on s'amusait sans faire de mal à personne. Sélim a remarqué qu'on en oubliait du coup les horreurs que les J.T. nous montraient dès qu'on allumait la télé. C'était bon pour le moral.

Puis on a monté le ton, osant même quelques mignonnes obscénités sur les dimensions d'un cul, le mouillé d'une bouche, les promesses d'un regard ou d'un doigt. On en rajoutait, on devenait grivois, on frôlait le porno, on se lâchait et on ricanait de nos trouvailles cochonnes. Mon mari nous a comparés à des gosses vicieux avant de se lancer dans une analyse désopilante d'un décolleté trop plongeant pour être honnête, ce qui nous a fait pouffer en chœur. Et les notes fusaient, allez, quatre sur dix, non six au moins, faut de l'indulgence !

On venait de gratifier d'un dix sur dix une adolescente superbe et impudique, avec détails aussi graveleux que précis, quand le monsieur qui sirotait son café juste derrière nous s'est levé pour venir nous dire dans un turc élégant : « Bravo ! Je vous écoute depuis un moment et je partage absolument vos commentaires et vos évaluations. Je suis d'Istanbul, de passage à Limoges, et je ne pensais pas trouver ici des compatriotes aussi connaisseurs, ni des Français parlant aussi bien notre langue, avec toutefois un léger accent ouzbek. »

Bonnes nouvelles

J'arrive au bout de ce que je voulais raconter, sans prêchi-prêcha, ni admonestation, ni message subliminal, je l'espère, ce n'était pas mon but. Et j'ai, pour finir, une bonne nouvelle.

Depuis quelque temps, j'ai cru en effet discerner en France, où on ne jure que par le roman, un léger engouement pour les textes courts, spécialité anglo-saxonne par excellence, et je m'en réjouis, étant moi-même grande dévoreuse de ces historiettes où l'essentiel vous embarque sans chichi ni manière, pas le temps en si peu de pages.

J'ajoute que c'est une lecture idéale pour le train, le métro ou une petite traversée par mer calme. On peut vivre une aventure complète en un trajet, sans frustration à l'arrivée, sans avoir besoin de marque-page puisqu'on a fini l'histoire, c'est satisfaisant.

En avion, hélas, je n'ai pas essayé, bien incapable de lire même l'affreux menu, puisque je passe mon temps ficelée sur mon siège, le cœur et l'esprit tétanisés, même sans trous d'air. J'ai tout essayé, calmant, coup de rouge avant l'embarquement, litanie obsessionnelle (c'est le moyen de transport le plus sûr, la vie est une aventure dangereuse dont personne n'est sorti vivant, le soleil, la mer et mes enfants m'attendent), rien à faire ! Les Airbus, Boeing et leurs copains ? Des aberrations ! Gros et lourds comme ils sont, ils NE PEUVENT PAS décoller. Déjà bien beau que j'arrive à monter dedans et à boucler ma ceinture malgré mes angoisses ! Et pas la peine de perdre son temps à m'expliquer que c'est normal pour les natifs du Taureau, signe de terre, qui ne devraient jamais s'envoyer en l'air, de cette façon-là, exclusivement.

En tout cas, il y a plusieurs recueils de nouvelles qui viennent de paraître de-ci de-là et j'en suis ravie. D'autant plus que dans un article de critique littéraire du *Populaire du Centre*, j'ai eu l'honneur, pour mon deuxième bouquin *La Table du Pacha,* (cinq nouvelles sélectionnées pour le prix de Lauzerte), de figurer à côté d'Ismaïl Kadaré, que j'adore au point d'être allée en Albanie voir sa maison natale ! Ce voisinage journalistique m'a fait encore plus d'effet qu'un décollage.

Déjà, *Sud-Ouest* avait eu l'excellente idée de me consacrer une page en insistant bien sur le fait qu'après un roman je me lançais dans les histoires courtes. Ce n'est pas encore une reconnaissance nationale, mais je suis ravie que la presse de ma région se soit intéressée à ce que j'écris, j'en suis encore tout émue et dégoulinante de bête gratitude, celle de l'ego chatouillé là où ça le gratouille.

Et puis j'aime écrire des nouvelles, tout en sachant qu'il n'y a pas plus difficile.

Dans un roman, on peut fouiller une description, fignoler un portrait, étirer une scène. Se permettre quelques digressions, à condition toutefois de servir l'intrigue et ne pas tomber dans l'exercice de style. C'est l'occasion de se laisser un peu aller, se lâcher, s'offrir un moment de bravoure, une escapade de mots. Sur le coup, on se fait plaisir et on en arriverait à croire à l'inspiration !

À la relecture, neuf fois sur dix, c'est nettement moins enthousiasmant, du moins dans mon cas. Surtout si je commets l'imprudence de relire les grands, les vrais écrivains. Au hasard Chateaubriand : « Levez-vous vite, orages désirés qui devez emporter René dans les espaces d'une autre vie ! Ainsi disant, je marchais à grands pas, le visage enflammé, le vent sifflant dans ma chevelure, ne sentant ni pluie, ni frimas, enchanté, tourmenté, et comme possédé par le démon de mon cœur ». On n'écrit plus comme ça, on peut le regretter ou s'en réjouir. N'empêche, n'est pas Chateaubriand qui veut.

Une nouvelle, c'est rédhibitoire. Question de temps et d'espace. Il faut être efficace et aller droit au but. La chute, en l'occurrence. Tout doit être manigancé pour converger vers ces dernières lignes. Aucun écart ne sera pardonné. Chaque mot compte, chaque virgule. Comme c'est un condensé de roman, en quelque sorte, comme en général ce n'est ni un conte, ni une blague, ni un essai, comment faire ? Éviter trop de personnages, trop de lieux, trop d'action ? Pour moi, l'essentiel et le plus ardu, c'est que le lecteur soit diverti. Au sens propre : détourné de ce qui lui empoisonne le quotidien. Qu'il referme le petit texte avec satisfaction, amusé, surpris, effrayé, peu importe. Content de l'intermède. Pas fatigué. Content.

Quant à la méthode pour arriver à ce résultat, bien malin qui pourrait la définir. Peut-être une intransigeance sans faille de l'auteur, bien conscient de la difficulté de plaire en si peu de lignes, condition sine qua non de sa réussite et du bonheur de son éditeur et de ses lecteurs ?

Dans ce cas, si j'ai ici atteint un tant soit peu cet objectif, je me permets de donner un conseil : il ne faut jamais prêter un livre qu'on a aimé, le service de prêt est assuré par les bibliothèques, ça vaut aussi pour ce petit recueil. S'il a eu le bonheur de désennuyer certains, surtout, surtout, il ne faut le prêter à PERSONNE, ce n'est plus un conseil, c'est un ordre.

Mais, nouvelle consigne impérative, Il faut en parler avec passion partout, tout le temps, à tout le monde et pousser le plus grand nombre à L'ACHETER. Parce que, maintenant que j'ai fini de l'écrire, j'ai un autre boulot pas plus facile qui m'attend : LE VENDRE. Donc, je compte sur tous pour battre le tambour et me donner un bon coup de pub. C'est un modeste service à me rendre qui ne coûtera que l'achat d'un exemplaire, à avoir lu nécessairement pour enclencher le buzz.

Il est évident que ceux qui n'ont pas aimé ma prose n'ont aucun intérêt à le faire savoir !

Donc, réservée à mes seuls partisans, pour les faire sourire une dernière fois en ces temps moroses, voici une anecdote, cette fois, même pas une vraie nouvelle.

C'est tout récent.

Je viens de faire un gros marché, le coffre est plein, je pense que je n'aurai pas besoin de repartir aux courses avant quelques jours. Parce que le variant omicron n'est pas mort ! Les prétendants au trône de France ont essayé de nous rassurer en période pré-électorale, mais malheureusement revoilà la vilaine bête, y a encore danger, même pour les vaccinés ! Donc masque, distanciation, inquiétude, ça commence à bien faire, pas vraiment rigolo d'aller au ravitaillement.

Je crois ne rien avoir oublié, genre sel ou pain. Eric Satie en fond sonore, je roule à 70, sur une petite route de campagne. De temps en temps des vaches ou des poulains à droite, un étang bleu à gauche, c'est tout ce qu'on peut rêver de plus tranquille, on en oublierait ses soucis.

Soudain panique à bord.

Comme je suis seule, je hurle sans la moindre retenue : « Merde, merde, merde, j'ai pas mis de gel ! » Et sans me garer, sans freiner, je lâche la direction pour attraper la précieuse fiole dans la boîte à gants et me tartiner.

Là, sans que j'aie le temps de comprendre comment, je me retrouve le capot contre un portail que je viens de louper d'un centimètre.

Derrière, au milieu de son carré de salades, un monsieur me regarde, immobile, bouche ouverte, bêche tétanisée. Je descends de ma bagnole, avance vers lui et lui présente mes excuses. Je suis désolée qu'il ait eu peur, peut-être, que j'emboutisse sa belle entrée, mais c'est à cause de ce satané virus ! Je me suis penchée pour me mettre du gel sur les mains, j'ai dû perdre la route de vue une seconde, ou donner un coup de volant, et voilà ! Je voulais juste appliquer les gestes-barrières.

Il répond l'œil frisant : « C'est le mot ! Vous avez de l'humour, vous ! Et ma barrière à moi, elle a eu de la chance, vous l'avez ratée de peu ! »

Ce hibou-là méritait de figurer dans mon parlement, non ?

Au même titre que tous les autres qui m'ont enchantée, au point de ne jamais regretter d'avoir élu domicile ici, ne jamais m'ennuyer. Je suis à peu près sûre que ç'aurait été pareil ailleurs, suffit d'être attentif à la créativité humaine !

J'ai cru entendre certains d'entre vous se demander si tout ce que j'ai raconté est « inspiré de faits réels », comme c'est la mode de le signaler pour promouvoir un mauvais polar.

Je répondrai, selon la joyeuse formule italienne : si ce n'est pas vrai… j'espère que c'est bien trouvé !

Imprimé en France
FRHW010432250523
35027FR00003B/24

9 782384 062386